三流刺客
삼류자객

몽월 新무협 판타지 소설
FANTASTIC ORIENTAL HEROES

삼류자객 6

몽월 新무협 판타지 소설

초판 1쇄 찍은 날 § 2008년 6월 3일
초판 1쇄 펴낸 날 § 2008년 6월 13일

지은이 § 몽월
펴낸이 § 서경석

편집장 § 문혜영
편집책임 § 이재권

펴낸곳 § 도서출판 청어람
등록번호 § 제1081-1-89호
등록일자 § 1999. 5. 31
어람번호 § 제2-1505호

주소 § 경기도 부천시 원미구 심곡1동 350-1 남성B/D 3F (우) 420-011
전화 § 032-656-4452 팩스 § 032-656-4453
http://www.chungeoram.com
E-mail § eoram99@chollian.net

ⓒ 몽월, 2008

ISBN 978-89-251-1345-6 04810
ISBN 978-89-251-1195-7 (세트)

6

[완결]

三流刺客

삼류자객

몽월 新무협 판타지 소설

FANTASTIC ORIENTAL HEROES

도서출판 청람

目次

第一章

추적

三流刺客
삼류자객

　진시가 다 되어 먼동이 터올 무렵 일행은 하늘을 찌를 듯이
솟은 웅장한 산 앞에서 걸음을 멈춰 세웠다.
　태산이었다. 장인봉 꼭대기는 어느덧 눈이 내려앉은 듯 희
게 보였다.
　태산을 오르는 길은 모두 다섯 곳이 있다. 일행은 그중 서남
쪽 능선을 이용했는데, 그곳에는 패월사라는 태산에서 가장
큰 규모의 사찰이 자리하고 있어 사람들이 무척 붐볐다.
　이른 아침인데도 향객들이 하나둘씩 보이기 시작했다.
　궁삼오는 길 입구에서 조원들을 모아놓고 빠르게 말을 이었
다.
　"대충 짐작들 했겠지만 아가씨를 납치해 간 흉수에게 패월

사에서 신병을 인수받기로 했다."

모두들 눈이 반짝거렸다.

"우리에게 부여된 경계 지역은 대웅전이다. 지금부터 향객
으로 위장하여 이 인 일 개 조가 되어 대웅전 앞으로 모인다.
물론 모든 명령은 전음으로 지시하고 연락 또한 전음으로 한
다. 그럼 두 명씩 출발하도록."

가장 먼저 막종오와 해배달이 한 조가 되어 출발했고 뒤를
이어 두 명씩 조를 이뤄 산을 오르기 시작했다. 맨 뒤에 궁삼
오가 혼자 걸어 올라왔다.

"어느 놈일까? 천하의 악씨세가를 상대로 이런 대담한 거래
를 감행하려 들다니 실로 범상치 않은 친굴세."

해배달이 놀랍다는 듯 약간 격양된 목소리로 말했다.

막종오 또한 같은 생각이었다. 단지 무공이 높다고 해서 이
런 행동을 할 수 있는 것은 아니다. 경험에 비춰 인질 협상은
어떤 일보다 뛰어난 두뇌를 필요로 한다. 그런데 악씨세가를
상대로 이런 일을 벌일 정도면 분명 놀라운 인물임에는 틀림
없었다.

패월사가 내려다보이는 조그만 봉우리에 혈불과 악담사가
나란히 서서 몰려드는 향객들을 바라보고 있었다. 그때 혈불
은 전음을 이용해 쉴 사이 없이 지시를 내리고 있었다.

패월사에는 지금 외문무사들은 물론이고 절정의 내문 무사
백여 명이 향객으로 위장하여 포위를 하고 있었다. 전음으로

명령을 내리고, 보고를 받느라 혈불의 입술은 정신없이 움직였다.

힐끔!

악담사가 하늘의 해를 올려다보았다.

납치범과의 약속은 오시다. 하지만 북궁설은 데려오지 않았다. 대신 시녀 중 한 명을 북궁설로 위장시켜 천불전(千佛殿) 앞마당에 세워놓았다. 납치범 따위에게 끌려 다닐 자신이 아니다. 어떤 놈인지 기어코 붙잡아 가만두지 않겠다는 차가운 다짐을 하며 오시가 되기를 기다렸다.

'놈!'

악담사의 두 눈이 차갑게 가라앉았다.

해배달과 악담사는 대웅전이 훤히 보이는 한 그루 노송 아래 서 있었다. 누가 보면 잠시 쉬고 있는 유람객 같았다.

해배달이 고개를 들어 하늘의 해를 살폈다.

"오시가 다 되어가는군."

막종오의 시선이 열린 대웅전으로 향했다. 조금 전까지 있던 궁삼오가 보이지 않았다. 보나마나 유람객으로 위장하고 오조원들을 살피고 있을 것이다.

사실 감태기를 놔두고 그를 조장에 앉힌 것은 오조를 감시하려는 의도가 들어 있음을 막종오는 알아차렸다. 자신들 조뿐만 아니라 다른 조의 조장도 모두 상부에서 내려온 인물로 바뀌어 있었다.

그때 갑자기 해배달이 갑자기 아랫배를 쥐고 인상을 썼다.

어디가 불편한 듯하여 막종오가 물었다.

"왜 그러시오?"

"아침에 먹은 음식이 탈이 났나 봐. 사리(瀉痢)가 나오려고 하는구만."

아침 식사는 납팔죽(臘八粥)이 나왔다. 납팔죽은 난백(卵白) 성분이 가득 들어 있어 과식하면 복통을 일으키고 뒷간을 들락거리게 만든다. 아침에 몸에 좋다며 무려 세 그릇을 시켜 먹던 해배달의 모습이 눈에 선했다.

"우우욱!"

해배달은 급한 듯 얼굴이 벌게지며 신음을 흘렸다.

"뭐 하십니까? 어서 뒷간으로 가지 않고?"

해배달이 울상을 지으며 돌아보았다.

"어떤 사태가 발생해도 자리를 떠서는 안 된다고 했잖나."

"그런 게 어딨소? 내가 지킬 테니 어서 다녀오시오."

"고, 고맙네. 아이고, 미치겠구나야."

금방이라도 나올 것 같은지 해배달은 어그적거리며 걸었다. 엉덩이에 잔뜩 힘을 주고 비틀거리며 걷는 해배달을 보며 막종오는 야릇한 웃음을 지었다.

잠시 후 해배달이 뒷간이 있는 곳으로 사라지자 막종오는 고개를 돌려 대웅전 앞마당에 있는 탑을 돌며 소원을 비는 향객들을 보았다.

'오시다!'

태양이 하늘 가운데 떠 있었다. 패월사의 공기가 순식간에 얼어붙었다. 유람객들 중 몇몇 예민한 사람들은 갑자기 돌변한 주위 분위기가 이상한 듯 두리번거리기도 했다. 흉수는 패월사라고만 말했을 뿐, 정확한 장소는 지정하지 않았다. 그래서 모든 무사들이 눈을 날카롭게 뜨고 유람객들을 살폈다.

탁탁탁!

대웅전에서는 한 스님이 등을 돌리고 앉아 목탁을 두들기고 있었고 앞마당에 있는 탑을 도는 사람들은 정성을 다해 소원을 빌고 있다.

"나무관세음보살!"

"나무관세음보살!"

사람들이 열심히 합장을 하고 입으로 불호를 외우며 탑을 돈다.

일각이 지났다. 태양이 점차 하늘 가운데서 서쪽으로 기울어지기 시작했으나 여전히 사방은 고요했다. 대웅전의 목탁 소리와 소원을 비는 사람들의 입에서 흘러나오는 불경만이 울릴 뿐이었다.

바로 그때였다.

"어, 시원구나."

막종오가 돌아보자 해배달이 싱글거리며 다가왔다. 어그적 거리며 인상을 쓰고 가던 모습은 씻은 듯 사라졌다.

"역시 뭐니 뭐니 해도 배설의 쾌감보다 더 쥑이는 것은 없어. 조용한 것을 보니 아직 별일없나 보군?"

"예, 아직은."

막종오가 고개를 끄덕였다.

두 사람이 주위를 살피며 열심히 탑을 돌고 있을 때 돌연 궁삼오로부터 무거운 전음이 들려왔다.

"철수하라."

느닷없는 지시에 두 사람은 서로의 얼굴을 돌아본 뒤 궁삼오에게 전음으로 물었다.

"가, 갑자기 왜 철수하라는 거요?"

해배달이 물었다.

궁삼오가 신경질적으로 전음을 날렸다.

"단 한 사람의 무사만을 대동하라고 했는데 약속을 어기고 이토록 많은 무사들을 동원했을 뿐 아니라 북궁설까지 가짜라면서 조금 전 감오당에 강력한 경고가 담긴 서찰이 날아왔다고 한다."

두 사람은 깜짝 놀랐다.

자신들은 흉수는 물론 그 비슷한 사람도 보지 못했다. 그런데 상대는 이쪽을 손바닥 들여다보듯 알고서 경고장을 보냈다니, 두 사람의 서로의 얼굴을 마주 보며 멍한 표정을 지었다.

"뭣들 해? 빨리 철수하라는데."

궁삼오가 향객들 사이에 섞여 지나가면서 말했다.

두 사람은 자리를 떴다.

일행은 패월사 산문을 벗어나 길가에 있는 조그만 공터에 모였다.

조원들은 웅성거렸다. 모두가 눈에 불을 켜고 살피고 있었는데 오히려 흉수로부터 역공을 받았다는 사실이 그저 놀라울 따름이었다.

"감오당으로 서찰이 날아들었다면 놈은 이곳여 나타나지 않았다는 얘기 아니오?"

뚱뚱한 육중한이 물었다.

고자석이 끼어들었다.

"아니지. 이곳에 나타나지도 않고서 우리의 모든 것을 알고 있을 수는 없지."

"그럼 뭔가? 설마 공범이라도 있단 말인가?"

육중한이 고개를 끄덕였다.

"난 흉수가 한 놈이 아니라고 생각하네. 필시 한 놈은 이곳에 숨어 있다가 우리가 속임수를 쓰고 있다는 사설을 가내에 있는 동료에게 알렸을 걸세."

"그러자 가내에 있는 놈이 감오당에 경고 서찰들 보냈다는 거군? 말 되네."

모두들 육중한의 얘기에 호응하는 표정을 지었다.

충분히 설득력있는 가정이었다.

궁삼오도 가만 고개를 끄덕이는 것이 육중한의 맬에 상당한 신빙성을 두는 눈치였다.

악담사는 모친으로부터 받은 서찰을 다시 한 번 읽어보았다.

한 번은 넘어가 주겠소. 그러나 두 번째에도 날 속이려 들었다간 따님의 목을 잘라 보내 드리지. 두 번째 장소는 곡부(曲阜)가 어떻겠소? 오늘과 같이 내일 오시에 곡부에서 봅시다. 다시 한 번 경고하지만 이번에도 허튼수작을 부렸다가는 따님의 생명은 무사하지 못할 것이오.

"놈은 우리를 훤히 들여다보고 있다."
모친이 무거운 표정으로 말했다.
"할 수 없다. 이번에는 그 아이를 직접 데리고 가거라. 거듭 말하지만 일단 란아를 살리는 것이 급선무다. 그 아이는 두 번째지."
그 아이란 북궁설을 뜻했다. 악담사의 입이 반쯤 열렸다 닫혔다.
모친의 말에 뭔가 대꾸를 하려다 가까스로 눌러 참는 듯했다.
"그리고 내일은 이 어미도 동행하겠다."
악담사가 놀란 표정으로 쳐다보았고 모친이 밖을 향해 말했다.
"밖에 해 노 있느냐?"
문이 열리고 해우생이 모습을 드러냈다.

"예, 마님."

"내일은 나도 동행할 테니 그렇게 알고 준비하게."

해우생이 놀란 표정으로 악담사의 눈치를 살폈다.

"좋을 대로 하십시오."

악담사가 자리에서 일어나 밖으로 나갔으나 종리화의 말은 계속 이어졌다.

"내 칼 좀 손질해 놓게. 그동안 쓰지 않아 먼지가 많이 쓸었을 게야."

"그러지요, 마님."

해우생이 깍듯이 허리를 구부리고 사라졌다.

팔랑!

종리후는 다시 독서를 시작했다.

탁자 위에 있는 두꺼운 고서를 한참 읽던 종리후의 오른손이 모서리를 콱 쥐었다.

'죽일 놈!'

그녀의 두 눈에서 살기가 쏟아져 나오자 부스스 하며 모서리가 가루가 되어 사라졌다.

막종오는 침상에 팔베개를 하고 누워 있었다. 다른 동료들은 바둑을 두거나 각자 볼일을 보러 나갔고 방 안에는 막종오와 색사동, 단둘만 있었다. 색사동 또한 막종오처럼 팔베개를 하고 눈을 감고 누워 있어 자는 줄 알았던 그가 입을 열어 말했다.

"재밌지 않나?"

막종오가 고개를 들렸다.

색사동이 반듯이 누워 천장을 보며 말했다.

"천하의 악씨세가를 상대로 이런 놀라운 거래를 과감하게 벌이다니, 보통 친구가 아냐. 적이지만 상당히 마음에 들어."

색사동의 목소리에는 숨길 수 없는 감탄의 빛이 담겨 있었다.

그는 막종오 쪽으로 고개를 돌려 말했다.

"놈의 얼굴을 한번 보고 싶군. 자네는 홍수가 어떤 자인지 보고 싶지 않나?"

막종오가 고개를 돌려 마주 보았다.

사실 아주 궁금했다. 강호칠문 중 가장 강하다고 소문난 악씨세가를 상대로 인질극을 벌이는 배포 또한 놀라웠다. 게다가 북궁설을 노린다는 것 때문에 이미 머릿속에는 홍수 생각으로 가득 차 있었다.

"훗훗! 많은 사람들이 궁금해할 거야. 아마 한 두 명이 아니겠지."

그러면서 색사동은 다시 고개를 돌려 천장을 올려다보았다.

막종오는 새삼 색사동을 가만 쳐다보았다. 다시 한 번 느끼는 것이지만 그에게서는 어떤 특징적인 기세 따위는 전혀 흘러나오지 않았다. 무공을 모른다고 해도 충분히 통할 만큼 평범해 보였다. 무예 수련을 하는 모습을 서너 번 지켜보았지만 특별히 위력적이라거나 신비스러운 기세는 발견되지 않았다.

하지만 평범은 절정과 상통한다. 극한의 경지를 넘어서면 오히려 범인의 모습으로 돌아오는 것이 무예이다.

이른바 반로환동(返老還童).

아직 반로환동의 경지에 이른 사람이 있다는 말은 듣지 못했다. 그러나 강호는 다양한 사람들이 활동하는 곳이다. 유명무실한 존재가 있는 반면 철저한 무명이지만 어떤 구명인보다 뛰어난 기인들이 적지 않다.

색사동이 그런 기인이라고 생각되지는 않지만 이제 와서 그가 지나치게 평범하다는 것 또한 갑자기 마음에 걸리기 시작했다.

덜컹!

문이 열리더니 또다시 궁삼오가 들어섰다.

느릿하게 일어나는 막종오를 향해 싸늘하게 말했다.

"모두 어디 갔나? 출전 명령이 떨어졌다. 모두 테려와. 당장."

막종오와 색사동이 일어나 밖으로 나갔고 일각이 채 못 되어 오조원 전원이 모였다.

"지금 당장 곡부로 출동하라는 명령이다."

일행은 옷 속에 병기를 감추고 변장을 한 다음 방을 빠져나가기 시작했다.

곡부는 공자의 출생지이자 그의 묘가 있는 곳이다. 묘의 높이는 일 장쯤 되며 둘레는 칠십여 장 정도로 크다. 묘 앞에는 집채만 한 비석이 세워져 있는데 거기에는 대성지성(大成之聖) 문선왕묘(文宣王墓)라는 비문이 새겨져 있었다.

묘의 서편에는 조그만 석옥이 있는데 제자 자공이 공자가 죽자 삼 년 동안 그곳에서 스승의 영혼을 모셨다고 전해지며 그 동편에는 아들 벅어(伯魚), 손자 자사(子思)의 묘가 있다.

이뿐만 아니라 공자묘 주위로는 그가 손수 심었다고 전해지는 회목(檜木)이 울창하게 자라고 있고 학문을 강술했다는 행단과 직접 물을 길어 사용했다는 우물 등 많은 흔적이 남아 많은 유람객들이 몰려든다.

일행이 곡부에 닿았을 때는 어느새 석양이 지고 있었다. 그러나 유람객들은 돌아갈 줄 모르고 넓은 곡부의 터를 가득 메우고 있었다.

"영리한 녀석이야."

해배달이 유람객들을 보며 말했다.

막종오가 물었다.

"누가 말이오?"

"악사갈을 납치해 간 놈 말이야. 자고로 이렇게 사람이 많은 곳에서는 아무리 철저히 지키고 감시한다고 해도 주의력이 흐트러질 수밖에 없거든. 놈은 그 점을 확실히 노리고 있어. 누군지는 모르지만 머리까지 비상한 놈이야."

궁삼오는 이 인 일 개 조씩 짝을 지어 잠복할 위치를 지정해 주었다. 해가 지기 전까지는 유람객 사이에 끼어 구경을 하다 모두가 떠나면 신속히 잠복하라고 했다.

막종오는 또다시 해배달과 같은 조가 되었다.

그런데 해배달은 유람객들을 살피는 것이 아니다 공자의 묘를 비롯해 주위 유적을 구경하느라 정신이 없었다.

"이게 바로 공자의 묘비란 말이지."

그는 하늘을 찌를 듯 솟아 있는 비석을 만지며 감탄했다.

"명성답게 비석도 크구만. 나도 죽으면 세상 사람들이 이런 비석 한 개쯤 세워주는 큰일을 해야 할 텐데."

해배달은 경계와 감시는 뒷전이었다. 그러다 보니 막종오도 그를 따라다니며 곡부를 구경할 수밖에 없었다.

워낙 크고 광범위한 지역이어서 두 사람이 구경을 채 마치기도 전에 해가 떨어졌고 유람객들이 철수하기 시작했다.

"하는 수 없군. 남은 유적지는 내일 아침에 다시 돌아볼 수밖에."

해배달이 입맛을 다시고 자신들이 잠복할 서쪽 석옥 근처로 다가갔다.

제자 자공이 지었다는 석옥은 움막에 가까울 만큼 작았고 주위로는 적지 않은 회목이 심어져 있었다. 두 사람은 석옥 주위를 구경하는 사람처럼 몇 바퀴 돌다 유람객들이 모두 사라지자 신속하게 회목 사이로 몸을 숨겼다.

"모두 제 위치에 잠복했나?"

궁삼오의 전음이 날아왔다.

해배달이 인상을 썼다.

"이 개자식은 위아래도 없나. 끝까지 반말이구만. 잠복했다. 이상."

해배달이 신경질적으로 전음을 보냈다.

"밤새 꼼짝도 하지 말고 제 위치를 사수하라. 만약 의심나는 인기척이 있거나 사람이 나타나면 즉각 보고하도록. 알았나?"

문득 해배달이 씨익 웃더니 전음을 보냈다.

"그럼 뒷일을 볼 때는 어떻게 하는가? 숨어 있는 자리에서 보면 냄새가 날 것 아닌가?"

"혈호, 지금 장난하느냐?"

궁삼오는 두 명씩 짝을 지어주며 자기가 부르기 편하도록 암호를 지어주었는데, 두 사람은 붉은 여우라는 혈호가 붙었다.

"장난이라뇨? 사람이 긴장을 하다 보면 평소보다 훨씬 자주 뒤가 마려운 법이오. 그래서 만약을 대비해 묻는 것이오."

잠시 전음이 없었다.

그러더니 곧 궁삼오의 짜증을 짙게 담긴 전음이 날아왔다.

"알아서 해결하라. 그런 것까지 내가 일일이 가르쳐 주고 지시를 해야 하나?"

"알겠소이다. 그럼."

해배달이 느물ㄱ리며 웃었다.

금세 사방이 어두워졌고 그토록 시끄럽던 주위가 조용해졌다. 마침 동쪽 하늘로 찌그러짐이라고는 한 올만큼도 없는 보름달이 떠올랐다.

"흥분되는군. 과연 흥수는 나타날 것인지, 그리고 어떤 방법으로 이렇게 촘촘하게 짜여진 포위망을 뚫고 북궁설을 데리고 사라질 것인지 말일세."

막종오 역시 기대가 된다는 듯 가볍게 고개를 끄덕이며 한 가지 방법을 생각했다.

'그것뿐이다!'

흥수와 악씨세가 사이에 싸움이 붙을 때밖에 기회가 없었다.

유람객이 몰려들고 흥수와 싸움이 벌어지면 공자묘 주위는 난장판으로 변할 것이다. 그때 잽싸게 북궁설을 위장시키고 자신도 변장하여 떠나는 방법이었다.

밤은 무사히 지나갔다. 아무런 일도 일어나지 않았고 동녘이 밝아오기 시작했다. 궁삼오의 귀를 피해 낮은 소리로 새벽까지 떠들던 해배달은 나무에 등을 기댄 채 곯아떨어져 있었다.

날이 밝아오면서 공자묘 주위로 긴장이 흘렀다. 막종오는 공자묘 주위로 최소한 삼백 명 이상의 무사들이 숨어 있을 것으로 내다보았다.

마침내 시뻘건 불덩이가 떠오르고 진시가 되자 유람객들이 하나둘씩 모습을 보이기 시작하더니 채 반 시진도 지나지 않아 공자묘는 인파로 들썩거렸다.

"하하하!"

"호호호!"

단체로 온 유람객들이 몰려다니며 웃고 떠드는 소리에 해배달도 자리에서 일어났다.

이른 아침인데도 벌써 술에 취한 사람도 보였고 풀밭에 자리를 깔고 앉아 음식을 꺼내놓고 먹는 사람들도 부지기수였다.

오시가 가까워지자 유람객들은 더욱 불어났다. 족히 일천여 명은 됨직했는데 막종오의 눈이 번갯불 같은 빛을 폭사했다.

저 아래 공자묘를 향해 올라오는 인파들 사이로 낯익은 얼굴이 보였다.

'북궁설이다!'

발끝에서부터 머리까지 흠잡을 곳이라고는 없는 굴곡진 몸매, 그러나 두 번 다시 쳐다보기 싫은 추악한 용모의 백의여인은 북궁설이 분명했다.

코끝으로 맡아지는 연향은 백의여인이 북궁설임을 확실히 각인시켜 주었다.

"쯧쯧! 더럽게 못생겼군. 몸매는 환상인데 얼굴이 호박이라니, 불쌍하도다. 여자는 뭐니 뭐니 해도 얼굴인데 말이야."

해배달이 사람들 틈에 섞여 오는 북궁설을 보며 혀를 찼다.

막종오는 북궁설 주위를 살폈다.

하지만 그 어디에도 악담사의 모습은 보이지 않았다. 그러나 필시 유람객으로 변장하여 그녀 곁을 떠나지 않고 있으리라 확신했다.

홍수는 북궁설을 공자묘로 데리고 나오라는 얘기만 했을 뿐, 특정한 장소를 정해주지는 않았다. 그래서 북궁설은 어느 한곳에 서 있지 않고 다른 유람객들과 똑같이 공자묘를 돌며 구경을 했다.

그때 해배달이 아랫배를 쥐며 말했다.

"잠시 볼일 좀 보고 오겠네."

마음대로 하라는 듯 막종오는 고개를 끄덕여 주었고, 해배달은 좌측 숲 속으로 사라졌다.

'저자들이군.'

막종오의 눈이 빛을 뿌렸다. 북궁설의 좌측으로 허리가 구부정한 시골 촌로의 모습을 한 부부가 구경을 하고 있었다. 냄새는 그 부부에게서부터 풍겼는데, 노인이 악담사이고 노파가 혈불이다. 그 주위로 동일한 행색을 한 사람들이 왔다 갔다 하는 것이 필시 반구각의 무사들일 것이다.

그때 한 떼거리의 사람들이 이동을 했다. 운남쪽 사투리를 쓰는 것으로 보아 그쪽 방면에서 온 단체 유람객들인 듯했다. 이십여 명쯤 되었는데 절반은 남자이고 절반은 여자였다. 막종오는 필시 부부 동반일 것이라고 생각했다.

스무 쌍의 부부가 뭉쳐 지나가면서 순간적으로 북궁설의 모습이 막종오의 시야에서 사라졌다. 하지만 이내 다시 나타났고 여전히 북궁설은 다른 사람들 틈에 섞여 유람을 하고 있다.

'오시다!'

홍수는 오시에 악화란과 북궁설을 맞바꾸자고 제의했다. 북궁설을 뚫어져라 쳐다보고 있었지만 아무런 변화도 없었다. 악담사와 혈불 역시 근처에서 느긋한 자세로 구경에 빠져 있었다. 하지만 모든 신경은 북궁설에게 집중되어 있을 것이다.

오시가 지난 지 반 각쯤 흘렀지만 북궁설은 여전히 구경에 빠져 있었다.

"별일없지?"

그때 볼일은 보러 갔던 해배달이 돌아오며 물었다.

막종오가 아무런 대답을 않고 북궁설 쪽에 시선을 고정시키자 해배달도 따라 시선을 옮겼다.

"으와, 비석 한번 크구만."

"이게 묘야, 동산이야?"

사람들이 커다란 묘와 비석을 보며 연신 경악을 금치 못했다.

시간은 점차 흘러갔고 하늘 한가운데 떠 있던 태양도 조금씩 서쪽으로 이동하기 시작했다. 시간이 흘러갈수록 더욱 긴장감은 높아졌고 노부부로 변장한 혈불과 악담사 또한 북궁설 근처에서 떠나지 않고 무슨 얘기인지 열심히 나누고 있었다. 아마 공자묘와 주위 유적에 대한 설명을 하고 있을 것이다.

벌름!

순간 막종오의 코가 꿈틀거렸다.

코끝에서 맡아지던 연향이 사라졌다. 막종오는 다시 한 번 숨을 들이켜며 흠흠거렸지만 여전히 연향 냄새는 맡아지지 않왔다.

팟!

막종오의 눈이 커졌다. 그리고 한순간 머릿속을 번개처럼 스치는 것이 있었다.

'이, 이런!'

막종오가 번개처럼 뛰쳐나갔다.

해배달이 뛰쳐나가는 막종오를 보며 말했다.

"어딜 가는 건가?"

"해 혈호, 저 새끼 어디 가는 거야? 왜 저래?"

궁삼오의 전음이 다급히 날아왔다.

해배달 또한 전음으로 대꾸했다.

"모르겠소. 그냥 뛰쳐나가는구려."

"뭐 해, 인마. 빨리 따라가 봐."

해배달이 궁삼오가 있는 방향을 노려보았다. 인마라는 소리에 기분이 상한 것이다.

"알았소."

이 개자식아, 하는 말이 목구멍까지 치밀었지만 뒷말은 삼켰다.

막종오가 북궁설을 향해 달려가자 노부부로 변장해 있던 악담사와 혈불이 돌아보았다.

"뭐 하는 것이냐, 지금?"

악담사의 전음이 막종오의 귀를 파고들었다.

하지만 막종오는 대답하지 않고 북궁설 앞으로 달려갔다.

"저 자식이!"

혈불이 뛰어가려 하자 악담사가 손목을 낚아챘다.

기다려 보라는 뜻이었는데 북궁설에게 다가간 막종오가 그녀를 올려다보았다.

그런데 북궁설은 자신을 발견하고서도 아무런 반응이 없었다.

"이런 우라질!"

막종오가 욕설을 퍼부으며 그녀의 얼굴을 확 쥐어뜯듯이 잡아당겼다.

찌이익!

그러자 인피면구가 찢어지며 전혀 엉뚱한 여인이 모습을 드러냈다.

삼십 초반쯤의 여인은 주근깨투성이었는데 겁에 질려 말했다.

"나, 나으리, 용서해 주세요. 전 돈을 받고 시키는 대로 했을 뿐이에요."

그제야 악담사와 혈불이 달려왔고 뒤이어 궁삼오를 비롯한 곳곳에서 숨어 있던 무사들이 바람처럼 달려왔다.

"속았다."

"뭣들 하느냐? 단 한 사람도 공자묘를 빠져나가지 못하게 막아랏!"

혈불이 악을 썼고 무사들이 일제히 사방으로 흩어졌다.

그때 오른쪽 숲 속으로부터 한 여인이 걸어나왔다.

"아, 아가씨!"

혈불이 놀라며 그녀에게 다가갔다.

악담사 또한 악화란이 다가오자 놀란 표정을 지었다.

"어디 있었느냐?"

악담사가 물었지만 악화란은 아무런 말도 하지 않았다. 초점 흐린 눈빛과 창백해 보이는 안색에서 그녀가 약물에 중독되었다는 것을 파악한 악담사가 혈불에게 명령했다.

"란아를 일단 집으로 옮겨라."

혈불의 명령에 두 명의 반구각 무사가 나타나 그녀를 부축하여 사라졌다. 두 무사의 부축을 받으며 걷는 악화란의 눈동자에는 여전히 초점이 없었다.

악담사가 살기 띤 눈으로 여인을 노려보았다.

여인은 공포에 떨며 더듬거렸다.

"나, 나리 전 그냥 구경을 하고 있었는데 한 남자 분이 다가와 자신이 시키는 대로만 하면 금화 열 냥을 주겠다고 해서……."

여인은 겁에 잔뜩 질린 표정으로 악담사의 눈치를 보며 말을 이었다.

"저에게 가면을 씌우고 옷까지 갈아입혔습니다. 그리고 이 근처를 서성거리기만 하면 된다고……."

그녀의 말이 거짓이 아님을 악담사는 읽어낼 수 있었다.

'운남에서 온 단체 유람객들이다!'

악담사의 머리를 스치는 생각이었다.

그들이 흥수와 한패일 가능성이 높았다.

"쫓아라!"

운남에서 온 단체 유람객들을 찾는 게 급선무다. 한두 사람
도 아닌 스무 명이 이동하므로 어렵지 않게 눈에 띌 것이다.
아직 시간적으로 보아 그들이 공자묘를 빠져나가지는 못했을
것이다.

"너!"

해배달이 날아간 쪽을 향해 몸을 날리려는데 악담사가 그런
그를 불러 세웠다.

막종오는 뜨끔했지만 태연한 얼굴로 쳐다보았다.

악담사가 으르렁거리는 목소리로 물었다.

"어떻게 이 계집이 가짜라는 것을 알았느냐?"

"사, 사실은 엉덩이였습니다."

막종오가 얼굴을 붉히며 설명을 했다. 처음 북궁설을 봤을
때 그녀의 엉덩이는 위로 바짝 치켜 올라가 있었다. 그런데 여
인의 엉덩이는 축 처져 있었다고 했다. 사실은 냄새로 구별한
것이지만 곧이곧대로 말하면 의심을 살 우려가 있어 둘러댄
것이다. 약간은 미심쩍어하는 눈빛이었지만 워낙 상황이 다급
했기에 다들 수긍하는 표정들이었다.

"그럼 속하는 이만 가보겠습니다."

막종오가 가볍게 목례를 하고 몸을 날렸다.

날아가는 막종오를 혈불이 쫓으며 또다시 고개를 갸웃거렸
다. 기억이 나지 않지만 아무리 봐도 눈에 익은 느낌이다.

공자묘 주위에 철통같은 경계망이 펼쳐졌다. 공자묘를 들어올 수 있는 입구는 한 곳이다. 하지만 빠져나가는 곳은 모두 세 곳이었다. 입구를 한 곳으로 정한 것은 요금 징수를 수월토록 하기 위한 조처였지만 들어와 구경을 한 후에는 가장 가까운 출구를 이용해 빠져나가면 되었다.

세 곳의 출입구에 반구각 무사들이 진을 쳤고 중간 중간에 외문무사들과 선발되어 온 내문 무사들이 물샐틈없이 진을 치고 있었다. 느닷없이 검을 휴대한 무림인들이 냉랭한 눈으로 훑어보자 유람객들 얼굴에 두려움과 불만이 교차했다.

"으이그, 재수없어. 난 저 작자들만 보면 십 년 전에 먹었던 근해어(近海魚)가 넘어오려고 해."

"하긴 아버지가 무림인에게 맞아 죽은 자네 눈에 처들이 좋게 보일 리가 없지."

사람들은 웅성거리며 조심스럽게 빠져나갔다.

막종오는 해배달과 함께 동쪽 숲 속에 숨어 있었다. 하지만 아무리 잠복해 있어도 사람의 기척은 없었다.

"귀신이 곡할 노릇이야. 그 많은 사람들이 지켜보고 있는데 감쪽같이 바꿔치기 해 사라지다니."

주위를 살피고 있는 막종오를 흘깃 돌아보며 해배달이 말을 계속 이었다.

"우린 여자를 보면 일단 가슴 크기부터 살피는데 자네는 우리와 전혀 다르군?"

해배달이 누런 이를 드러내며 웃었다.

"잠깐만 기다리게. 볼일 좀 보고 오겠네."

해배달은 막종오의 대답도 듣지 않고 숲 속으로 걸어 들어갔다. 저만치 걸어가던 해배달이 아랫도리를 내리며 주저앉더니 그의 모습이 사라졌다.

막종오는 근처를 스윽 한번 훑었다.

바람에 흔들린 나뭇가지가 눅눅한 것을 보며 어쩌면 오후 늦게 비가 올지 모른다는 생각이 들었다. 햇볕은 쨍쨍했지만 바람 속에 습기가 진하게 담겨 있음을 느꼈기 때문이다.

한참이 지나도 해배달은 나타나지 않았다. 그러나 막종오는 그를 찾거나 부르지 않았다. 태연한 표정으로 자리를 지키고 있을 뿐이었다.

반 각이 지나고 일각이 지나도 해배달은 돌아오지 않았다. 막종오는 해배달이 사라진 곳을 향해 이따금 눈길을 한번 주었을 뿐, 초조해하거나 당황하지 않았다.

해배달이 볼일을 보러 사라진 지 이각쯤 지났을 때 막종오가 길게 호흡을 했다.

힐끔!

해배달이 주저앉은 곳을 쳐다보며 속으로 중얼거렸다.

'너무 길어도 의심받고 너무 일러도 좋지 않지.'

막종오가 길게 심호흡을 하더니 입술을 움직였다. 궁삼오에게 전음을 보내기 시작했다.

"동쪽 백악골 입구를 지키는 혈호(血狐)요."

"말하라, 혈호."

"아무래도 이상하오. 볼일을 보러 간 해 무사가 돌아오지 않고 있소이다."

"뭣이? 얼마쯤 지났나?"

"이각이 채 안 되었소."

"이런, 기다려라."

잠시 후 옷자락 펄럭이는 소리가 들리더니 궁삼오와 감태기가 나타났다.

"해 무사가 돌아오지 않고 있다고?"

감태기가 다그치듯 물었다.

막종오가 고개를 끄덕인 후 두 사람을 그가 볼일을 보기 위해 주저앉았던 곳으로 데려갔다. 예상대로 해배달의 모습은 보이지 않았다. 볼일을 보았다는 흔적도 없었다.

궁삼오의 보고를 받고 악담사와 혈불을 비롯해 악씨세가의 무사들이 속속 도착했다.

막종오는 다시 한 번 악담사에게 해배달이 볼일을 보러 갈 당시의 상황을 설명해 주었다.

빠아악!

"아이쿠!"

악담사의 발길이 정통으로 막종오의 사타구니를 걷어찼다.

지금까지 남의 사타구니를 물어뜯어 보긴 했지만 자신이 직접 맞아보기는 처음이었다. 하늘이 노랗게 물들고 눈앞으로 수많은 형형색색의 별들이 아롱거렸다.

"개자식, 함께 있었으면서도 모르다니."

뻐억!

이번에는 아랫도리를 양손으로 감싼 채 쭈그리고 있는 막종오의 턱에 발길질이 가해졌다.

벌러덩!

막종오는 뒤로 사정없이 넘어졌다.

넘어진 막종오의 몸 위로 악담사의 발길질이 소나기처럼 쏟아졌다.

빡— 빠빠빡!

막종오의 얼굴이 순식간에 피투성이로 변하며 짐승 같은 신음을 흘렸다.

퍼어억!

또다시 엄청난 충격이 가해졌다.

"허걱!"

막종오의 몸이 입을 떠억 벌리며 뻣뻣해졌다.

벼락을 맞은 듯 꼼짝도 않고 있더니 꺼르륵 하는 소리를 내며 꿈틀거렸다.

"아으으으!"

"네놈이야말로 같은 동료였으니 누구보다도 놈에 대해 잘 알고 있을 터, 빨리 일어서서 놈을 쫓지 않고 뭐 하느냐?"

그러면서 다시 사타구니를 걷어찼다.

막종오는 숨이 넘어가는 비명을 지르며 몸을 일으켜 세웠다. 더 뒹굴다가는 발길질이 계속될 것 같았으므로 아픔을 참고 일어난 것이다.

그리고 비틀거리며 숲 속을 걸어갔다. 아랫도리의 고통으로 인해 신법을 펼칠 엄두를 내지 못했다.

한참 숲 속을 비틀거리며 걷던 막종오의 걸음이 어느 순간 세워졌다.

스윽!

주위를 한번 살피더니 아랫도리를 벗고 사타구니를 살폈다. 아랫도리가 상당히 부어 올라 있었다. 만약 자신의 양손으로 결사적으로 막지 않았다면 지금쯤 위험한 상태에 빠졌을지도 모를 일이었다.

"씨벌 놈! 두고 보자!"

그는 악담사가 있는 곳을 향해 험악하게 인상을 쓴 후 몸을 날렸다.

사실 막종오가 해배달을 의심하기 시작한 것은 비무 상대가 되어달라고 청했을 때부터였다. 당시 그는 자신의 검에 팔에 상처를 입었는데 그 전날 밤 북궁설이 묵고 있는 처소를 침입했던 흉수 역시 호위무사들로부터 팔에 상처를 입었다고 했다. 그래서 대대적인 내외문무사들을 상대로 팔의 상처 확인 작업이 벌어졌다.

그런데 하필 그날 그는 자신에게 비무 상대를 요청했고 팔에 부상을 입었다. 물론 그 이전부터 그의 행동거지에서 여러 가지 석연찮은 점을 발견했지만 결정적인 증거는 바로 그때였다.

그날부터 해배달을 유심히 살폈다. 그리고 마침내 악씨세가 내부에 그의 동조자가 있다는 사실을 알았다. 협박 서찰이 날아올 때마다 그는 자신과 같이 있었는데 그것은 동조자가 있음을 확실히 뒷받침했다.

관도가 나타났다. 짐을 실은 마차와 몇몇 행인들이 지나가고 있었는데 막종오는 관도를 유심히 살폈다.

좌측으로 가면 운문이고 오른쪽으로 가면 연대(煙臺)이다. 운문은 조그만 현이지만 연대는 상당히 큰 도시이다. 관도 오른쪽으로 풀잎들이 적지 않게 떨어져 있었다. 그것은 숲 속을 뛰쳐나온 무사들이 연대를 향해 날아갔다는 증거였다.

팟!

막종오 또한 지체없이 연대를 향해 들어갔다.

복잡한 저잣거리로 들어가는 것이야말로 도망자에게는 가장 안전한 방법이다.

막종오는 운남 사투리를 쓰며 북궁설을 에워싸듯 지나간 무리들 역시 해배달과 한통속이라고 생각했다. 해배달은 조직적으로 움직이고 있었던 것이다.

그가 우두머리인지 아니면 누구의 사주를 받았는지 알 수는 없었지만 여러 가지 정황을 보건대, 계획은 치밀했고 놀라울 만큼 침착했다.

척!

한참을 날아가던 막종오가 뚝 떨어지듯 내려섰다.

관도 한가운데 한쪽 눈에 검은 안대를 하고 옆구리에 시커먼 쇠몽둥이 한 개를 차고 있는 사내.

그는 독안살봉으로 불리는 감태기였다.

"어서 오게. 궁삼오가 해배달을 대신해 자네와 같이 움직이라는 명령을 내렸네."

감태기는 막종오가 어그적거리며 다가오자 아랫도리를 보며 인상을 찌푸렸다.

"정말로 몰랐는가? 그토록 함께 오랫동안 생활했다면 뭔가 의심의 구석을 발견했을 텐데 말일세."

막종오가 엉거주춤 서서 말했다.

"그러는 조장은 나보다 더 그와 오래 있었으면서 전혀 알아차리지 못했소?"

막종오가 신경질적으로 말하자 감태기의 안색이 가볍게 변했다. 하지만 이내 표정을 고치며 말했다.

"어서 가세."

두 사람은 어깨를 나란히 하고 몸을 날렸다.

그동안 감태기를 조장으로 하여 오랫동안 생활했지만 이렇게 단둘이서 움직여 보기는 처음이었다.

*   *   *

하나의 지도가 펼쳐져 있었다. 누가 보더라도 한 채의 장원을 가리키고 있다는 것을 알아볼 수 있을 만큼 뚜렷한 표시가 있었다.

탁!

천수사의 손가락이 장원을 둘러싸고 있는 붉은색 부분을 가리키며 말했다.

"일차 관문은 이것이오?"

"그것은 분혼적죽 아니오?"

흑곰을 연상케 하는 거구의 사내가 말했다. 좌우의 귀에서부터 시작하여 턱을 완전히 덮은 구레나룻이 인상적인 그는 등 뒤로 도신이 유난히 넓은 칼을 메고 있었다.

그는 바로 종산의 폭발 사고로 죽은 팽문의 문주 팽벌의 장자 팽남우였다. 죽은 부친을 대신해 팽문의 문주가 되었는데 붉은색을 보는 그의 두 눈이 활활 타오르고 있었다. 그는 지금 부친을 죽인 악씨세가에 대한 복수심으로 똘똘 뭉쳐 있었다.

"그렇소이다. 분혼적죽이오. 모두 알다시피 분혼적죽은 독을 갖고 있소. 문제는 해독제가 있지만 그 분량이 우리 육문의 모든 제자들에게 나눠 줄 만큼 많지 않다는 것이오."

"분혼적죽을 통과하지 않고서는 들어갈 수 없소?"

말을 하는 이는 죽은 하후세가의 가주 하후곤의 동생 하후몽이었다.

천수사가 하후몽을 보며 말했다.

"없소. 있다면 분혼적죽 가운데로 뚫린 정문 도로를 향하는 것뿐인데, 그 방법은 우리가 침입하고 있다는 사실을 알려주는 어리석은 길이오."

"염병할, 그럼 어떻게 하자는 거요?"

"해독제를 각 문마다 무공이 높은 순으로 바르게 하는 것이 어떻소?"

"해독제까지 바르지 못하면 무공이 약한 제자들은 무조건 죽으라는 얘기가 아니오?"

여기저기서 나름대로는 묘안이 나왔지만 천수사는 눈빛도 깜빡이지 않았다. 방법들이 신통치 않았기 때문이다.

잠시 정적이 감돌았고 다혈질인 팽남우가 버럭 소릴 질렀다.

"어딘가 방법이 있을 것이오. 어서 생각들 좀 해보시오."

한시라도 빨리 악씨세가를 쳐들어가고 싶었다. 악씨세가를 쳐들어가 악담사의 목을 잘라 부친의 묘소에 바치고 싶었다.

"방법은 하나뿐이오. 분혼적죽에 견딜 수 있는 해독제의 양이 한정되어 있는 만큼 가급적 소수를 이용해 침투하는 것이오."

"소수?"

"그 대신 각 문에서 내로라하는 정예들이 되어야겠지요."

모두가 서로를 돌아보았다.

하지만 달리 뾰족한 수가 없었으므로 천수사의 제안에 동의할 수밖에 없었다.

그때 발자국 소리가 들리며 실내로 한 사람이 들어서자 모두의 고개가 돌아갔다.

입구에 들어선 사람은 사마홍이었다.

천수사가 아는 체를 했다.

"무슨 일이십니까, 아가씨?"

사마홍이 자신을 쳐다보는 육문의 주인들을 향해 웃으며 말했다.

"군사와 잠시 할 얘기가 있어요."

천수사가 사마홍을 따라 밖으로 나갔다.

두 사람이 사라지자 실내의 사람들이 무슨 일인가 하는 의문 가득한 시선을 만들었다.

잠시 후 사마홍과 나간 천수사가 들어섰다. 사람들이 무슨 얘기를 나누었느냐는 듯 천수사를 바라보았다. 그러자 천수사가 고개를 쳐들고 조용히 입을 열었다.

"악씨세가에 지금 태풍이 불고 있다는 소식이오."

"태풍?"

"그건 또 무슨 소리요?"

천수사가 말을 이었다. 정체를 알 수 없는 인물이 악화란을 납치하여 북궁설과 교환했고, 때문에 지금 악씨세가의 모든 고수들이 그 뒤를 추적하고 있다는 얘기였다. 그의 말이 끝나자 사람들의 얼굴에 극도의 긴장감이 떠올랐다.

사람들이 웅성거렸다. 옆에 앉은 사람들과 얘기를 나누며 지대한 관심을 보였다.

"이제 앞으로 어떻게 되는 거요?"

"지금이야말로 기회 아니오?"

"물론이지요."

조용히 대답하는 천수사의 눈빛이 무겁게 가라앉아 있었다. 거대한 살인을 앞둘 때마다 나타나는 그의 버릇이었다.

第二章
정체

삼류자객 三流刺客

해질녘의 저잣거리는 인산인해를 이루었다. 길거리 장사꾼들이 하루의 장사를 마감하기 위해 떨이를 외치며 몇 개 남지 않은 물건을 팔고자 핏대를 올렸는데, 그 모습이 마치 싸움을 벌이는 것 같았다.

"도대체 어딜 가는 거요?"

꾸불꾸불 이어지는 골목으로 걸어가는 감태기를 보며 막종오가 참다 못해 물었다. 감태기가 아무런 대꾸 없이 걷기만 하자 막종오는 뒤를 따르며 계속 투덜댔다.

골목을 빠져나오자 좀 더 넓은 골목이 나타났다. 그런데 저잣거리와 달리 그곳은 사람들의 통행이 거의 없었다.

골목을 살피던 막종오가 놀란 표정으로 물었다.

"여긴 유곽촌이 아니오?"

골목 좌우로 화려한 간판을 매단 유곽들이 늘어서 있었다. 유곽촌은 낮은 조용하지만 밤이 되면 어떤 곳보다 붐빈다. 감태기가 막종오의 궁금증을 풀어주려는 듯 입을 열었다.

"도망자들이 가장 은신하기 좋은 곳이 이런 곳일세. 이런 곳은 한마디로 법의 사각지대라고 할 수 있으며 온갖 죄를 짓고 관부나 무림으로부터 쫓기는 자들이 가장 많이 스며들어 와 있네."

감태기가 말을 이었다.

"내 경험에 비춰 해배달이 이곳으로 잠입했을 가능성이 팔 할 이상일세. 하지만 이 안에 그를 돕는 기녀라도 있다면 더욱 찾아내기 불가능하지."

막종오의 눈이 가늘어졌다.

지금 감태기의 얘기는 전형적인 자객들의 동선이었다. 뒷골목은 자객들의 최대 은신처이며, 기녀들은 그들의 최대 보호자이다. 하지만 더욱 중요한 사실은 감태기가 이곳으로 들어왔다는 것은 해배달을 자객으로 판단하고 있다는 의미도 되었다.

오조는 물론 외문무사들 중 상당수가 북궁설을 노리고 들어왔다는 것을 짐작은 하고 있었지만 해배달이 자객이라는 사실은 뜻밖이었다. 아직 정확한 물증이 없기 때문에 속단할 수는 없었지만 감태기의 설명에 나름대로 일리가 있었다.

또 한 가지 놀라운 것은 감태기의 판단이었다.

염불은 중이 제일 잘 안다. 자객이야말로 자객의 습관을 가장 잘 알고 있다는 얘기인 것이다. 조금 전 감태기의 추리는 자객이 아니고서는 할 수 없는 것이었다.

그러나 독안살봉은 자객이 아니다. 다소 손속이 잔인해서 그렇지 그는 정통 무인이다.

막종오는 조금씩 흥미를 갖기 시작했다. 그리고 한 가지 생각이 머리를 지배했다. 자신의 예측이 조금씩 맞아떨어지고 있었기 때문이다.

골목 여기저기를 둘러보던 감태기가 한곳을 향해 걸어갔다. 그곳은 골목 어귀로, 냄새 나는 쓰레기들이 쌓여 있었는데 감태기의 시선이 담벽에 고정되었다.

담벽에 목탁을 든 해골이 그려져 있었다. 누군가 낙서하듯 거칠게 그려놓았는데 감태기는 한동안 그림에서 시선을 떼지 않았다.

"귀신이 목탁을 들고 있지 않소?"

막종오가 다가와 그림을 보며 말했다.

"맞네. 일컬어 목탁귀(木鐸鬼)라는 거지. 한데 저 목탁귀는 한 집단의 표식일세."

"……."

"바로 달마사의 표식이지."

막종오가 흠칫했다.

자객이기 때문에 자객 집단에 대해서는 훤히 꿰뚫고 있었다.

달마사(達磨死).

불가와 어떤 인연을 맺고 있을 것이라고 생각하면 오산이다. 그들은 자비와 담을 쌓고 있는 살수들이다. 아주 오래전부터 중원 최대의 자객 집단 중 한곳으로 내려오고 있었다. 얼마 전 공야주를 기습하도록 마덕갑이 청부한 곳도 달마사였다.

"해배달이 달마사 자객이란 말이오?"

감태기는 망설이지 않고 대답했다.

"가능성이 구 할일세."

막종오는 속으로 가벼운 신음을 흘렸다.

자신의 추측이 정확히 맞아떨어졌기 때문이다. 이미 해배달에게서 자객 특유의 여러 버릇과 습관을 발견했다. 그러나 오늘 목탁귀 그림으로 인해 확실해진 것이다.

"유곽이 문을 열려면 술시가 되어야 하네. 일단 어디 가서 저녁이나 해결하지."

막종오는 돌아서기 전에 다시 한 번 담벽에 그려진 목탁귀를 쳐다보았다. 한참을 쳐다보다 돌아선 막종오의 입가엔 야릇한 웃음이 걸려 있었다.

유곽촌 간판에 불빛이 들어오기 시작했다. 한적하던 골목에도 남자들의 모습이 보이기 시작했고, 호객을 위해 화장을 짙게 한 기녀들이 가게 앞에 서성댔다.

감태기가 골목을 거슬러 올라가더니 지금 막 불이 켜진 유곽의 입구에 걸음을 세웠다. 화령(花翎)이라는 간판이 연꽃 모양의 등에 쓰여 있었는데 감태기는 망설이지 않고 문을 밀치고 안으로 들어섰다.

유곽의 문을 열고 들어서자 유등의 불빛이 은은하게 실내를 밝히고 있었고 여인들의 몸에서는 분 냄새가 풍겨나 코를 찔렀다.

일층은 술을 파는 듯 굳게 닫힌 밀폐된 방이 늘어서 있었고, 이층으로 올라가는 계단은 붉은 주렴이 막고 있었다.

막종오는 일층에서는 술을 마시고 주렴 너머 이층에서는 몸이 거래된다는 것을 직감적으로 알아차렸다. 아직 이른 초저녁인데 어느 방에선가 술을 마시는지 사내들의 웃음소리가 흘러나왔다.

"어멋, 오라버니!"

막종오가 실내를 휘둘러보고 있을 때 안으로부터 한 여인이 나오며 감태기를 불렀다.

여인은 대략 서른 초반쯤으로, 무척 키가 컸고 가슴이 반쯤 드러난 백의를 걸쳤다. 그녀는 머리가 어깨를 덮고 있었는데 감태기를 보곤 빠른 걸음으로 다가왔다.

"훗훗훗! 세상에, 도대체 이게 몇 년 만이에요? 하도 찾아오지를 않아 이곳을 떠난 줄 알았어요."

여인이 상체를 약간 뒤로 젖히며 웃자 가슴이 격렬하게 출렁거렸다.

"그간 별일없었느냐? 못 본 사이에 더욱 예뻐졌구나."

"정말인가요? 감사해요, 오라버니."

여인은 자신의 뺨을 손가락으로 두어 번 쓰다듬으며 자리에 앉는 막종오를 힐끔 내려다보았다.

감태기가 자리에 앉으며 말했다.

"가서 술이나 좀 내오거라."

"네, 오라버니. 잠시만 기다려 주세요. 금방 내오겠어요."

여인은 다시 한 번 막종오를 힐끔 살피고 안쪽으로 걸어갔다.

감태기가 사라지는 백의여인의 등을 보며 말했다.

"상관미라는 계집이지. 이 바닥에서 닳고닳은 년이야. 나와 친하게 지낸 지는 십여 년 됐지. 물론, 손님으로 만났고."

묻지 않았는데도 감태기는 백의여인에 대해 말을 했다.

"처음 만났을 때는 갓 스무 살이었기 때문에 시쳇말로 싱싱했는데 오늘 보니 눈가에 주름도 생겼고 세월이 얼굴에 많이 내려앉았군. 몸을 파는 계집이지만 제법 의리도 있고 사내에 대해서는 꿰고 있어."

막종오는 아무런 말도 하지 않고 듣고 있었다.

"몽둥이를 팽개치고 살림을 차려 버릴까 생각도 많이 했지. 물론 저 아이도 날 아주 끔찍하게 좋아했고. 그런데 강호의 생활이라는 것이 묘해. 뭐랄까, 약간의 중독 성향이 있는 것 같아. 그것이 피에 대한 중독인지 죽어가면서 질러대는 비명에 대한 것인지 알 수는 없지만 막상 은퇴를 한다고 생각하자 무척 두려워지더라고."

상관미라는 여인이 커다란 쟁반에 안주와 술병을 담아 탁자

위에 내려놓았다.

술은 고가의 여아홍이었다. 주문하지도 않았는데 여아홍을 내온 것을 보면 감태기가 그것을 즐겨 마셨음을 알 수 있었다.

상관미는 감태기 옆에 붙듯 앉아 익숙한 동작으로 마개를 따더니 병을 들었다.

"오라버니, 제가 한잔 올리겠어요."

감태기가 한 손으로 잔을 내밀자 그녀가 두 손으로 술을 따르기 시작했다. 그녀의 손톱에 칠해진 붉은 봉화(鳳花)가 유등불을 받아 유난히 붉은빛을 뿌렸다.

술을 모두 따라 준 상관미가 막종오를 돌아보았다.

"공자님께도 한잔 올리겠어요. 오라버니와 같이 오신 걸 보니 친구 되시나 보군요."

막종오는 약간 큰 소리로 대답했다.

"내 상관이오!"

그러자 감태기가 깜짝 놀란 표정으로 막종오를 쳐다보았다. 엄밀히 따지면 오조의 조장이기 때문에 상관이라는 막종오의 표현은 틀리지 않았다. 하지만 외문무사들의 직급 편제는 단순히 질서를 잡기 위한 목적일 뿐, 무공이 강하다거나 하여 조장으로 앉힌 것은 아니었다. 오조뿐만 아니라 다른 조 역시 대체적으로 연륜이 조금 있는 사람들이 맡았다.

"오라버니에게 부하가 생겼단 말이에요? 하긴 독안살봉 정도 되면 부하 한두 명쯤 거느린다는 것이 이상할 것은 없죠."

감태기가 상관미의 잔에 술을 따라 주고 자신이 잔을 들어 올렸다. 막종오와 상관미가 따라 잔을 들었고 셋은 일제히 첫 잔을 비웠다.

"미야."

잔을 비운 감태기가 정색을 하여 불렀다.

상관미가 눈을 반짝거리며 쳐다보았다.

"네, 오라버니."

스윽!

갑자기 감태기가 품에서 한 장의 서찰을 꺼내 펼쳐 들었다.

감태기가 내민 서찰을 본 상관미가 흠칫했다. 막종오 또한 무슨 서찰인지 궁금하여 고개를 옆으로 슬그머니 빼서 쳐다보다 말고 놀란 표정을 지었다.

서찰에는 놀랍게도 해배달의 얼굴이 그려져 있었다.

"누구죠?"

"당장 알아보거라. 아마 지금쯤 이곳 어딘가에 있을지도 모른다. 빠를수록 좋다."

"네, 알았어요."

상관미는 이유 따윈 묻지 않고 서찰을 들고 일어나 안쪽으로 걸어 들어갔다.

감태기가 걸어 들어가는 상관미를 보며 다시 말을 이었다.

"이곳에서만큼은 발이 무척 넓지. 따르는 아이들도 적지 않고 해서 저 계집이 부탁을 하면 누구도 거절하지 않네. 아마 길어도 한 시진이면 이곳에 해배달이 있는지 없는지 밝혀질 걸세. 그동안 우린 술이나 마시면서 얘기나 나누자고."

두 사람은 술을 마시며 얘기를 나눴다. 주로 감태기가 말했고 막종오는 들었는데, 해배달에 관한 것이었다.

한참 얘기를 하고 있을 때 안으로 들어갔던 상관미가 다가왔다.

"이십여 장 본을 떠서 아이들에게 보여주고 각 업소마다 전달하라고 해놨어요. 잠시 술을 마시고 계시면 무슨 연락이 올 거예요, 오라버니."

"고맙다. 항상 너에게 신세만 지는구나."

상관미가 눈을 흘겼다.

"오라버니, 우리 사이에 그런 말 하지 않기로 했잖아요."

"그래, 요즘 장사는 어떠냐? 들어오면서 보니 초저녁인데도 손님이 있는 것 같더구나."

"단골들이죠, 뭐. 요즘은 단골로 겨우 버텨요. 이 바닥에서 이십 년을 뒹굴었지만 요즘처럼 힘든 적은 별로 없었어요. 우리 가게뿐만이 아니라 다른 곳도 마찬가지죠."

"핫핫핫!"

"호호홋!"

그때 한 쌍의 남녀가 주렴을 걷고 이층으로 올라갔다.

몸을 거래하기 위함일 것이다. 그런데 이층으로 올라가는 기녀를 쳐다보던 막종오의 눈빛이 기이한 빛을 띠었다. 하지만 상관미와 얘기를 나누느라 감태기는 미처 발견하지 못한 듯했다.

"으음……!"

막종오가 나직한 신음을 흘리며 채워진 잔을 들어 올렸다.

보랏빛 여아홍이 찰랑거리는 잔을 보며 막종오는 속으로 중얼거렸다.

'놀랍다. 상관미라는 이 여인도 그렇고, 저 여인 역시 평범하지 않다.'

사실 막종오는 이곳에 들어서서는 내심 놀랐다.

실내의 공기를 접하자 본능적으로 온몸이 움츠러들었다. 그것은 이곳이 평범한 유곽이 아니라고 말해주고 있었다.

자객은 누구보다 본능이 발달해 있다. 그래서 주위 공기의 미세한 변화에도 반응하는데, 이 안의 공기는 뜨겁게 달아올라 있었다. 몸을 파는 유곽 특유의 끈적끈적한 육욕의 공기가 아니라 무인들에게서 뿜어 나오는 내기였다.

"언니!"

그때 한 여인이 안쪽에서 급히 다가왔다.

여인이 다가와 막종오를 보며 주저하자 괜찮다는 듯 상관미가 고개를 끄덕였다.

그러자 여인이 말했다.

"낙화(落花)에 출입하는 것을 본 적이 있다는 사람이 나타났어."

"그게 누구야?"

"건너편 감국(甘菊)에 있는 내 친구 도향이, 걔 있잖아. 걔가 몇 번 봤대."

막종오는 이곳을 들어올 때 반대편 유곽의 간판이 감국이라는 것을 언뜻 보았다.

"확실해?"

"걔가 헛소리할 애야?"

상관미가 감태기를 쳐다보았다.

감태기는 표정을 굳힌 채 잠시 고개를 숙이고 생각하더니 말했다.

"낙화?"

감태기가 일어섰으므로 막종오도 따라 몸을 일으켜 세웠다.

봉화의 문을 나선 두 사람이 곧바로 골목을 올라가자 기녀들이 벌 떼처럼 달려들었다.

두 사람은 기녀들 손을 뿌리치며 반 다경쯤 걸어 올라가자 어둠 속에서 낙화라는 간판이 훤히 보였다.

"그냥 들어가는 거요?"

막종오의 말뜻은 지원을 받아야 하지 않으냐는 뜻이었다. 그런데 감태기가 고개를 저었다.

"이런 일은 가급적 적은 숫자로 소리없이 움직이는 것이 성공률을 높이지."

두 사람은 망설임없이 유곽 안으로 들어갔다.

순간 기다렸다는 듯 입구에 몰려 있던 기녀들이 벌 떼처럼 달려들며 붙잡았다.

"오빠."

"냐, 이년아. 내 손님이야."

"이쪽은 내 단골이란 말이야."

기녀들이 두 사람의 옷소매를 붙잡고 매달리자 감태기가 말했다.

"그만 해라. 우린 자주 찾는 계집이 있느니라."

단골 계집이 있다는 말에 기녀들의 태도가 돌변하며 투덜댔다.

"재수없어!"

"퉤!"

두 사람은 문을 열고 들어섰다.

콧구멍으로 아편 냄새가 훅 끼쳐 왔다.

희미한 유등불 아래 남녀가 짝을 지어 술을 마시며 아편을 빨고 있었다. 감태기는 곧장 안쪽에서 연초를 빨아대는 사십 가량의 중년 여인에게로 다가갔다.

막종오는 중년 여인이 이곳 낙화의 주인이라고 확신했다.

감태기는 다짜고짜 해배달의 초상화를 꺼내며 다그치듯 물었다.

"어딨나?"

중년 여인은 연기를 길게 내뿜으며 해배달의 초상화를 한 번 보더니 아무런 대꾸도 하지 않았다.

"다시 묻는다. 이자, 어딨지?"

"이런 미친놈을 봤나? 내가 이 새끼가 누군 줄 어떻게 알아!"

휘익!

어느새 감태기의 옆구리에 달린 쇠몽둥이가 뽑혀 나와 중년 여인의 머리통을 후려쳤다. 맞았다 하면 머리가 박살날 것은 자명했다. 그러나 그런 일은 일어나지 않았다.

어느새 중년 여인의 모습은 그 자리에서 사라지고 감태기의 몽둥이는 그녀가 앉아 있던 의자를 박살 내고 말았다.

중년 여인은 어느새 자리를 피해 좌측 통로에 우뚝 서 있었다. 막종오는 그녀의 신법이 음마귀부라는 것을 알아보았다. 그것도 눈 깜짝할 사이에 이동을 하는 것을 보아 절정에 이르러 있는 듯했다.

그때 안쪽으로부터 비명이 들려왔다.

"아악!"

"막아랏!"

중년 여인이 놀라는 표정을 지었다.

비명 소리가 계속해서 들려오며 치열한 싸움이 벌어진 듯 병장기 부딪치는 소리가 울렸다.

"컥!"

"으왝!"

비명은 쉴 사이 없이 터져 나왔다.

막종오는 안쪽에서 싸우고 있는 패거리 중 한쪽은 감태기와 같은 편이라고 여겼다. 동료들에게 연락을 하지 않았으니 악씨세가 쪽은 아니다.

문이 박살나며 다섯 명의 여인이 뛰어들어 왔다. 그녀들이 쥐고 있는 검에서 핏방울이 떨어지고 있었다.

막종오의 안색이 변했다. 예상은 했지만 그녀들은 바로 상 관미를 비롯한 봉화의 기녀들이었다.

"없어요. 벌써 튀었어요. 그리고 이곳이 바로 달마사의 비 밀 분타였어요."

상관미가 빠르게 말을 이었다.

감태기의 시선이 중년 여인을 향했다. 조금 전 까지 연초를 태우며 한껏 여유를 부리던 여인의 얼굴이 잠깐 굳어지는 듯 싶더니 금방 회복하며 입을 열었다.

"난 또, 누군가 했더니 저 아래 봉화 년들 아니냐?"

"어디로 갔나?"

감태기가 싸늘하게 물었다.

중년 여인이 콧방귀를 뀌었다.

"호호호! 지금 자객에게 심문하는 것이냐?"

중년 여인은 당당했다.

툭!

종이에 말아 피우던 연초를 집어 던지더니 품속을 뒤적거렸 다.

확!

중년 여인이 품에서 꺼낸 물건을 보며 막종오의 눈이 커졌 다.

그것은 가위였다. 그런데 두 개의 가위 날 모두가 톱니처럼 울퉁불퉁했다.

"혀, 혈련!"

상관미가 놀란 표정을 지었다.

혈련(血蓮) 위수산(衛水山).

그것은 달마사의 한 여자객의 별호였다. 한 개의 가위 톱으로 대강 남북의 수많은 명인과 명사들의 목숨에 베고 잘랐던 공포의 여살수.

"날 알아보다니 쓸 만한 눈이구나. 그런데 내 부하들을 죽인 것을 보니 보통 년들이 아닌데?"

상관미가 차갑게 말했다.

"강호에서 달마사에 맞설 곳이 한 곳밖에 더 있더냐?"

위수산의 눈이 커졌다.

"혹시 칠성문? 호호, 재미있구나. 한 골목에서 달마사와 칠성문이 비밀 분타를 같이 운영하고 있었는데도 여태껏 서로가 모르고 있었다니."

"뭣들 하느냐? 쳐랏!"

상관미가 명령과 함께 선두에 서서 위수산을 향해 날아갔다.

위수산이 가위 톱을 거세게 쥐며 씹어뱉듯 말했다.

"모조리 잘라주마, 이년들."

카앙!

위수산은 선두에서 날아오는 상관미의 검을 쳐내고 뒤따라오는 두 여인의 검을 가윗날을 크게 벌려 동시에 막았다.

카캉!

"헉!"

"우으음!"

두 여인이 강한 반탄력에 뒤로 물러나며 신음을 흘렸다.

막종오는 위수산의 무공이 그녀들보다 압도적으로 높다고 생각했다.

"개년들!"

위수산이 선제 공격을 가했다.

그녀의 가위가 허공을 교차하며 눈을 부시게 하는 광채를 내뿜었고 그에 맞서 상관미를 포함한 다섯 여인이 부딪쳐 갔다. 실내는 순식간에 살벌한 싸움터로 변했다.

잠시 싸움을 지켜보던 감태기가 복도를 통해 후원으로 걸어 갔다.

후원에는 십여 구의 시신이 있었다. 대부분이 낙화의 기녀들이었지만 세 구는 봉화에서 나올 때 잠깐 스치듯 보았던 기녀들이었다.

하지만 막종오가 더욱 놀란 것은 다른 데 있었다. 땅바닥에 쓰러진 여인들은 놀랍게도 낮에 공자묘에서 보았던 단체 유람객들인 것이다. 운남의 사투리를 쓰며 나타났던 열 쌍의 부부 중 일부였다.

문득 감태기가 막종오를 빤히 쳐다보며 말했다.

"더 이상 설명이 필요없겠지? 이제는 대강 눈치를 챘을 테니."

"……."

"난 칠성문의 일곱 문주 중 한 명일세."

칠성문(七星門).

달마사와 쌍벽을 이루는 자객 집단이다. 특이하게도 일곱
명이 수장으로 있어 칠성문으로 불리는데, 황금 백 냥의 가치
가 아닌 인물의 청부는 절대 받지 않는다고 전해진다.

막종오가 무덤덤하게 쳐다보자 오히려 감태기가 눈을 크게
떴다.

전혀 놀라지 않는다는 것은 칠성문을 알고 있다는 뜻이다.
하지만 이내 정색했다.

"난 자네를 죽이고 싶지 않네."

감태기의 말뜻은 선택을 하라는 뜻이었다. 자신을 따르면
살려주겠지만 거절하면 죽이겠다는 의미였다. 감태기 입장에
서도 그럴 수밖에 없는 것이, 막종오를 살려주면 곧바로 악씨
세가에 달마사와 칠성문이 이번 사건에 깊이 개입했다는 사실
을 알려줄 것이 뻔했기 때문이다. 언젠가는 알게 되겠지만 아
직 북궁설을 취득하지 못한 지금 알려져서는 안 된다.

막종오는 웃었다. 자신의 목표 또한 북궁설이기 때문에 따
르지 말라고 해도 따라야 할 판이기 때문이다. 그런데 상대가
제의하니 거절할 이유가 없었다.

막종오가 거칠게 가래침을 뱉었다.

"까짓것, 한 배 탑시다."

그럴 줄 알았다는 듯 감태기가 말했다.

"현명하군."

막종오는 속으로 웃었다. 자신은 절대 현명한 사람이 아니었다. 천하의 어떤 돌대가리라도 이런 상황에서는 감태기를 따를 것이기 때문이었다.

오히려 감태기가 고마웠다. 자신이 빼내야 할 북궁설을 달마사와 칠성문이 대신해 주고 있기 때문이었다. 달마사와 칠성문이라면 천하의 악씨세가라 해도 상당한 타격을 면치 못할 것이다. 잘하면 셋 모두 재기불능의 치명타를 입을 수도 있었다. 그때 자신이 나서서 데려가면 되는 것이다.

'맞아, 이런 것을 어부지리라 한다고 했지.'

다시 한 번 흡족한 미소를 지을 때 안쪽으로부터 비명 소리가 들려왔다.

감태기가 안쪽으로 뛰어갔다. 자기편 쪽 비명이 들리자 도움을 주기 위함인 것 같았다.

'재밌군!'

당분간 실컷 굿이나 보고 떡이나 먹으면 된다는 생각을 하며 천천히 감태기가 사라진 내실로 향했다. 복도 끝에 세 구의 시신이 있었는데 모두 봉화의 기녀들이었다. 상관미와 다른 두 여인은 부상을 입고 물러나 있었고 장내에는 감태기와 위수산이 대치하고 있었다.

뚝뚝!

가위에서는 피가 뚝뚝 떨어지고 있었다.

틈을 노리던 감태기의 신형이 날았다.

팟!

막종오의 눈이 커졌다.

정말 빨랐다. 거대한 쇠몽둥이를 들고 달려드는 속도가 육안으로 쫓을 수 없을 만큼 빨랐다. 위수산이 재빨리 혈련을 들어 그의 공격을 막았다.

"우욱!"

혈련이 밀렸다.

힘과 속도에 당하질 못한 것이다.

콰콰콰!

연이어 감태기의 쇠몽둥이가 소낙비처럼 떨어졌다. 좁은 실내가 온통 쇠몽둥이 그림자로 넘쳐흘렀다.

"하핫!"

위수산 또한 밀리지 않겠다는 듯 기합을 지르며 열심히 가위를 놀렸다.

채채챙!

불꽃이 허공을 수놓았다.

막종오는 두 사람의 싸움을 보며 감탄을 금치 못했다. 둘 모두 자객이기 때문인지 공격 하나하나가 마치 예리한 송곳 같아서 한 치만 방심했다가는 치명타를 입을 것 같았다. 거센 폭음이 터지며 탁자와 진열해 놓은 술병들이 폭풍에 휘말려 날아갔다.

"죽어랏!"

가위와 몽둥이가 정면으로 부딪쳤다.

그런데 묘하게도 몽둥이가 가위에 끼고 말았다. 위수산이 내공을 끌어올려 쇠몽둥이를 잘라갔다. 섬뜩한 소리가 들리며 놀랍게도 쇠몽둥이가 조금씩 잘려지고 있었다. 그러자 감태기 또한 전력을 다해 몽둥이에 내공을 실었다. 잘라가던 가위의 움직임이 멈췄다.

파르르르!

두 사람의 병기가 거센 파동을 일으켰다. 서로의 힘이 팽팽해지면서 생겨나는 대치였다. 모두가 땀을 쥐고 두 사람의 대결을 보았다.

가위가 조금씩 벌어졌다. 감태기의 쇠몽둥이가 가위 안쪽으로 파고들었기 때문이다.

하지만 다시 가위가 쇠몽둥이를 자르기 시작했고 감태기가 혼신의 내공을 쇠몽둥이에 주입하자 가위가 다시 벌려졌다.

두 사람의 싸움은 어느덧 내공 대결로 바뀌고 말았다.

내공 대결은 격렬한 외공 대결과 다르게 패자가 치명적인 상처를 입는다. 그래서 가급적 내공 대결은 서로가 피하는데 두 사람은 그 위험한 대결을 서슴지 않고 하고 있었다.

"하아!"

"차학!"

두 사람의 입에서 거센 기합이 터져 나오며 가위와 쇠몽둥이가 벼락을 맞은 것처럼 떨렸다.

한참을 물고 물리더니 조금씩 가위가 벌어졌다. 힘에서 위수산이 조금씩 밀리고 있는 것이었다.

퉁!

갑자기 가위가 밀려나오며 위수산이 뒤로 물러났다. 스스로 진기를 거둔 것이다. 내공 대결에서 어느 한쪽이 진기를 거두면 큰 상처를 피하지 못한다. 위수산은 이대로 계속 진행되었다가는 자신이 위태롭게 될 것을 알고 덜 위험한 선택을 한 것이다.

"가랏!"

헐떡거리는 위수산을 향해 감태기의 쇠몽둥이가 바람을 갈랐다.

위수산의 혈련이 또다시 허공을 베었다.

촤촤촤촤!

콰앙!

혈련과 쇠몽둥이가 부딪치고 악! 하는 비명을 흘리며 위수산이 창문 밖으로 튕겨졌다.

감택기가 바람처럼 그 뒤를 쫓아 골목에 쓰러져 막 일어나는 그녀의 몸 위로 쇠몽둥이를 휘둘렀다. 위수산이 본능적으로 혈련을 들어 막았지만 역부족이었다.

푸우욱!

몽둥이의 파괴력에 밀리며 혈련이 가슴을 파고들었다.

비명도 없었다. 가슴에는 평생 자신과 같이해 온 애병 혈련이 깊숙이 박혀 회색빛으로 죽어버린 그녀의 두 눈이 어두운 하늘을 올려다보고 있었다.

"서둘러 추적해야 합니다. 아이들 둘을 미리 보냈습니다."

상관미가 상처를 추스르며 빠르게 말했다.

잘했다는 듯 감태기가 고개를 끄덕이더니 곧바로 몸을 날렸다. 막종오 또한 두 사람을 뒤를 열심히 따라갔다.

*　　　*　　　*

가뭄이 계속되고 있었다. 수십 년 만에 찾아온 봄 가뭄이라며 사람들은 입을 모았다. 농사를 짓는 농부들은 쩍쩍 갈라지는 논과 밭을 보며 애를 태웠다. 비가 오지 않은 땅에 씨를 뿌릴 수는 없는 노릇이어서 그저 하늘을 원망할 뿐이었다.

한 대의 마차가 지나가며 마른 관도에 거센 먼지를 피워 올렸다. 먼지는 뭉게구름이 되어 허공을 덮었고 눈앞이 캄캄해졌다.

"쿨룩쿨룩!"

먼지 속에서 이를 부드득 가는 소리가 들려 나왔다.

자욱이 피어 오른 먼지가 가라앉고 한 사람이 점차 그 모습을 드러냈다.

홍의여인.

그러나 걸치고 있는 의복이 짙은 색이기 때문에 혈의여인이라고 해야 할 것 같았다.

여인의 체격은 상상을 초월했다. 키는 칠 척을 넘어 보였고 덩치만큼이나 얼굴 또한 바위 한 개를 박아놓은 듯 넓고 컸다. 그뿐이 아니었다. 칠공 모두가 보통 사람보다 서너 배씩은 컸다.

코도 크고 눈도 컸으며 입은 어른 뼘으로 두 개는 될 만큼 좌우로 쭉 찢어져 있었다. 그러나 가장 눈에 띄는 것은 그녀의 귀였다. 그것은 차라리 우산이었다. 너무 큰 나머지 끝이 휘어져 어깨를 덮고 있었다.

지나가는 행인들이 그녀의 우람하고 괴기로운 모습에 두 눈을 부릅뜨고 쳐다보았다.

"사, 사람 맞어?"

"두, 두 다리로 걷는 것이 사람인디?"

"여자지?"

"가슴이 나왔지 않는가?"

행인들이 수군거렸다.

단 한 명의 행인도 그냥 지나가지 않고 홍의여인의 체격과 용모를 보고 한마디씩 내뱉었지만 그녀는 귀가 막힌 사람인 양 아무런 반응도 나타내지 않았다.

그녀의 등에는 커다란 활이 하나 대각선으로 메어져 있었고 왼쪽 옆구리에는 화살을 담은 것으로 보이는 전통이 매달려 있었다.

관도가 끝나고 사람들이 북적이는 저잣거리가 시작되었다.

"저, 저건 결코 여자가 아니다."

홍의여인이 등장하면서 저잣거리가 더욱 북적였다.

하지만 그녀는 자신의 갈 길을 꿋꿋이 가기만 했다. 한참 거슬러 올라가던 홍의여인이 발걸음을 멈추고 고개를 좌측으로 돌렸다. 좌측으로 향와루라는 객점이 있었다.

홍의여인은 객점을 향해 발걸음을 옮겼다. 점소이 염을병의 눈이 커졌다. 사람이 다가온다기보다는 거대한 바위가 접근해 오고 있는 것 같았기 때문이다. 하지만 이내 정신을 차리고 달려가 넙죽 절을 하며 말했다.

"어서 오십시오. 이쪽으로."

점소이는 신속히 문을 열어놓고 그녀가 들어서길 기다렸다. 홍의여인이 문 안으로 들어서자 점소이는 신속히 객점 안을 휘둘러보았다. 객점 안은 사람들로 꽉 차 있었고 빈자리가 없었다.

점소이의 얼굴에 난처한 기색이 떠올랐다.

힐끔 뒤에 우두커니 서 있는 홍의여인을 일별한 점소이는 다시 한 번 객점을 샅샅이 살폈다.

점소이 눈이 빛을 뿌렸다. 딱 한 곳의 빈자리가 발견된 것이다. 점소이는 지체 않고 빈자리가 있는 곳을 향해 달려갔다. 그곳은 창가에 위치한 서로 마주 보며 앉을 수 있는 이인용 탁자였는데 한 사내가 미리 선점하여 식사를 하고 있었다.

"저어, 손님,"

점소이의 부름에 입 안 가득 돼지 뒷다리를 물고 뜯던 사내가 고개를 쳐들었다.

"이 자리에 손님 한 분 받아도 되겠습니까?"

점소이가 맞은편 빈자리를 가리키며 양해를 구했다. 사내가 맞은편 자리를 보더니 고개를 끄덕였다.

"가, 감사합니다."

사내를 향해 크게 허리를 구부린 점소이가 입구에 서 있는 홍의여인을 향해 다가갔다.

"자리가 생겼사옵니다. 소인을 따라오십시오."

홍의여인이 점소이를 따라 통로를 걸어가자 식사하던 수많은 손님들의 시선이 일제히 모아졌다. 홍의여인을 향해 대부분의 사람들이 충격을 받은 듯 입을 다물지 못했다. 점소이가 열심히 돼지 다리를 뜯고 있는 사내 쪽으로 다가가더니 맞은편 자리를 가리키며 말했다.

"이분께서 허락을 했습니다. 앉으시지요."

홍의여인은 고개를 숙인 채 미친 듯이 돼지 뒷다리를 뜯고 있는 사내를 향해 입을 열었다.

"자리를 내주셔서 감사해요."

돼지 뒷다리를 뜯고 있던 사내는 쳐다보지도 않고 말했다.

"사, 사행가 칭구라고 행소. 개응치 망고 앙그시오."

커다란 돼지 다리가 물려 있어 사내의 말은 엉망으로 흘러 나왔다.

꾸울꺼억!

다리에 붙은 커다란 살점을 삼킨 사내가 그제야 고개를 들고 맞은편에 앉은 홍의여인을 바라보았다.

사내의 눈이 커졌다.

"나, 낭자, 반갑소이다. 이렇게 만난 것도 인연인데 우리 인사나 합시다. 난 왕거만이라고 하오이다."

왕거만의 목소리가 떨려 나왔다.

홍의여인이 표정없는 얼굴로 말했다.

"난 옥방울이라고 해요."

"오, 옥 낭자셨구려."

왕거만의 시선은 옥방울에게서 떨어질 줄 몰랐다. 처음에는 굳은 얼굴로 쳐다보던 왕거만의 얼굴이 시간이 지나면서 점차 붉게 변해가고 있었다.

"관세음보살!"

왕거만은 자신도 모르게 불호를 외웠다. 자신에게 있어 여인은 지금까지 북궁설뿐이었다. 오로지 평생을 그녀를 위해 충성을 하다 죽는 것이 소원이었다. 물론 사내로서 여인을 생각해 보지 않은 적은 없었다. 길을 가다 여인이 지나가면 자신도 모르게 훔쳐보기도 했다. 혹시 마음에 드는 여인이 없나 두리번거리기도 했지만 아직까지 자신을 사로잡을 만큼 빼어난 여인은 없었다.

왕거만은 하늘이 북궁설을 위해 충성하다 죽으라는 뜻으로 마음에 드는 여인을 보내주지 않는다고 믿었다.

그런데 지금 꿈같은 일이 눈앞에서 벌어지고 있었다.

지금까지 상상하고 혼자만 그려보았던 이상형이 나타난 것이다.

"식사 나왔습니다, 낭자."

두 명의 점소이가 커다란 쟁반을 양쪽에서 들고 다가왔는데 뜨거운 김이 피어나는 계육(鷄肉) 다섯 마리가 올려져 있었다.

'오오!'

왕거만의 입속에서 감격에 찬 탄성이 흘러나왔다.

한 숟가락도 되지 않을 만큼 음식을 적게 먹던 여인들을 얼마나 경멸했던가. 자고로 자신이 생각하는 여자는 첫째 양이 커야 했다. 왕성한 식욕을 갖고 있어야 하는 것이다. 그는 많이 먹으면 자연히 건강해질 수밖에 없고 건강한 여인일수록 남자와 잠자리도 화끈하다는 소신을 갖고 있었다.

여자는 얼굴이 아니라 몸이다. 늘씬하게 빠진 몸이 아니라 철탑같이 튼튼한 몸매야말로 자식을 낳는 데 거리낌이 없는 것이다. 옥방울은 살과 뼈를 따로 바르지 않았다. 그냥 좌우 다리를 쭉쭉 찢어 통째로 삼켰다.

우두둑!

뼈 부서지는 소리가 주위를 울렸고 지켜보던 사람들도 경악과 충격을 금치 못했다. 맹수도 사냥감의 살과 뼈를 발라먹는데 옥방울은 함께 씹어 꿀꺽 삼킨다. 우람한 체격에서부터 음식을 먹는 모습 모두가 완벽했다. 단 한 치도 자신의 이상형에서 벗어나지 않았다.

다섯 마리의 육계는 순식간에 옥방울의 뱃속으로 사라져 버렸다.

보통 사람이라면 지금쯤 쟁반 위에 뼈가 수북해야 하는데 깨끗했다.

"아, 아버지, 저건 여인이라기보다는 괴물에 가깝다고 봐야 하지 않겠습니까?"

"쯧쯧! 불쌍하구나. 생긴 것과 덩치는 그렇다 쳐도 어떻게 된 것이 여성스러운 구석이라고는 단 한 곳도 없단 말이냐? 마치 한 마리 황소를 보는 것 같구나."

왕거만의 고개가 소리가 들려온 곳을 향해 돌아갔다.

부자지간으로 보이는 두 명의 청의인이 옥방울을 보며 혀를 차고 있었다.

왕거만의 인상이 와락 우그러졌다.

자리에서 벌떡 일어난 왕거만이 두 부자가 앉아 있는 탁자로 다가가 그들을 노려보았다.

"두 사람, 지금 뭐라고 떠벌렸나?"

옥방울의 체격이 워낙 커서 그렇지 왕거만의 덩치 또한 보기 드물었다.

왕거만이 부리부리한 눈으로 쏘아보며 말했다.

"여인을 외모로만 보는 너희는 쓰레기들이다. 진정한 여인은 외모가 아니라 마음이다. 마음이 비단같이 고와야 진짜 여자란 말도 모르나?"

벌떡!

아들로 보이는 청의사내가 자리를 박차고 일어났다.

청의사내의 등에는 한 자루 검이 걸려 있었는데 손잡이에 수실을 달고 검집에 용 문양을 입힌 것이 제법 멋을 부렸다.

"그러는 당신 눈에는 저 사람이 여인으로 보인단 말이오? 우리 남자끼리 까놓고 얘기해 봅시다."

그리고 주위 사람들을 향해 청의사내가 외쳐 말했다.

"여러분, 우리 솔직히 말해봅시다. 저 여자가 아름답다고 보이시오? 아름다워 죽겠다는 사람은 손을 들어보시오!"

"에끼, 이 사람아. 농담을 해도 적당히 해야지. 그걸 질문이라고 하나? 난 저런 여자는 마차로 한 대 실어다 줘도 싫네."

"나 비록 아직 장가를 들지 못하고 있지만 저런 여인은 나도 거절일세."

여기저기서 사람들이 청의사내의 질문에 동의하고 합세했다.

사람들의 합세에 흥이 난 듯 청의사내가 왕거만을 돌아보며 말했다.

"보시오. 단 한 명도 저 여인을 아름답다고 생각하는 사람이 없잖소이까? 우웩!"

청의사내가 구토하는 듯 한 행동을 취해 보이자 객점 사람들이 와아! 하며 웃었다.

어느새 왕거만이 다가가 청의사내의 멱살을 잡았다.

청의사내는 왕거만이 다가오는 것을 보고 검을 뽑으려고 했지만 반도 뽑히기 전에 멱살을 잡혔다.

"개색갸, 뭐가 어째?"

왕거만이 멱살을 더욱 조였다.

청의사내는 내공을 끌어올려 목을 조여오는 왕거만의 손아귀 힘에 대응하려 했지만 상대가 되지 않았다. 숨이 막혀 헐떡거렸고 보다못해 옆에 있던 부친이 벌떡 일어서서 검을 뽑으려 하자 왕거만의 오른 주먹이 턱을 찍었다.

빠악!

"카욱!"

단 한 방에 뻗어버렸다.

객점 안 사람들의 안색이 돌변했다. 그들은 청의를 걸친 두 부자의 정체를 알고 있었다. 두 부자는 이 근처에서 제법 알아주는 문파의 문주와 아들이었다. 그런데 문주가 단 한 방에 고꾸라지자 사태의 심각성을 깨닫고 한 명, 두 명 슬슬 자리를 뜨기 시작했다.

왕거만이 멱살을 움켜쥐고 청의사내를 향해 말했다.

"아까 했던 말 다시 해봐라."

"캐액, 캑! 제발 이것 좀 놓으시고."

왕거만이 멱살을 놓아주며 잡아먹을 듯 노려보았다.

"옥 낭자에게 사과하지 않으면 넌 오늘 걸어서 여길 못 나갈 줄 알아라."

청의사내가 망설임없이 옥방울 앞에 다가가더니 무릎을 쿵! 소리가 나게 꿇고 고개를 숙였다.

"존경하는 낭자, 소생이 잘못했소이다. 술을 한잔하다 보니 아름다움을 재는 눈이 그만 무뎌졌소이다. 넓은 아량으로 소생을 용서해 주십시오. 낭자는 천하에서 제일 예쁘오."

"……."

"낭자, 마음을 다해 용서를 구하오이다. 부디 자비를."

점소이가 가져다준 차를 마시고 있던 옥방울이 조용히 말했다.

"용서를 하고 말 것도 없다. 넌 절대 거짓말을 하지 않았다."

"네엣?"

청의사내가 놀란 표정을 지었다.

옥방울이 청의사내를 보며 말했다.

"넌 있는 그대로를 말했는데 어떻게 그것이 내게 결례일 수 있단 말이냐? 내 모습이 아름답다고 여긴 놈이 미친놈이다. 넌 제대로 말했으므로 내게 사과할 것 없다."

왕거만의 눈이 커졌다. 보통 여자라면 자신의 외모를 조롱하는 남자를 혼내줬으면 의당 감사하며 때에 따라서는 차 한 잔하자고 해야 옳았다. 그런데 옥방울은 그녀를 대신해 비아냥대는 청의사내를 혼내주는 자신을 머쓱하게 만들어 버린 것이다.

"호, 혹시 저 활, 그거 아냐? 고금오대마병 중 하나라는 천리혈궁(千里血弓)."

귀퉁이에 앉아 있던 세 명의 무사가 자신들끼리 속삭이듯 말했다. 하지만 객점 안이 너무 조용했기 때문에 모든 사람들은 똑똑히 들을 수가 있었다.

"처, 천리혈궁."

사람들 시선이 옥방울의 등에 매달려 있는 활을 주시하기 시작했다. 보통 활보다 서너 배는 두껍고 전체가 숯덩이처럼 시커맸는데 언뜻 나무 같아 보이지는 않았다.

"현(鉉)을 자세히 보게."

사람들이 일제히 시위를 쳐다보았다. 시위는 밧줄처럼 두꺼웠다.

"만약 내 추측대로 저 활이 천리혈궁이라면 저 시위는 빙금사(氷金絲)일세."

"빙금사라면 얼음의 결정 빙정에서 뽑아낸 실을 말하지 않는가?"

"실이지만 쇠보다 강하지. 보통 사람은 마늘 끝만큼도 휘게 하지 못하네. 하지만 더욱 놀라운 것은 저 활일세. 천리혈궁은 연강추(練强鎚)로 만들어졌다네."

"연강추라면 쇠 중에서도 가장 강하여 망치를 만드는 쇠를 말하지 않는가?"

"맞네."

"그게 말이 되는가? 못을 박고 쇠를 때리는 망치를 만드는 연강추로 활을 만들었다니?"

"그러니까 천리혈궁이지. 연강추를 삼백예순다섯 번 담금질하여 만든 것이 천리혈궁일세. 한 번 쏘면 천 리를 날아간다고 해서 붙은 이름이지."

"화, 화살이 천 리를 날아간단 말인가?"

이번에는 모든 시선들이 귀퉁이에 앉은 세 사내들 쪽으로 모아졌다.

사람들이 쳐다보자 사내는 목에 힘을 주며 말했다.

"무적의 활이라고 할 수 있지. 바위는 물론이고 어떤 철벽도 모두 뚫어버리는 가공할 힘을 갖고 있네. 그러니까 고금오대 마병 중 일좌를 차지하고 있지."

그러자 이번에는 모든 시선이 옥방울의 등에 있는 천리혈궁에 멎었다.

그때 구석진 곳에 앉아 있던 사내가 다시 입을 열었다.

"저 여인의 왼쪽 허리춤에 달린 통을 보게."

사람들이 일제히 옥방울의 왼쪽 허리에 매달린 전통을 보았다.

화살을 담아둔 듯했는데 뚜껑이 닫혀 있어 화살의 생김새를 볼 수는 없었다.

"천리혈궁이라면 저 안에 든 화살은 아마 천봉시(天鳳矢)일 걸세."

봉황 중 우두머리를 천봉이라고 한다.

천봉은 천 년을 살며 몸 전체가 벼락을 맞아도 끄덕 않는 만모(卍毛)로 되어 있다고 한다. 만모는 석가세존의 머리카락을 일컫는데, 결코 끊어지거나 뚫리지 않는다. 그런 만모로 덮인 천봉을 단숨에 격살할 수 있는 것이 천봉시라는 사내의 설명에 사람들의 눈은 찢어질 만큼 커졌다.

"여기 계산하거라."

"은자 두 냥입니다."

옥방울은 품에서 은자 두 냥을 꺼내 점소이에게 건네주고 자리에서 일어나 걸어갔다.

사람이라기보다는 커다란 바위가 걸어가고 있는 듯했다.

"꿀꺽!"

왕거만이 뭔가 비장한 각오를 새긴 듯 다부진 표정으로 옥방울의 뒤를 따랐다. 저잣거리로 나선 옥방울은 또다시 많은 사람들의 이목을 끌었다. 지나가는 사람들마다 그녀의 외모와 덩치에 놀라지 않은 사람이 없었고 한마디씩 수군거리지 않은 사람 역시 없었다.

하지만 옥방울은 이미 주위 사람들의 그런 반응에 익숙해진 듯 눈 하나 깜빡이지 않았다.

척!

한참을 걷던 옥방울의 걸음이 멈춰졌다.

그녀가 돌아서더니 걸어왔던 길을 향해 시선을 던졌다. 갑자기 그녀가 돌아서자 뒤를 따르던 왕거만이 화들짝 놀라며 길가의 장사꾼과 흥정하는 듯한 행동을 취했다.

그런 왕거만을 잠시 쳐다본 후 그녀는 다시 걸었고 왕거만 또한 장사꾼을 뒤로하고 바삐 따랐다.

물건을 살 듯하다 던져 놓고 사라지는 왕거만을 보며 장사꾼이 욕을 퍼부었다.

"콱 그냥."

옥방울이 골목으로 들어섰다.

왕거만도 골목으로 따라 들어섰고 꾸불꾸불 이어진 골목길을 옥방울은 쿵쿵거리며 걸어갔다.

그때 앞서가던 옥방울이 다시 걸음을 세웠고, 왕거만은 다급히 왼쪽 모퉁이로 몸을 숨겼다.

"나와."

옥방울이 조용히 말했다.

하지만 왕거만은 나가지 않고 숨을 죽이며 숨어 있었다.

"빨리 안 나와?"

옥방울이 화를 내자 그제야 왕거만은 주춤거리며 귀퉁이에서 걸어나왔다. 어물쩍거리며 고개를 들지 못하고 서 있는 왕거만을 보며 옥방울이 말했다.

"뭐야? 왜 날 따라다녀?"

"그, 그건."

왕거만이 당황한 표정으로 더듬거렸다.

옥방울이 무표정한 시선으로 말했다.

"할 말 있나? 해봐."

왕거만이 주저하더니 고개를 번쩍 들고 말했다.

"옥 낭자라고 했지요? 장부답게 화끈하게 말하겠소이다. 나 왕거만, 옥 낭자에게 반했소이다."

왕거만이 비장한 표정으로 말을 이었다.

"기회를 주신다면 사귀고 싶소이다. 아직까지 옥 낭자처럼 아름답고 매력적인 여인은 보지 못했소이다. 옥 낭자는 이 왕거만이 꿈에서조차 그려왔던 이상형이오이다."

피식!

옥방울이 어이가 없다는 듯 실소를 터뜨렸다.

"지랄하고 자빠졌네. 뭐가 어째?"

"낭자, 진심이오. 헛소리가 아니오."

"꺼져. 두 번 다시 내 뒤를 따라다니거나 한 번만 더 그따위 개소리를 지껄이면 목에 구멍을 내주겠다."

옥방울이 돌아섰다.

잠시 옥방울을 쳐다보던 왕거만의 입술이 단호히 물렸다.

'사나이 한 번 죽지 두 번 죽나'

크게 숨을 들이마신 후 왕거만은 또다시 옥방울의 뒤를 따르기 시작했다.

第三章

사랑

삼류자객 三流刺客

일곱 개의 별이 돌담에 찍히듯 박혀 있었다. 일곱 개의 별은 칠성문의 고유 암호이다. 위기를 겪거나 아니면 적을 추적할 때 동료에게 자신의 행방을 알려주기 위해 남긴다.

감태기는 칠성(七星)이 가리키는 곳을 향해 빠르게 걸음을 옮겼다. 낙화를 빠져나온 지 반 시진가량 되었는데 아직도 뒷골목을 벗어나지 못하고 있었다. 그것은 적이 이쪽의 추적을 의식하여 계속 복잡한 저잣거리와 골목을 다람쥐 쳇바퀴 돌 듯하고 있다는 뜻이다. 뛰어난 자객일수록 추적자를 따돌리기 위해 복잡한 저잣거리를 택하고 하수일수록 한산한 산길이나 숲을 선호한다.

막종오, 감태기, 상관미 세 사람의 몸은 바람처럼 골목을 누벼다.

맨 뒤에서 상관미의 움직임을 보며 따르는 막종오는 연신 그녀의 보법에 놀라고 있었다. 달마사와 쌍벽을 이루는 칠성 문의 자객이자 비밀 분타의 타주이기 때문에 어느 정도 뛰어 날 것이라고 여기긴 했지만 이건 상상 밖이었다.

그것은 곧 칠성문의 수준을 말해주는 것이다.

은연중 응방과 비교가 되자 그때마다 막종오는 씁쓸한 미소 를 지었다. 차이가 나도 너무 난 것이다.

일류와 삼류는 역시 달랐다.

하늘과 땅의 차이라고 해도 과언이 아니었다.

멈칫!

미친 듯 앞서 가던 감태기가 돌연 멈춰 섰다.

놀랍게도 앞이 막힌 골목이었다. 막종오는 순간 적의 함정 에 빠졌다는 것을 느꼈는데 예상대로 골목 입구에 십여 명의 남녀가 등장했다.

그중 선두에 얼마 전까지 자신과 같은 조가 되어 움직였던 해배달이 있었고 뒤로는 공자묘에서 운남 사투리를 썼던 남녀 들이 서 있었다.

"훗훗!"

감태기가 실소를 지었는데 그것은 해배달의 의도를 알았기 때문이었다.

그가 유곽촌 인근을 빙빙 돌았던 것은 이쪽을 따돌릴 목적 이 아니었다. 유곽촌을 빙빙 돌며 조금씩 거리를 좁혀준 것은 이쪽을 더욱 서두르게 만들 요량이었던 것이다. 거의 따라잡았다고 생각해 서두르다 보면 경계심이 흐트러진다. 오직 쫓는 데만 신경을 쓰기 때문에 주위 지형이나 풍광에 둔감해질 수밖에 없다.

해배달은 그런 습성을 이용해 유곽촌을 계속 돌았고 앞만 보고 내달리던 이쪽은 급기야 그가 펼친 함정에 빠지고 만 것이다. 그는 도망을 친 것이 아니라 이쪽을 함정에 넣고 몰살시키기 위해 일부러 돈 것이었다.

막종오는 주위를 휘둘러보았다. 북궁설이 보이지 않는다는 것은 어디에 숨겨두었거나 아니면 다른 동료의 손에 인계되었다고 봐야 했다.

"상대는 칠성문의 일곱 문주 중 한 분이다. 최선을 다해 모시거라."

해배달의 명령이 떨어졌다. 열 명의 달마사 자객이 다가왔는데 여자 셋에 남자 일곱이었다. 좁은 골목 안의 공기는 급속도로 뜨거워졌다. 상대의 틈을 찾는 것이 마치 삵쾡이의 눈빛과 같았다.

슈우욱!

선공은 달마사 쪽이었다. 아무래도 수적으로 우세하다는 건 상당한 여유가 되고 자신감을 부추긴다.

팟!

상관미가 앞장서서 선두에서 도약해 온 달마사 자객의 검을 맞아갔다.

채챙!

두 사람의 검이 부딪치며 화려한 불꽃이 터져 나왔고 서로 팽팽한 듯 뒤로 두 걸음씩 물러났다.

촤아아아!

파앗!

이번에는 열 명이 무더기로 덮쳐들었다.

열 개의 검이 세 사람을 난도질하듯 베어왔다. 좁은 골목에 피할 공간도 마땅치 않았으므로 정면으로 맞서는 것 말고는 다른 방도가 없었다.

쫘아앙!

파파파팍!

검기가 부딪치며 발생한 강한 반탄강기가 골목을 휘몰아쳤고 상대가 주춤거리는 틈을 놓치지 않고 감태기의 쇠몽둥이가 허공을 휘저었다.

"컥!"

"으윽!"

두 마디 신음이 흘러나왔다. 감태기의 쇠몽둥이를 막은 달마사 두 자객의 몸이 흔들거렸다.

막종오는 속으로 탄성을 내뱉었다. 보통 사람들의 눈에는 보이지 않을 찰나적인 미세한 허점을 이용하여 반격을 가하는 솜씨는 과연 그가 칠성문의 일곱 문주 중 한 사람임을 실감케 했다.

막종오는 일부러 맨 뒤에 섰다. 그러다 보니 앞선 감태기와 상관미가 달려드는 달마사 자객들을 모두 떠안는 꼴이 되었다. 막종오를 공격하려면 두 사람의 공세를 뚫고 들어오든지, 하늘 높이 솟구쳐 두 사람을 넘어 오든지 해야 했다.

쉭!

막종오가 잠시 여유를 갖고 싸움을 보는데 갑자기 눈앞이 번쩍거리더니 해배달이 날아내렸다.

"미안하네. 어쩔 수 없었네."

막종오를 속인 걸 이해해 달라는 말투였다.

막종오가 눈을 빛내며 물었다.

"북궁 낭자는 어딨소?"

"안전하게 있으니 걱정 말게. 그나저나 수십 년 동안 강호를 종횡하면서 수많은 생명을 빼앗았지만 오늘처럼 내가 자객이란 것을 후회해 본 적이 없네."

자신을 죽여야 하는 현실이 매우 안타깝다는 뜻이었다.

막종오는 가만 웃으며 말했다.

"자객에게도 그런 감정이 남아 있다니 놀랍구려."

"자객은 사람이 아니던가."

"한 가지 물어봅시다. 다른 건 모두 이해가 가는데 딱 한 부분이 이해가 되지 않아서 말이오."

"뭔가?"

"협박 서찰을 보낸 상황 말이오. 당시 당신은 나를 비롯한 오조원들과 전혀 떨어지지 않았소."

"협조자가 있지 않느냐는 말이군. 솔직히 말하지. 있네. 나를 도와 이번 일을 같이 진행한 동료가 한 사람 있네."

"누구요?"

해배달이 씨익 웃었다.

"뭐, 이왕지사 이렇게 됐으니 가르쳐 주지 못할 것도 없지. 자네와 같이 근무를 교대했던 사람일세."

"고자석?"

막종오가 놀란 듯 입을 쩍 벌렸다.

"저, 정말이오? 그가 당신과 한패거리란 말이오?"

"내 상관일세."

막종오의 표정이 굳어졌다.

"모든 협박 서찰은 그가 썼고, 그가 보냈네."

막종오가 굳은 표정을 지을 때 비명 소리가 들렸다. 해배달의 등 뒤로 시선을 던지자 달마사의 자객 두 명이 감태기의 쇠몽둥이에 맞아 허리가 두 동강 나며 숨이 끊어지고 있었다.

오래 버티지 못할 줄 알았다. 아무리 칠성문의 일곱 문주 중 한 사람이라고 해도 상대는 절정의 자객들이었다. 그런데 막종오의 예측은 빗나가고 있었다. 감태기의 쇠몽둥이는 시간이 지날수록 위력을 뿜어냈고 조금씩 달마사 자객들을 몰아붙이고 있었다.

감태기의 무위가 더욱 놀라운 것은 이따금 상관미가 위기에 몰릴 때마다 그녀를 도우며 싸우고 있다는 것이었다.

"아무래도 부하들이 예상보다 빨리 무너질 것 같네."

해배달을 비롯한 달마사 일행에겐 칠성문의 문주 중 한 명
인 감태기를 죽일 목적도 있지만 그보다는 그의 추적을 지연
시켜 고자석이 북궁설을 데리고 멀리 가도록 시간을 끄는 데
있는 것 같았다. 그런데 예상보다 감태기의 공격이 강하고 부
하들이 빨리 지친 기색을 보이자 자신을 어서 죽이고 손을 보
태겠다는 의미였다.

해배달이 가벼운 미소를 짓더니 몸을 날려왔다. 그는 어느
새 쥔 검으로 막종오의 복부를 찔러왔다. 일체의 군더더기가
없는, 아주 단순하고 명쾌한 자객 특유의 검식이었다. 후원에
서 자신에게 실전 상대가 되어달라고 했을 때의 검과는 천지
차이였다.

스으윽!

막종오가 한 걸음 우측으로 이동하며 몸을 돌렸다.

몸을 이동하자 해배달의 검이 앞가슴을 스치듯 지나가며 그
의 몸이 노출되었다.

싹!

막종오의 검이 해배달의 머리통을 향해 떨어졌다.

피하고 내려치는 동작이 한 개의 초식처럼 무척이나 부드럽
고 순간적으로 이뤄졌다.

"어엇!"

해배달이 다급성을 터뜨리며 찔러간 검을 빠르게 회수하여
떨어지는 막종오의 검을 올려 막았다. 앞으로 쏠린 힘을 빠르
게 회수하며 방어로 바꾸는 동작은 쉽지 않은데 해배달은 능

숙하게 펼쳐 냈다.

카캉!

쇳소리가 나며 두 사람이 한 걸음씩 물러나자 해배달의 눈이 부릅떠져 있었다.

"자네?"

사실 조금 전 자신의 동작은 외형상 간단해 보였지만 자신의 삼대절초 중 한 가지를 펼친 것이다. 아직까지 수많은 사람의 목숨을 빼앗으며 삼대절초 중 한 가지를 이토록 간단히 피하고 역습으로 나온 인물은 만나지 못했다.

믿을 수가 없다는 듯 눈을 크게 뜨고 막종오를 다시 한 번 위아래를 훑더니 신음 같은 말을 했다.

"내가 자네를 잘못 보았군. 이런."

자신의 솜씨에 당대 제일의 자객 집단 중 한 곳인 달마사의 간부가 당황해하는 모습을 보자 갑자기 막종오의 가슴이 뜨거워졌다. 옛날 같았으면 감히 어디 맞짱을 뜰 수가 있었으랴. 곧바로 웅방의 모든 잡기를 동원하여 현장을 도망치고 말았을 것이다.

더욱 가슴이 뜨거워진 것은 자신은 전력을 다하지 않았다는 것이다.

'내가 무진장 강해졌구나.'

그냥 검이 찔러왔고, 그래서 피하며 내려쳤을 뿐이었다. 힘들이지도 않고 억지로 펼친 공격은 더욱 아니었다. 그런데 상대가 무척 당황스러워하자 은연중 목에 힘이 들어갔다.

쉬이이!

해배달의 검이 다시 찔러 들어왔다.

막종오의 이마가 찌푸려졌다. 찔러 들어오는 해배달의 검끝에서 아지랑이 같은 기운이 폭사되었기 때문이다. 그것은 검끝에 엄청난 내공이 집중되어 있다는 뜻이었고, 그런 현상은 공격 속에 또 다른 공격을 감추고 있을 때 자주 나타나는 현상이라는 것을 오랜 경험을 통해 알고 있었다.

막종오는 이번에는 피하지 않고 맞받아 쳤다.

쐐액!

막종오의 검이 직선으로 부딪쳐 들어가자 핑— 하는 소리와 더불어 해배달의 검이 두 개로 늘어났다. 검은 한 개인데 두 개가 되었다는 것은 강력한 내공에 의해 검끝이 상하로 움직이며 검기를 쏟아냈다는 의미.

순간적으로 힘을 더욱 주면 검끝이 내공에 못 이겨 떨리며 상하로 두 번 찌르게 되는 것이다. 하지만 이번에도 여지없이 막종오의 단순한 베기에 잘려 사라지자 해배달이 굳은 안색으로 더듬거렸다.

"어… 어떻게?"

막종오는 조용히 말했다.

"자꾸 뭘 그렇게 놀라시오?"

말을 하던 막종오의 눈이 빛났다. 자신의 능력에 도취되다 보니 한 가지 사실을 까맣게 잊고 있었다. 만약 자신이 해배달을 몰아붙이거나 그를 압도하면 감태기에게 의심을 산다는 사실을 그만 간과한 것이다.

칠성문의 일곱 문주 중 한 사람답게 자신을 보는 감태기의 눈은 심상치 않았다. 뭔가 사연을 갖고 있다는 것을 짐작하고 있긴 하지만 자신이 해배달을 이기리라고까지는 생각지 못한 것이다. 그런데 자신이 해배달을 눌러 버리면 감태기로부터 강력한 의심을 살 것이고 그렇게 되면 동행을 거절하기 위해 보내줄지도 모른다.

선의에 의해 보내주는데 가지 않겠다고 버틸 수는 없는 노릇.

내침을 당했다가는 혼자서 북궁설을 쫓아야 하는데 그것은 고난의 길이다. 어떻게 해서라도 감태기에게 빌붙어야 북궁설에게 편히 다가갈 수 있었다.

해배달의 세 번째 검이 다가왔다.

소리도 없고, 빛도 없다. 무음(無音)과 무광(無光). 그렇다고 정말로 소리가 없고 빛이 없는 것은 아니었다. 그만큼 귀로 바람을 가르는 검의 소리와 광채를 듣고 보기도 전에 가슴 앞에 도달할 만큼 검의 속도가 빠르다는 뜻이었다.

그런데 놀라운 것은 해배달의 검로가 자신의 눈에 훤히 보인다는 사실이었다. 검로를 놓치지 않았다는 것은 충분히 피하거나 역공을 가할 수도 있다는 뜻이었다. 막종오는 자신이 완전한 일류가 되었음을 느꼈다.

싸악!

해배달의 검이 옆구리를 살짝 베고 지나갔다.

"큭!"

일부러 감태기더러 들으라고 크게 질렀다. 그런데 감태기로부터 시선은커녕 아무런 반응이 없었다. 이미 여섯 명의 달마사 자객을 죽였기 때문에 그는 아주 홀가분하게 싸우고 있었다. 그런데도 막종오의 비명 소리를 듣고서도 이쪽에 신경을 쓰지 않는다는 것은 뻔했다.

피식!

막종오의 입가에 실소가 떠올랐다.

해배달의 검을 빌어 자신을 제거하려는 것이다. 놓아주면 악씨세가에 자신들의 계획이 알려질 것 같아서 붙잡아두었다. 그렇다고 죽이자니 상당한 출혈을 각오해야 할 만큼 막종오의 무공이 낮게 보이지 않았다. 그런데 해배달이란 패가 나타나자 그의 손을 빌어 혹 같은 막종오를 없애고 편히 고자석의 뒤를 추적하겠다는 계산이었다. 감태기는 자신의 생각을 앞질러 있었다. 막종오는 빙긋이 웃었다. 웅방이 약하긴 했지만 잔머리 하나만큼은 일류라고 자부했다. 감태기의 잔머리 정도는 얼마든지 상대할 자신이 있었다.

두어 차례 더 해배달의 검을 맞았고 감태기가 들을 수 있을 정도로 소리쳐 비명을 질렀다.

예상대로 감태기는 여전히 돌아보지 않았다.

마침내 달마사 자객들이 감태기와 상관미의 검 아래 모두 쓰러졌다. 두 사람 또한 온몸에 많은 상처를 입고 있었지만 중상을 입은 것 같지는 않았다.

"으악!"

막종오가 땅을 구르며 비명을 지르자 그제야 두 사람이 돌아보았다.

푸푹!

해배달의 검이 연속해서 허벅지와 팔뚝을 베었다. 대번에 피가 흘렸고 또다시 비명을 질렀다.

"아이고!"

한참 동안 막종오를 쳐다보던 두 사람이 마지못한 듯 다가 왔다.

"물러나게."

감태기가 무거운 목소리로 말했다.

막종오는 살았다는 듯 잽싸게 후퇴를 했고 감태기가 해배달과 대치했다.

"과연 칠성문의 일곱 문주 중 한 사람답네."

"그래도 한때는 같은 조였는데 서로의 가슴에 검을 겨눠야 하다니, 역시 무인의 운명은 조석으로 변한다는 말이 맞는 것 같소."

"옳은 소릴세."

두 사람은 서로를 향해 검과 쇠몽둥이를 겨누었다. 둘 모두 절정의 자객들이다. 막종오는 둘의 싸움이 오래가지 않을 것이라고 생각했다.

"괜찮아요?"

상관미가 다가와 물었다. 그녀는 적지 않은 상처를 입은데다 의복이 찢어져 허연 속살을 드러내고 있었지만 막종오를 앞에 두고서도 눈 하나 깜빡이지 않았다.

보통 여인들 같으면 비록 찢어지고 베어졌지만 옷매무새를 대충이라도 가다듬을 텐데 전해 개의치 않는다는 것은 몸은 물론 마음까지 철저히 자객으로 무장되었다는 뜻이다.

"견딜 만하오."

막종오는 팔뚝과 어깨에 휴대하고 다니던 금창약을 뿌렸다.

"컥!"

단말마의 비명이 들려오자 막종오는 고개를 쳐들었다.

해배달이 왼손으로 오른쪽 복부를 감싸 쥐고 있었는데 손가락 틈으로 핏덩이가 쏟아지고 있었다. 한눈에 깊은 상처라는 것을 알 수 있었다. 그 순간 감태기의 쇠몽둥이가 서서히 들려졌다.

"잘 가시오."

감태기의 몽둥이가 벼락같이 떨어졌다.

해배달이 검을 들어 올렸다. 하지만 쇠몽둥이는 검을 그대로 부러뜨리며 떨어졌다. 쇠몽둥이가 해배달의 머리통을 부수었다. 피와 골수가 사방으로 튀었고 한참 동안 꼿꼿하게 서 있던 해배달의 몸이 천천히 쓰러졌다.

감태기가 주위를 휘둘러보더니 나직이 말했다.

"너무 지체했다."

감태기가 곧바로 몸을 날리자 그 뒤를 상관미가 따랐다. 막종오 역시 후닥닥 뒤를 따랐다.

집 안에 흉수와 내통자가 있을 것이라는 생각은 했지만 오조원 모두가 흉수였다니 그저 어이가 없을 뿐이었다. 혈불과 악담사의 얼굴에 씁쓸한 표정이 떠올랐다.

그때 방문이 떨어질 듯 열리더니 악화란의 흑의 경장을 하고 들어섰다.

그녀의 얼굴은 살벌했는데 다짜고짜 혈불을 향해 물었다.

"현재 상황은 어떤가요?"

"아가씨?"

악화란이 버럭 소릴 질렀다.

"묻는 말에 대답이나 해요! 흉수가 오조원들이라는 게 사실인가요?"

"그런 것 같습니다."

악화란이 이를 갈며 눈에서 새파란 섬광을 폭사했다.

"갈아 마셔도 시원찮을 놈들."

콰앙!

그녀는 자신이 직접 잡겠다는 듯 칼을 차고 밖으로 사라졌다.

잠시 닫힌 문을 보던 악담사가 혈불에게 물었다.

"태산의 공사가 거의 마무리되었다고 했더냐?"

혈불이 공손히 대답했다.

"도로까지 완전히 다듬었사옵니다."

"새 집을 지었으니 이사를 해야지."

오래전부터 태산에 거대한 공사를 하고 있었다. 당대 최고의 풍수가(風水家)인 용보자가 터를 잡았다. 용보자가 잡아준 터는 비룡상천형(飛龍上天形)의 용이 하늘로 올라가는 지세로, 그곳에 집을 지으면 향후 오백 년을 천하 제왕으로 군림할 터라고 했다. 그곳에 고금제일의 기관진식 대가 귀곡자가 설계한 건물 축조를 해왔고 얼마 전에 완성되었다.

이젠 이곳을 버릴 때가 되었다.

어둠이 깔리고 달이 떴다. 골목에서 해배달 일행과 싸우고 난 뒤 정확히 세 시진이 흘렀다. 그런데도 감태기는 아직까지 연대를 벗어나지 않고 있었다. 벌써 열네 바퀴 채 연대를 돌고 있었다. 너무 돌아 어지러울 지경이었다. 감태기가 계속 연대를 돌고 있다는 것은 적이 아직 이곳을 떠나지 않았다는 뜻이었다.

척!

감태기의 걸음이 마침내 멈추었다. 그곳은 약방들이 몰려 있는 곳이었는데 진한 약초 냄새가 코끝을 파고들었다.

막종오의 두 눈이 날카롭게 빛났다. 세 사람이 서 있는 좌우로 사룡(思龍)이라는 곳과 뇌공(雷空)이란 간판이 걸린 두 개의 약방이 있는데 주위 다른 약방과 비교해 규모가 컸다.

좌우로 고개를 돌리며 사룡과 뇌공을 쳐다보는 감태기의 눈이 매섭다.

막종오는 숨을 죽였다.

약초 냄새가 콧속을 가득 채우고 있었지만 그 속에서 자신만이 느낄 수 있는 독특한 냄새가 맡아진 것이다.

'있다. 하지만 희미한 것으로 보아 잠시 머물렀다 떠났다.'

북궁설만이 지니고 있는 연향이었다.

좌우의 가게를 살피던 감태기의 시선이 우측으로 뇌공이라고 쓰여진 간판의 가게를 노려보았다.

그걸 본 막종오의 눈살이 찌푸려졌다. 자신은 이후백팔사경이라는 특별한 기예가 있어 그녀의 흔적을 잡았지만 감태기는 어떻게 뇌공이라는 약방에 북궁설의 흔적이 있는 것을 알아냈는지 궁금했다.

모든 자객들에게는 자신만의 특별한 추적술을 지니고 있다. 그렇다면 감태기 또한 자신만의 어떤 추적술을 갖고 있다고 봐야 했다.

획!

감태기의 신형이 가볍게 솟구쳐 올랐다.

뒤를 따라 상관미가 솟구쳤고 막종오도 따라 허공으로 날아올랐다. 세 사람은 단번에 지붕을 넘어 마당에 가볍게 착지했다.

흠칫!

땅에 내려선 세 사람은 깜짝 놀랐다.

마당 한가운데 고자석이 우뚝 서 있었기 때문이다.

"고 형!"

막종오가 반가운 듯 소리쳤다.

고자석은 막종오를 쳐다보지도 않고 감태기를 보며 말했다.

"대단하오. 지나온 흔적을 완전히 없앴다고 자부했는데 여길 찾아오다니, 과연 칠성문의 문주답구려."

감태기가 말했다.

"그 계집은 어딨나?"

"한발 늦었소."

막종오는 고자석의 말을 받아들였다. 조금씩 코끝에서 연향 냄새가 사라지고 있었기 때문이다. 그것은 최소한 북궁설이 이곳을 떠난 지 한 시진가량 되었다는 의미였다.

그런데도 고자석이 이곳에 남아 있는 것은 그 역시 감태기의 추적을 유도하고 그를 붙잡아두어 북궁설을 데려가는 동료들이 좀 더 멀리 갈 수 있도록 해주기 위해서일 것이다.

"달마사에서의 직위는 무엇인가?"

감태기가 물었다.

"오령(五令) 중 한 명이오."

"달마오령!"

상관미가 놀람에 찬 음성을 뱉었다.

달마오령은 달마사 사주 바로 아래 있는 다섯 명의 고수를 가리킨다. 그들의 신분은 철저히 안개에 가려져 있으며 마음 먹어 죽이지 못할 자가 없다고 전해오는 절정의 자객들이었다.

"한때나마 조장으로 모신 것에 대한 예의로 선공을 양보하겠소이다."

쌕!

고자석이 검을 뽑아 들었다.

잠시 고자석을 쳐다보던 감태기가 조용히 말했다.

"고맙네. 사양하지 않겠네."

감태기는 고자석의 배려를 굳이 거절하지 않았다. 그것은 그의 몸 상태가 좋지 않다는 반증이었다.

감태기가 쇠몽둥이를 움켜쥐고 서서히 좌측으로 움직였다. 양 무릎을 약간 구부리고 허리를 앞으로 조금 숙인 모습이었는데 꼭 웅크린 늑대를 보는 듯했다.

그에 반해 고자석은 우뚝 서 있었다.

고악(高嶽)처럼 미동도 하지 않았다.

막종오는 고자석의 무예가 해배달과는 비교가 되지 않는다고 느꼈다. 자세는 물론이고 풍겨 나오는 기운이 천지 차이였고 고요한 눈빛은 그가 이미 평상심을 얻었다는 뜻이었다.

"꿀꺽!"

막종오는 흥미로운 표정으로 두 사람을 쳐다보았다. 과연 누가 이길지 그 결과가 궁금했다.

당대를 질타하는 최고의 자객들이 어떤 솜씨를 지녔는지 직접 두 눈으로 확인할 수 있는 좋은 기회였다.

"이봐!"

그때 넋을 놓고 두 사람을 쳐다보고 있는 막종오 곁으로 상관미가 다가왔다. 그녀는 검을 움켜쥐고 있었는데 표정이 돌덩이 같았다.

"이렇게 멍청히 서 있으면 어떡해? 감 문주께서는 어쨌든 한때나마 네놈 상관이었잖아."

"……."

"감 문주께서는 부상이 심해. 평소라면 달마오령쯤은 상대가 되지 않지만 지금은 위험하다는 뜻이야. 그래서 우리가 손을 덜어드려야 한다."

"어떻게 말이냐?"

막종오가 대놓고 맞대꾸를 하자 상관미는 멈칫했다.

잠시 막종오를 쏘아보던 상관미가 입을 열었다.

"문주께서 공격할 때 우리도 같이 합세하는 것이다. 정신 바짝 차리고 있다가 공격이 시작되면 우리도 함께 덤비는 거야."

"그건 너무 비겁한 짓 아니냐? 아무리 우리 편이 부상을 입었다고는 하지만 셋이서 공격을 한다는 건 무림의 도의에 어긋난 짓 아니냐고."

그 말에 상관미의 인상이 와락 우그러졌다.

막종오의 대답이 너무 기가 막히다는 듯 매서운 눈초리로 쏘아보더니 냉랭하게 말을 했다.

"무림 도의가 밥 먹여주냐? 더구나 보는 사람도 없는데 어때? 잔소리 말고 내가 신호를 보내면 앞뒤 가리지 말고 저놈을 공격한다. 알겠느냐?"

막종오가 단호히 고개를 저었다.

"난 그렇게 못한다."

"이놈이?"

상관미가 금방이라도 검으로 찌를 듯 험상궂은 표정을 했지만 막종오는 표정 하나 변하지 않고 말했다.

"칠성문은 불리하면 떼거리로 상대를 공격하나 본데 우리 응방은 절대 안 그런다."

"응방? 그건 또 뭐냐?"

"설명하자면 길고, 아무튼 난 그렇게 할 수 없으니 공격하려거든 너나 해라. 난 당당하게 감 조장이 지면 그때 나서겠다. 수적 우세를 이용해 합공하는 것은 하오문의 잡배들이나 하는 짓이 아니더냐?"

"뭐, 뭐, 하오문의 잡배?"

당대 제일의 자객 집단 중 한 곳인 칠성문이 순식간에 하오문의 잡배로 전락하는 순간이었다. 상관미의 눈에 살기가 돋더니 오른손이 검 자루를 더욱 움켜쥐었다.

금방이라도 휘두를 듯했다. 바로 그때 대치하고 있던 감태기와 고자석이 서로를 향해 부딪쳐 갔으므로 두 사람의 고개가 돌아갔다.

사람이 날아가는데 형태가 길게 늘어졌다. 그것은 그만큼 두 사람의 움직임이 빠르다는 뜻이었다.

콰아아! 하는 소리와 함께 두 사람의 검이 허공에서 격돌을 일으켰다.

반탄강기로 뒤로 주춤 물러난 두 사람이 당겨졌다 놓아진 고무줄처럼 처음보다 더욱 빠르게 부딪쳐 갔다.

콰— 콰악!

연속 세 번의 불똥이 튀었다.

일초에 삼검을 휘둘렀다는 뜻인데 우욱! 하는 소리가 들려오며 감태기가 뒤로 미끄러지듯 물러났다. 신형을 똑바로 세우긴 했지만 그의 안색은 창백했다. 조금 전의 충돌에서 상당한 타격을 입은 듯했다.

"역시 칠성문의 문주답구려. 나의 여의살자류를 받아내다니."

여의살자류(如意殺刺流)는 원래 중원의 검법이 아니었다. 멀리 동해 바다에 있는 동영이라는 곳에서 시작된 살인검이다. 복잡하지 않고 단순하지만 빠르고 파괴적이다.

"달마사에 동영 출신의 검수가 한 명 있다더니, 그게 바로 자네였군."

고자석이 가벼운 미소를 짓더니 검끝을 수평으로 만들며 말했다.

"조심하시오. 여의살자류에서 온전한 사람은 보지 못했소."

고자석이 싱긋 미소를 짓더니 소리없이 날아들었다. 깃털처럼 가볍고 신속한 동작에 막종오는 자신도 모르게 감탄을 터뜨렸다.

막종오의 감탄에 상관미가 노려보았다. 필시 적인 고자석의 솜씨에 감탄하는 자신이 좋게 보일 리는 없을 것이다. 그러든지 말든지 막종오는 고자석의 여의살자류에 푹 빠진 듯 보였다.

"과연!"

듣다 못한 상관미가 버럭 소릴 질렀다.

"입 닥치지 못하겠느냐?"

막종오가 우악스런 눈빛으로 노려보는 상관미를 향해 가볍게 웃었다.

"아무리 적이라고 해도 놀라운 신기가 나오면 박수는 몰라도 감탄은 해줘야 하는 것 아니오?"

"이제 보니 완전히 돈 놈 아냐?"

막종오는 더 이상 입씨름하기 싫다는 듯 고개를 돌려 버렸고 감태기와 고자석은 치열한 대결을 벌였다. 내로라하는 절정의 고수들답게 두 사람의 공수는 현란했고 제대로 파악이 불가능할 만큼 빨랐다.

슈욱!

고자석의 검이 폭포처럼 떨어져 내렸다. 언뜻 직도항룡의 식으로 보이지만 차이가 있었다. 직도항룡은 말 그대로 두부를 자르듯 반듯하게 베는 것을 말하지만 지금 고자석이 보이고 있는 것은 검신이 대각선으로 비스듬히 누워 있었다.

"아, 압각류!"

상관미가 놀라 소리치더니 그대로 땅을 박차고 뛰어들었다. 그리고 떨어지는 고자석의 검을 그녀가 받았다.

꽝!

"아악!"

상관미가 비명을 지르며 날아가 떨어졌다. 곧바로 자리를 털고 일어났지만 몸을 바로 세우지 못하고 입가에는 피를 흘렸다.

화라락!

고자석이 비틀거리는 상관미의 몸을 수평으로 베어갔다. 상관미가 허겁지겁 검을 수직으로 세워 막았지만 싹뚝 하는 소리와 더불어 검과 함께 그녀의 허리도 양단되었다.

뚝뚝!

핏방울이 떨어지는 검끝을 다시 감태기에게 겨누었다.

"여의살자류 앞에서 이토록 오래 버틴 사람은 당신이 처음이오. 진심으로 놀랍구려."

"칭찬으로 듣겠네."

패자 앞에선 어떤 칭찬도 칭찬일 수 없다. 그것은 승자의 교만이지 결코 겸손이 아니기 때문이다. 그걸 모르지 않는 감태기는 입가에 메마른 미소를 띠고 검을 높이 쳐들었다.

언뜻 만세를 부르는 듯한 괴이한 검식.

하늘을 찌를 듯 검을 들고 있으므로 앞가슴이 훤히 노출되어 언뜻 자살 행위로 보인다. 그러나 쾌재를 부르며 찔러 들어갔다가는 머리가 박살나고 만다는 한 가지 무공이 떠올랐다.

"마, 만검파파라……."

그것은 초식이라기보다는 동귀어진의 검식이다. 너 죽고 나 죽자는 수법이다. 감태기는 지금 최소한 자신을 저승길 동행자로 데려가고자 하는 것이다.

"정녕?"

"역지사지라고 했네. 그나마 칠성문의 문주로서 명예를 보존하는 길이니……."

어쩔 수 없다는 얘기였다. 상대가 그렇게 나온다면 피할 수 없다.

고자석의 검끝에서 엄청난 소용돌이가 생겼다. 바위고 뭐고 부딪치는 것은 무조건 박살 낼 것 같은 강력한 와기(渦氣).

슈아악!

고자석이 날아갔고 감태기가 내려쳤다.

찌르고 베는 극단의 초식이 중간에서 얽혔다.

쩌어억!

마치 톱니바퀴에 쇠가 걸리는 듯 섬뜩한 소리가 들리더니 콰아아앙! 하는 폭발음이 터졌다.

잠시 얽혔던 서로의 검기가 폭발하고 만 것이다.

"크악!"

"흑!"

거센 흙바람 속에서 두 마디 신음이 터졌다. 하늘로 치솟아 올라 간 나뭇가지와 흙먼지가 가라앉으며 드러난 모습은 실로 처참했다. 감태기는 전신이 거미줄처럼 찢겨져 바닥에 주저앉아 있었고, 고자석은 앞가슴과 옆구리에서 피가 샘물마냥 흘러내렸다.

"대… 대단하군. 만검파파라… 속… 에서도 사… 살아나다… 니."

그 한마디를 끝으로 감태기의 몸이 옆으로 풀썩 쓰러졌다.

고자석은 쓰러지려는 자신의 몸을 옆에 있는 바위에 기대었다. 막종오의 움직임에서 시선을 떼지 않고 호흡을 추스르며 몸을 바로 세우기 위해 안간힘을 썼다.

"서두르지 말고 천천히 다스리게."

막종오가 다정하게 말을 건네오자 멈칫했다.

막종오는 점잖게 말했다.

"허험! 자네는 운이 좋네. 예전의 나였다면 그렇게 힘없이 빌빌댈 때 기회를 놓칠세라 당장 때려 죽였을 텐데. 이제는 형편이 좀 나아졌거든. 그래서 앞으로는 대협답게 살아볼까 하니 걱정 말고 천천히 다친 몸을 다스리게나."

막종오가 한쪽 바위에 걸터앉았다. 고자석은 상처를 다스리기보다는 놀란 눈으로 막종오를 쳐다보았다. 이 상황이면 보는 사람도 없기에 누구라도 곧바로 검을 휘둘러 자신의 목숨을 취하는 것이 정석이다.

그런데 막종오는 예상을 완전히 뒤집고 자신이 어느 정도 몸을 추스를 시간을 주겠다는 것이었다. 하지만 놀라움도 잠시뿐, 고자석은 속으로는 병신 육갑 떨고 있네, 하며 흐트러진 기를 모았다. 심법을 빠르게 운행했다. 잠시 후 일 주천을 끝낸 고자석의 얼굴에 핏기가 몰려들었다.

기력이 많이 회복되었음을 말해주었다. 고자석이 검을 고쳐 잡고 막종오를 향해 똑바로 섰다.

"그 몸으로 날 벨 수 있겠나?"

고자석이 웃었다.

"자네 말처럼 대협다운 풍모는 보기 좋았네만 이제 어떡하지? 자네는 좋은 기회를 스스로 버렸네."

막종오가 웃었다.

"무슨 말인지 알겠네. 자객은 한 줌의 진기만 있으면 충분히 적을 베는 종족이지. 그것이 자객만이 갖고 있는 장점 아니겠나? 자네는 보나마나 지금 두 번 이상 검을 휘두르지 않을 것이야. 단 한 번만 휘두르겠지만 거기엔 평소 부상을 입지 않았을 때의 실력이 그대로 담겨 있겠지."

그것이 자객이란 사람들이었다. 그래서 목숨이 끊어지기 전까지 자객 앞에서는 마음을 놓아서는 안 된다.

"자, 자네……!"

고자석의 눈이 커졌다. 자객의 습성을 훤히 알지 않고서는 말할 수 없는 내용이다.

"혹시?"

"나도 자객이야. 물론 달마사나 칠성문과는 비교가 안 되겠지만 자객이라는 것은 분명하네. 웅방이라고 들어봤나?"

들어봤을 리 없다. 하남성, 그것도 한쪽 귀퉁이에서 활동해 온 동네 자객 따위를 달마오령 중 한 사람인 그가 알 리가 있겠는가.

"웅방?"

"설명하자면 길어. 그냥 그런 자객 집단도 있다는 것과 내가 바로 그 웅방의 방주라는 것만 알게."

자신은 아직까지 막종오가 자객이란 생각을 단 한 번도 해

보지 못했다. 막종오에 대해 나름대로 살펴보기는 했지만 어디에서도 자객의 특징이나 분위기는 찾지 못했다. 그런데도 자객이라면 무서운 실력자 아니면 초보라고 생각했다. 그러나 초보일 리는 없다. 초보였다면 자신이 같이 숙식을 했던 악씨 세가에서 눈치를 챘을 것이다. 그러나 단 한 번도 막종오가 자객이라는 사실을 생각해 보지 않았으므로 후자에 초점을 맞추어야 했다.

등골이 갑자기 오싹해졌다. 자신의 감각으로도 전혀 낌새를 알아차리지 못했다면 자객에 관한 막종오의 경지가 어느 정도인지 짐작할 수 있었다.

"솔직히 말하지. 나도 북궁설에게 관심이 있거든?"

"자네까지?"

"그래서 묻겠네. 참고로 난 성질이 아주 급하네. 그리고 안면이 있다고 해서 봐주거나 그런 사람이 못 돼. 일부에서는 그런 날 보고 몰인정하다고 욕들 하는 모양인데, 나도 먹고살자니 어쩔 수 없네. 제발 얼굴 붉히지 않게 묻는 말에 시원하게 대답해 주기 바라네."

막종오가 바위에서 일어나 고자석에게 가까이 다가갔다.

"북궁설은 누가 데리고 있나?"

고자석이 히죽 웃었다.

"지금 나한테 묻는 건가?"

자객은 죽어도 입을 열지 않는다는 걸 몰라서 묻느냐는 뜻이었다.

막종오가 웃었다.

"말할 수 없다는 건가?"

고자석이 검을 들어 올렸다.

"한때의 인연을 생각하여 좋게 결말을 맺으려고 했는데 너무 눈치가 없군."

고자석이 표정이 굳어지고 두 눈에서 살기가 쏟아져 나왔다.

"그런 질문은 염라대왕에게 하는 법이네."

또다시 검신을 대각선으로 눕히더니 내려쳤다.

여의살자류 최고의 식 압각류가 펼쳐진 것이다.

확실히 위력은 아까 감태기에게 펼쳤던 것과 차이가 없었다. 그것이 일류자객이었다. 일 초 정도는 어떤 악조건에서도 평소처럼 펼칠 수 있는 부류.

막종오의 오른손이 뻗어나갔다.

갈쿠리처럼 다섯 개의 손가락을 쫙 펴자 무형의 덩어리가 쏟아졌다.

"가… 강!"

퍼억!

고자석의 경악의 외침을 터뜨리는 것과 동시에 검과 손이 부딪쳤다.

"크아악!"

고자석이 처절한 비명을 지르며 땅바닥을 나뒹굴었다.

입가에 피를 흘리며 더듬거렸다.

"자… 장강이라니……."

막종오가 다가가며 물었다.

"북궁설은 지금 어디에 있는가?"

"부… 부질없는 짓!"

막종오의 몸이 허공으로 붕 떠오르더니 고자석을 향해 날아
갔다. 고자석은 막종오가 느닷없이 날아오자 그 자리에서 눈
만 크게 떴다.

콱!

막종오가 머리가 땅바닥에 부딪칠 듯 숙여지더니 그대로 다
리를 벌리고 있는 고자석의 아랫도리를 덮쳤다.

"으윽!"

고자석이 움찔했다.

그러다 이내 죽는다고 비명을 질렀다.

"으아아아!"

막종오가 사타구니를 있는 힘을 다해 물자 고자석은 눈을
까뒤집었다.

비명조차 제대로 지르지 못한 고자석의 입으로 거품이 쏟아
졌고 벼락을 맞은 사람처럼 몸을 떨었다.

"으거거거!"

자객으로 활동하며 단 두 번 적에게 포로가 된 적이 있었다.
물론 첫 번째와 두 번째 청부를 맡았을 때였다. 워낙 경험이
일천한데다 배짱 하나만 믿고 움직일 때로, 두 번 모두 동료들
에 의해 구조를 받았었다. 하지만 그전까지 엄청난 고문을 당
했다.

상상할 수 없는 고문 아래서도 그는 청부자의 정체를 감추었고 입을 열지 않았다.

실패는 있어도 비밀이 누설되어서는 안 된다는 자객 최고의 율법을 지킨 것이다. 그런데 지금 온몸을 휘어감 듯 밀려오는 고통에 비하면 당시의 고문은 아무것도 아니었다. 이토록 극심하고 가슴 떨리는 고통은 처음 겪었다.

말로 표현이 되지 않았고 살아 있는 한 견딜 수는 절대 없을 것 같았다.

"하, 할게. 마, 말한다고."

본능적으로 입을 열었다.

"말해."

귓가로 막종오의 전음이 파고들었다. 자신의 사타구니를 물고서 전음을 보낸 것이다. 혹시라도 입을 떼면 마음이 바뀌어 쓸데없는 시간을 낭비하기 싫은 듯 입을 떼지 않은 채 전음으로 질문을 한 것이다.

"다, 달마사령과 삼령을 비… 롯해 달마십공이 데리고 갔… 어. 아… 아마 지금쯤 하남성으로 들어섰을 거… 야."

고자석의 숨이 끊어지며 동시에 막종오의 몸이 허공을 날았다.

'달마오령은 숫자가 앞으로 갈 때마다 강하다고 했던가?'

막종오의 몸은 순식간에 야공 속으로 사라져 버렸다.

第四章

재회

삼류자객 三流刺客

　어둠을 뚫고 날아가던 막종오의 코가 벌름거렸다. 앞쪽으로
부터 달마사 자객들 특유의 시큼한 냄새가 날아오며 희미하게
연향도 잡혔다.
　놀랍게도 적은 대담하게 관도를 이용해 움직이고 있었다.
이것 역시 누구도 예측하지 못한 행동이었다.
　일류답게 모든 움직임이 역이었다. 은밀할 것이라는 것을
비웃듯 관도를 이용했다. 필시 관도는 이미 낮부터 악씨세가
무사들에 의해 통제가 되고 있었을 것이다. 하지만 그들 역시
적이 대담하게 관도를 이용할 줄은 몰랐고 그래서 별 의심하
지 않고 쉽게 통과시켰을 것이다.
　위기일수록 정석으로 나가야 한다는 자객 세계의 격언에 그

들은 충실하고 있었다.

쉬이이이!

축시를 막 넘어섰을 즈음 매섭게 관도를 날아가던 막종오의 신형이 툭 떨어져 내렸다. 피 냄새를 맡은 것이다. 관도와 농토 사이에 물이 흐르는 도랑이 있었는데, 그곳에 두 구의 시신이 거꾸로 처박혀 있었다. 관도 위에서 살해되어 눈에 띄지 않게 도랑으로 유기된 듯했다.

'이들은!'

두 구의 시신은 얼마 전 자신과 같이 오조로 활동했던 명바기와 인유총이었다.

아무리 살펴도 외상은 보이지 않는다. 결국 내상으로 죽었다는 것인데 어둠 속이지만 얼굴은 평온하다. 물론 시신의 얼굴은 모두 창백하다. 피가 굳어버리기 때문인데 아직까지 혈기가 남았다는 것은 살해된 지 많은 시간이 지나지 않았다는 뜻이다.

막종오는 길을 재촉했다. 하늘에는 구름이 걷히고 별들이 하나둘 나타나며 어두운 대지가 푸르스름하게 보이기 시작했다.

명바기와 인유총의 시신이 발견된 지점으로부터 이십 리쯤 갔을 때 또다시 피 냄새가 맡아졌고 역시 도랑에서 세 구의 시신이 발견되었다. 죽은 세 구의 시신 역시 외상이 없었고 더욱 중요한 것은 달마사 자객과 복장이 같다는 것이었다.

처음 명바기와 인유총의 죽음에 대해 달마사 자객들의 짓으로 어느 정도 무게를 두었다. 그런데 이렇게 달마사 자객들까지 죽어 있다면 예측은 완전히 빗나가는 것이다.

흉수는 악씨세가의 인물도 아니고 달마사 자객도 아니다. 칠성문의 인물일 가능성도 아주 낮았다. 막종오는 제삼의 인물이 개입했다고 단정 지었다.

한참 관도를 따라 질주하던 막종오의 몸이 산길로 접어들었다. 천불산은 산동 서쪽에서 가장 높은 산으로, 하남으로 넘어가는 지름길이다. 천불산을 넘으면 제남이 나온다. 적의 목적지가 어디인지 알 수는 없었지만 천불산을 택한 것을 보아 일단 제남으로 접어들려는 것임을 알 수 있었다.

산길을 백여 장 정도 날아갔을 때 신음이 들렸다. 길 우측으로 커다란 바위에 한 사람이 등을 기댄 채 고개를 떨구고 있었다.

가까이 접근한 막종오는 깜짝 놀랐다. 사내는 궁삼오였다. 궁삼오는 피투성이가 된 채 그의 칼은 반 토막이 나 있었다.

막종오를 발견한 그의 입술이 들썩였다.

"이, 이 사실을 어서 상부에 알려야… 해. 그 개자식이……."

"그 개자식이라니, 누굴 말하는 것이오?"

"부, 분하다. 그따위 놈에게 나… 궁삼오가… 당하다니……. 반드시… 반… 드… 시……."

끝마디는 거의 알아들을 수 없을 만큼 작았고 아무리 기다려도 궁삼오의 목소리는 더 이상 흘러나오지 않았다.

주위를 살피던 막종오의 눈빛이 흔들렸다. 궁삼오가 있는 곳에서 일 장 우측으로 손바닥만 한 잎사귀 두 개가 쪼개져 있었다.

스윽!

그것은 두 개로 갈라진 차전자였다. 차전자는 약재로도 쓰이는 약초이자 흔한 염초이다. 궁삼오 같은 고수를 단순한 적엽비화의 수법으로 죽였다는 것에 막종오의 눈이 커졌다. 방법은 다르지만 명바기 등 달마사 자객들을 죽인 흉수와 동일인이라고 여겼다.

'으음!'

궁삼오가 조금 전 지껄인 말로 보건대, 흉수는 자신이 알고 있는 사람이 분명하다.

천불산을 넘는 고갯길 중간쯤에서 다섯 명의 시신을 발견했고 그들 모두 목에 차전자가 박혀 있었다. 이들 역시 달마사 자객들과 약씨세가의 무사들이 섞여 있었다.

천불산을 넘을 때 즈음 동녘이 밝아왔고 그로부터 반 시진 후 막종오는 제남에 접어들었다. 제남은 자신에게 아주 익숙한 곳이었다. 중원에서 가장 큰 염초 시장이 있었기 때문에 어려서부터 부친과 자주 들렀었다. 그래서 골목 골목은 물론 인근 거리의 모든 지형까지 꿰뚫고 있다고 해도 과언이 아니었다.

저잣거리에 늘어선 가게들도 아직 문들이 닫혀 있었고 불어오는 바람에 쓰레기 뭉치들이 날아다닐 뿐이었다. 적은 제남으로 들어왔다. 그러나 막종오는 그들의 최종 목적지가 제남은 아닐 것이라고 생각했다.

이른 새벽 지나다니는 행인들이 없어서인지 북궁설의 냄새가 더욱 강력하게 맡아졌다.

막종오는 제남에 북궁설이 있다는 것을 확신했다.

이후백팔사경을 극성으로 펼쳐 냄새를 쫓기 시작했다. 냄새는 저잣거리로 들어서자마자 좌측으로 꺾어졌다. 그곳은 약초 시장과 염초 시장이 있는 맹전이라는 거대한 공터였다. 시장의 규모가 크고 거래되는 물동량이 많기 때문에 맹전 주위로는 수많은 객점과 기루들이 즐비해 있다. 상인들의 주머니를 노리려는 계산인 것이다. 약초와 염초를 판 거액을 기루의 기녀들에게 탕진하고 울상을 짓는 사람들을 부지기수로 보았다.

척!

하나의 가건물 기둥 앞에 우뚝 선 막종오의 시선이 동쪽을 쳐다보았다. 그곳은 기루들이 밀집해 있는 곳이었는데, 그쪽으로부터 연향이 날아왔다.

막종오는 골목길로 접어들지 않고 가건물 기둥 곁에 한동안 서 있었다. 한 사람의 행인도 없는 지금 자신이 골목을 들어서면 금방 적의 눈에 띄고 말 것이다. 이토록 깊숙이 은신했다는 것은 휴식을 목적하고 있다고 봐야 했다. 최소한 한두 시진 이내에는 움직이지 않을 것이다.

막종오는 가건물을 나와 저잣거리로 나섰다. 때마침 이제 막 문을 여는 객점 한 곳을 발견하고 다가갔다.

"어서 오십시오."

잠에서 덜 깬 점소이가 막종오를 보며 허리를 구부렸다.

막종오가 가장 가까운 탁자에 앉아 식사를 시키자 점소이가 지금 막 음식 준비를 시작하여 시간이 걸릴 테니 조금만 기다려 달라면서 주방으로 사라졌다. 이 생각 저 생각 하고 있는 사이에 김이 모락모락 피어나는 음식을 들고 점소이가 다가왔다.

"오래 기다리셨지요? 맛있게 드십시오."

점원이 공손히 절을 하고 사라졌고 막종오는 곧바로 식사를 시작했다.

막종오가 한참 식사를 하고 있을 때 문이 열리는 소리가 들리더니 발자국 소리가 많아졌다. 입 안 가득 음식을 씹으며 고개를 돌린 막종오는 깜짝 놀랐다.

객점으로 다섯 명이 들어서고 있었는데 맨 선두에 한 자루 가느다란 칼을 가슴에 품은 사내가 보였다. 그는 섬전도라 불리는 쾌검의 달인 악도살이었다. 악화란의 사촌 오빠이자 악담사의 사촌 형이기도 했다. 뒤를 따르는 넷은 오식사도로 불리는 그의 그림자들이다.

다행히 악씨세가에서 썼던 인피면구를 오는 도중 바꿨다. 더는 악씨세가의 무사들을 만나도 시빗거리를 만들지 않기 위한 조치였는데, 다행히 그들은 막종오를 알아보지 못했다.

악도살 일행은 식사를 끝내고 곧바로 일어났다. 그들이 객점을 사라지자 막종오 또한 신속히 밥값을 치르고 나갔다. 저잣거리에는 사람들이 몰려나오며 장사꾼들이 여기저기 자리를 펴기 시작했다.

뒤를 따르던 막종오는 깜짝 놀랐다. 악도살이 맹전으로 들어서고 있는 것이다. 그것은 악도살 또한 북궁설이 맹전 근처 기루에 은신해 있다는 사실을 알고 있다는 뜻이었다.

막종오는 진지해졌다. 악도살이 어떻게 북궁설의 존재가 맹전 근처에 있다는 것을 알았단 말인가.

놀라운 추적력이라 할 수 있었다. 자신이 보기에 냄새를 제외하고 적은 단 한 올의 증거도 남기지 않고 움직이고 있었다. 그런데 악도살은 정확히 적이 은신해 있는 곳을 알고 있다.

막종오는 새삼 악도살을 다시 평가했다. 어쩌면 소문보다 그의 능력이 더욱 높은 곳에 있을지 모른다고 생각했다. 그때 선두에 선 악도살이 땅바닥에 뭔가를 뿌렸다. 언뜻 액체로 보였는데 뿌리는 순간 땅바닥 곳곳이 푸른색으로 변하기 시작했다.

푸른색으로 나타난 것은 사람의 발자국이었다.

'용흡유(龍吸乳).'

용흡유는 천고의 영약이다. 사람이 마시면 불로장생을 하는, 말 그대로 용이 마시는 우유인 셈이다. 해저 깊숙한 곳에서 채취되는데 명어연(鳴魚鰱)의 가죽에 반응한다.

명어연은 봉황을 닮은 물고기로, 살은 약재로 쓰이고 가죽은 신발과 북을 만드는 데 사용되는 고급 어피이다. 명어연으로 만들어진 신발자국에 용흡유를 뿌리면 푸른색으로 변한다. 악도살은 달마사 자객들이 신고 있는 신발이 명어연으로 만들어졌다는 것을 알고 용흡유를 뿌려 추적해 온 것이 분명했다.

푸른색으로 찍힌 발자국은 모두 아홉 개였다. 그렇다면 딱 맞아떨어진다. 고자석은 달마사령과 삼령, 달마십공이 북궁설을 데리고 있다고 했다. 그런데 오면서 시신들을 계산해 보니 아홉 개의 발자국이면 정확한 것이다. 북궁설의 신발은 명어연이 아니므로 용흡유에 반응하지 않은 것이다.

뚝!

한참 골목을 거슬러 올라가던 악도살의 걸음이 멈췄다. 푸른색으로 나타난 발자국이 한 기루의 대문을 향해 가고 있었기 때문이다. 악도살은 고개를 들어 기루를 쳐다보았다.

목조 건물로 된 이층 기루로, 내부는 조용했다. 필시 밤새 사내들과 뒤엉킨 후 깊이 잠들어 있는 것이다.

"모두 네 방위로 산개하라."

오식사도가 각자 흩어져 기루를 에워쌌다. 해는 본격적으로 하늘을 가로지르기 시작했고 골목은 사람들로 채워졌다. 그래서 그들의 움직임 또한 사람들이 내는 소음 속에 묻혔다.

스윽!

악도살의 왼손이 올라가자 오식사도가 기루를 향해 날아들어 갔다. 악도살은 대문을 넘어 마당으로 날아내렸다. 한쪽에는 방원 일 장 크기의 간이 연못이 있었는데 물고기들이 그의 기척에 놀라 바위틈으로 몸을 숨겼다.

우당탕!

"막앗!"

"윽!"

안쪽으로부터 비명과 물건 부서지는 소리가 들려왔다.

악도살은 일층 입구에 우뚝 섰다. 문을 열고 들어가지 않고 우두커니 서 있었다.

콰앙!

문이 박살나며 두 명의 달마사 자객이 밀려 나왔고, 그 순간 악도살의 품속에 안겨 있던 검이 뽑혀 나왔다.

번쩍!

짧은 섬광이 허공에 나타났고 투툭, 하는 소리와 함께 두 달마사 자객이 땅바닥을 나뒹굴었다. 잘려진 팔과 다리가 꿈틀거리는 가운데 두 자객은 몸을 일으켜 세우기 위해 애를 썼지만 선뜻 일어나지는 못했다.

채채챙!

안쪽에서 치열한 공방전 소리가 들려왔지만 악도살은 들어가지 않았다.

"커억!"

"으아악!"

비명은 계속 들려왔지만 악도살은 목석처럼 꼼짝하지 않았다. 그리고 잠시 후 왜 그가 안에서 들려오는 수하들의 비명 소리를 듣고서도 움직이지 않았는지 그 이유가 밝혀졌다.

화아아!

이층으로부터 세 개의 그림자가 날아내렸다.

북궁설을 가운데 두고 좌우로 늘어선 작달막한 두 명의 사내.

일반 검보다는 반 뼘 정도 짧은 시커먼 검집이 시선을 끌었다.

둘 모두 악도살을 발견하고 흠칫했다.

화공서출(火攻鼠出), 집 안에 불을 질러놓고 쥐가 뜨거움을 견디지 못해 밖으로 뛰쳐나오도록 만드는 전략이었다.

척!

달마사령이 앞을 나섰다.

그것은 자신이 악도살을 막을 테니 달마삼령더러 북궁설을 데리고 피하라는 신호였다.

"합!"

달마사령이 선공에 나섰다. 악도살 또한 기다리지 않고 맞서 날아갔다.

두 사람의 칼과 검이 부딪치며 치열한 공방 속으로 빠져들었다. 어찌나 양측의 공수가 빠른지 눈이 부실 지경이었다. 잠시 두 사람의 싸움을 지켜보던 달마삼령이 북궁설을 데리고 기루를 빠져나왔다. 악도살이 가로막으려 하자 달마사령이 공격을 퍼부었다.

"좋아. 그럼 잠시 놔두지. 그래 봤자 곧 내 손에 잡힐 테니까."

악도살이 웃으며 달마사령을 향해 폭풍 같은 공격을 감행했다. 그러나 달마사령 또한 달마사의 고위 자객답게 한 치의 물러섬이 없었다.

"너흰 밖에 있는 사령님을 돕거라."

남자의 명령과 더불어 세 명의 여인이 검을 들고 날아왔다. 기녀들로 변장한 달마사 자객들이 분명했다. 세 여인의 합세로 싸움은 더욱 팽팽해졌고 좀체 승패가 저울질되지 않았다.

달마삼령은 북궁설과 손을 잡고 걸었다. 인파 속에 섞인 두 사람의 모습은 누가 봐도 다정한 여인으로 보였다. 너무도 태연하고 자연스런 행동에 누구도 두 사람을 관심있게 보지 않았다.

멈칫!

갑자기 북궁설의 두 눈이 커졌다. 맞은편 인파 사이로 낯익은 얼굴을 발견한 것이다. 북궁설은 눈을 깜박거렸다. 도무지 믿겨지지가 않아 꿈일지 모른다는 생각이 들었다. 그러나 아무리 눈을 깜박거리고 다시 봐도 다가오고 있는 사람은 그 사람이었다.

지금까지 단 한 번도 그 사람을 잊어본 적이 없었다. 이상하게도 시간이 지날수록 잊혀지기보다는 더욱 또렷하게 자신의 기억 속에 자리를 잡고 있었다.

기다림의 시간이 길었지만 한 번도 그가 약속을 어기리라는 생각은 하지 않았다. 언젠가 자신을 구하기 위해 반드시 찾아올 것을 믿어 의심치 않았다. 짧았던 시간이었지만 살아온 세월보다도 더 오랫동안 사귄 사람처럼 눈만 뜨면 떠올랐고 자신에게 한 번도 따뜻한 시선이나 말투 한 번 던진 적이 없었지만 놀랍게도 하루 종일 그 사람을 생각한 적도 있었다. 그런 그 사람이 꿈같이 눈앞에 나타난 것이었다.

아혈을 제압당해 뭐라고 말을 할 수는 없지만 가슴속에서는 뜨거운 기분이 차올랐다.

막종오는 자신을 발견하지 못한 듯 옆으로 몸을 비켰다. 이쪽의 두 사람을 피하려는 자연스런 동작이었다. 그 순간 잔뜩 설렘과 반가움으로 가득 찼던 북궁설의 얼굴이 굳어졌다. 막종오의 행동을 보니 자신을 발견하지 못한 것 같았기 때문이다.

아혈이 제압되어 소리를 지를 수도 없었다. 그렇다고 손을 들어 신호를 보낼 수는 더욱 없었다. 자신과 동행하고 있는 사람의 무공이 얼마만큼 강한지는 이미 경험했기 때문이다. 자신이 아는 막종오와 비교한다면 십초지적도 되지 않을 것이다. 자칫 자기 혼자 살자고 막종오를 죽음으로 몰아넣을 수도 있었다.

바로 그때였다. 한쪽에서 사람들이 웅성거리더니 저놈 잡아라, 하는 소리가 들려왔고 한 명의 거한이 인파를 헤치며 도망치고 있었다. 그 뒤를 장사꾼으로 보이는 여인이 뒤쫓았는데, 필시 전대를 날치기 당한 것 같았다.

퍼억!

도망치는 거한이 어깨를 사정없이 치고 지나가자 아이쿠, 하며 막종오가 휘청거리며 달마삼령에 부딪쳐 갔다. 다른 사람 같으면 재빨리 몸을 잡아주었거나 했을 텐데 절정의 자객답게 그는 가볍게 옆으로 한 걸음을 비켜섰다.

한 걸음이지만 막종오의 몸을 완벽하게 피해 버리는 동작이었다. 그러나 그 순간 막종오의 입가에 웃음이 떠올랐다 사라지는 것을 그는 보지 못했다.

막종오의 오른손가락이 충돌하는 순간 자연스럽게 달마삼령의 면전을 스치듯 지나갔다. 워낙 빨랐고 자연스러운 동작이어서 달마삼령 또한 의심하지 않았다. 달마삼령을 그냥 지나쳐 가자 북궁설이 돌아보려 했다. 그 순간 막종오가 잽싸게 전음을 보냈다.

"쳐다보지 말고 그대로 걸으시오."

북궁설의 눈이 커졌다.

모르는 줄 알았는데 알고 있었다. 자신을 찾기 위해 여기에 나타난 것이 분명했다. 심장이 쿵쾅거리며 뛰었다. 자기 주위로 수많은 고수들이 에워싸고 있는데 어떻게 이토록 가까이 접근을 했을까. 무예도 별로 신통치 않은 사람이 이렇게 접근할 정도면 상상을 초월하는 고생을 했을 것이라는 생각에 가슴이 뜨거워졌다.

휘청!

그때 북궁설의 손을 잡고 있던 달마삼령이 비틀거리더니 왼손으로 머리를 만졌다. 느닷없는 신체 변화에 당혹스런 표정을 지었다.

'내가 왜 이러지?'

머리를 세차게 흔들었지만 어지러움과 더불어 단전으로부터 뜨거운 기운이 솟구쳐 올라오기 시작했다. 그것은 여인을 덮치고자 하는 본능적인 욕구였다.

느닷없는 현상에 그는 당황한 표정을 지우지 못했다. 자신의 몸은 독이 침입하지 못한다. 그런데 뜨겁게 온몸을 달구는 이 욕구는 도대체 뭐란 말인가. 눈앞이 어지러워지고 아랫도리가 부풀어 오르면서 여자를 찾기 시작했다. 그것은 도저히 거역할 수 없는 성욕이었다.

달마삼령은 욕망에 사로잡혀 북궁설이 자신의 손을 떠났다는 사실을 눈치 채지 못했다.

북궁설은 어느새 막종오의 손으로 넘어가 있었고 달마삼령은 갑자기 앞에서 오는 오십 세가량의 여인을 향해 돌진했다.

와라락!

"어마얏!"

느닷없이 자신을 끌어안자 여인이 비명을 질렀다.

찌익!

부우욱!

달마삼령이 거칠게 옷자락을 찢자 여인은 알몸으로 변했다.

"사람 살려!"

여인의 외침을 듣고 사람들이 몰려들었다. 그러나 이에 개의치 않고 달마삼령은 여인의 몸 위로 올라가 미친 듯 요동을 쳤다.

"뭐여, 개새끼도 아니고 시장통에서 이런 좋지 않은 짓을!"

"뭣들 하시오? 어서 저 개 잡놈을 패 죽입시다."

"살려줘요!"

밑에 깔린 여인이 더욱 소릴 지르자 사람들이 우르르 몰려 달마삼령을 밟고 몽둥이로 두들기기 시작했다.

빠악!

"너는 죽어야 돼!"

"하늘이 무섭지도 않느냐?"

수많은 몽둥이와 발길질에도 달마삼령은 떨어지지 않았다. 완전히 색분에 중독된 것이다. 그 모습을 보고 있던 북궁설이 놀라며 물었다.

"어떻게 된 일인가요? 저자가 왜 저렇게 돌변했죠?"

막종오가 웃으며 대답해 주었다.

색심분은 가볍다. 그래서 실내에서는 효과적이지만 바람이 불고 사람이 지나다니는 길가에서는 별 위력을 발휘하지 못한다. 고심 끝에 막종오는 사람을 동원하여 날치기를 조장한 것이다. 거한이 자신을 밀치면 자연스럽게 달마삼령 쪽으로 쓰러지며 색심분을 그의 코앞에 퍼뜨린다는 계획이었는데 한 치의 오차도 없이 진행되었다. 더구나 색심분은 독이 아니기 때문에 아무리 만독불침이라고 해도 꼼짝없이 걸려든다.

달마삼령은 사람들에게 맞아 피투성이가 되었다. 그러면서도 여인을 붙잡으려 했다. 마침 인근을 순찰하던 관부의 무사들이 나타났다. 주위 사람들로부터 얘기를 전해 들은 관부 무사들이 달마삼령을 꽁꽁 묶었다. 무공이 익힌 죄수들만을 묶는 대라보삭으로 손과 발을 비롯해 전신을 꽁꽁 묶었지만 달마삼령은 몸부림을 쳤다.

"크어어어!"

검 한 번 휘두르지 않고 달마삼령을 보내 버린 막종오의 수법에 북궁설이 환하게 웃었다. 그 순간 막종오는 슬며시 고개를 돌렸다. 웃는 북궁설의 모습은 여전히 흉측했다.

막종오의 반응을 알아차린 북궁설이 어색한 표정을 지으며 웃음을 거두었다. 막종오는 자신이 조금 지나쳤다는 것을 깨닫고 오른손을 들어 보이며 가벼운 미소를 지었다.

"고, 고마워요. 오지 않으리란 생각은 하지 않았지만 아무리 기다려도 소식이 없어 불안했던 것은 사실이에요."

막종오가 눈을 부릅떴다.

"날 뭘로 보고 그런 얘기를 하시오? 난 한 번 뱉은 말은 목에 칼이 들어와도 지키는 사람이오."

북궁설은 웃으며 말했다.

"그런 것 같아요. 정말 와주셔서 너무 좋아요. 이제 날 집에까지 데려다 줘요."

"물론이오. 하지만 가는 길이 결코 수월하지는 않을 것이오."

"그럴 테죠."

북궁설의 눈 속에 일말의 불안한 그림자가 떠올랐다. 그걸 발견한 막종오가 큰소리쳤다.

"하지만 너무 염려 마시오. 믿을지 안 믿을지 모르겠지만 예전의 내가 아니오. 무공이 태산처럼 높아졌소."

북궁설이 입을 가리고 킥킥거리며 웃었다.

그걸 본 막종오가 불쾌하다는 표정으로 소리치듯 말했다.

"못 믿겠다는 것이오? 한번 보겠소?"

그러면서 팔소매를 걷어붙이고 위력을 보여줄 것이 없는지 주위를 휘둘러보았다.

북궁설이 고개를 잽싸게 끄덕였다.

"믿어요. 강해진 것 같아요. 확실히 믿어요."

"그럼 갑시다."

막종오가 걸음을 옮겼다. 더 이상 막종오와 헤어지지 않겠다는 듯 북궁설은 옆에 어깨를 붙이다시피 하며 걸었다.

맹전을 벗어난 막종오가 마차들이 몰려 있는 공터로 향했다. 적지 않은 마차들이 화물과 사람을 싣고 부지런히 오가고 있었다. 막종오는 사십 세가량의 장한이 말고삐를 쥐고 있는 마차를 향해 다가갔다.

"하남을 가려는데 얼마면 되겠소?"

"하남도 어느 지역이냐에 따라 가격은 달라지지요."

"상구외다."

"상구면 은자 닷 냥만 주시오."

"그럽시다."

막종오는 곧바로 은자 다섯 냥을 건네주고 북궁설과 함께 휘장을 걷고 마차에 올랐다.

저잣거리를 벗어나자 마차는 본격적으로 속도를 내기 시작했다. 지면과 마차 바퀴가 마찰을 하며 흘러나오는 굉음이 귓가를 윙윙거렸다.

의자 한쪽으로 발을 올리고 측면으로 앉아 창문을 통해 밖을 내다보던 막종오가 고개를 돌렸다.

북궁설은 어느새 잠이 들어 있었다. 앉은 자세 그대로 고개를 떨구며 고르게 숨을 내쉬고 있는 것이 긴장이 풀리자 곧바로 잠에 빠진 듯했다. 그동안 긴장과 두려움에 의해 제대로 쉬지 못했으리라.

막종오는 자고 있는 북궁설을 가만 쳐다보았다. 얼굴에서부터 발끝까지 다시 한 번 샅샅이 훑듯이 쳐다보던 막종오가 길게 한숨을 내쉬었다.

여인의 아름다움이 얼굴 하나에 국한될 수는 없다. 그렇지만 아름답다고 하여 나쁠 것은 더욱 없었다. 이왕이면 다홍치마라는 말도 있지 않은가.

핏!

문득 저토록 박색인 여인이 강호의 소용돌이 중심에 있는 이유가 뭘까 하는 생각에 미치자 궁금증이 일어났다. 본인의 입으로 직접 듣고 싶었다.

막종오는 그녀가 깨어나기만을 기다렸다.

하지만 그녀는 좀체 깨어나지 않았다. 그동안 제대로 자지 못했던 잠을 한 번에 모두 해결하려는 듯 깊은 잠에 빠져 있었다.

북궁설이 눈을 뜬 것은 석양이 떨어질 때였다. 막종오가 앉아 있는 등 뒤의 창문을 통해 붉은 석양이 들어오고 있었다. 북궁설은 민망한 표정으로 소매로 입가를 한번 닦더니 막종오에게 물었다.

"내가 깜빡 잠이 들었어요."

"피곤해 보이는데 더 자지 그러시오?"

"아, 아니에요. 한숨 잤더니 이제 괜찮아요."

그녀는 미안한 표정을 지으며 안절부절못했다.

그런 북궁설을 깊숙한 눈빛으로 쳐다보던 막종오가 작심한 듯 목소리를 낮춰 물었다.

"물어볼 것이 있소."

"네?"

"강호 명문들이 앞 다투어 낭자를 붙잡으려는 이유를 난 아직 모르고 있소. 괜찮다면 낭자 입으로 직접 듣고 싶소만."

북궁설은 전혀 망설이는 기색 없이 입을 열었다.

"좋아요. 말해 드리겠어요. 혹시 공자께서는 구음목면이라는 말을 들어본 적이 있나요?"

막종오의 눈살이 찌푸려졌다.

그것은 금시초문이라는 반응이었다.

북궁설이 크게 숨을 들이키더니 입을 열었다.

"흔히 여인을 음인(陰人), 남자를 양인(陽人)이라고 부르죠. 그래서 남자와 여자를 가리켜 음과 양이라고도 표현하는 것이구요. 여인의 몸은 완전히 음의 결정이고 남자는 양의 결정이에요. 그런데 여자에게나 남자에게나 음과 양의 기운이 넘치면 문제가 발생해요."

"어떤 문제요?"

"남녀 모두 일곱 곳의 음혈(陰穴)과 양혈(陽穴)이 있죠. 그중 한 곳만 부족해도 여자와 남자로서 기능을 발휘할 수 없어요. 물론 넘쳐 나도 그렇구요. 하지만 그런 일은 거의 없다고 해도 과언이 아니에요."

"그런데 있단 말이오?"

"네, 있어요. 바로 내가 그 장본인이에요."

막종오의 더욱 눈이 커졌다.

"여인은 보통 음혈이 일곱 곳이어야 하는데 난 무려 두 개가 많은 아홉 곳이에요. 아니, 나뿐만 아니라 본 가 대대로 음혈이 아홉 곳이라는 희귀한 핏줄을 갖고 있어요."

"칠음이 아니라 구음이라는 건데, 그렇게 되면 어찌 되오?"

"여인의 몸에 음기가 많으면 가장 먼저 변화가 나타나는 곳이 얼굴이죠."

막종오는 자신도 모르게 그녀의 얼굴을 쳐다보았다.

자신을 빤히 쳐다보는 막종오를 보며 북궁설은 계속 말을 이었다.

"보다시피 내 얼굴이 이런 것은 구음에서 오는 현상이죠. 음기가 강하다 보니 얼굴이 뒤틀리는 것이에요."

"고칠 방법이 없소?"

"없어요."

막종오의 눈이 커졌다.

그녀는 너무 간단히 없다고 말했다. 여인에게 있어 얼굴은 생명이자 가치라고 해도 과언이 아니다. 그래서 얼굴을 아름답게 가꾸고자 상상을 초월하는 노력과 방법을 동원하는 것이 여인들의 본능이었다. 인간이기에 앞서 동물로서 수컷을 유혹하기 위해서는 일단 아름다워야 하는 것이다.

막종오는 소리없이 숨을 삼켰다. 태어날 때부터 못생긴 것이 아니라 음혈이 두 개가 많음으로 인해 오는 장애 때문에 추악하다는 말에 그동안 북궁설을 피하고 혐오하기까지 했던 자신의 행동이 부끄러웠다.

사실 사람들은 마음이 아름다워야 한다면서도 막상 여자를 볼 때는 가장 먼저 얼굴을 잰다. 머리에 들어 있는 것이 많든 적든 그녀의 성격이 난폭하든 선하든 간에 일단 아름다운 여인을 최고로 꼽는 데 주저하지 않는 것이다. 그런 범주에서 자신 또한 벗어나지 못했다. 그것은 스스로가 천박함을 인정하는 고백이 아닐 수 없었다. 그런데 그녀에게 그런 놀라운 사연이 있다는 말에 새삼 얼굴이 뜨거워졌다.

"그런데 왜 사람들이 구음목면인 낭자를 차지하기 위해 혈안이 된 것이오?"

"구음목면이 천형인 것만은 아니에요. 음과 양, 물과 불, 하늘과 땅처럼 반드시 반대적인 것이 있죠. 칠음혈(七陰穴)을 제외한 나머지 두 개의 음혈에는 사내와……."

갑자기 그녀가 말을 끊고 얼굴이 빨개졌으므로 막종오가 눈을 크게 떴다.

"왜 말을 하다 마시오?"

북궁설은 안절부절하지 못했다. 부끄러워 한참 동안 어쩔 줄 모르더니 기어 들어가는 목소리로 말했다.

"나… 남자와 그… 그것을 하면……."

"그것이라뇨? 그게 뭐요?"

막종오가 정색하고 물었다. 막종오가 농담을 하는 것이 아니라 진짜로 몰라서 묻는다는 것을 파악한 북궁설의 얼굴은 더욱 상기되었다.

"그, 그것 말예요."

"그것이라니오?"

북궁설이 눈을 크게 떴다.

"그것도 몰라요?! 남자와 여자가 옷 벗고 하는 것 말… 이에요!"

막종오가 눈을 깜빡거렸다. 아직까지 알아듣지 못한 표정이자 북궁설이 버럭 소릴 질렀다.

"잠자리에서 벌이는 그 짓도 몰라요? 아기 만드는 것 말예요!"

"아아!"

그제야 막종오가 알아차렸다는 듯 탄성을 뱉으며 묘한 미소를 지었다.

"난 또, 그거라면 잘 알지요. 그것 때문에 강호의 역사가 바뀌기도 하잖소. 어느 왕 놈은 그것을 너무 밝혀 무려 수천 명의 계집을 거느리기도 했고… 허험."

북궁설은 시선을 어디다 둘지 몰라 안절부절못하며 목덜미까지 붉게 물들였다.

"궁금해 죽겠소. 어서 계속 말해보시오."

막종오가 채근대자 눈을 한번 흘기더니 고개를 약간 떨구며 말을 이었다.

"구음목면의 여인과 남자가 잠자리를 하면 남자에게 상상을 초월하는 큰 능력이 생겨요."

"그게 뭐요?"

"칠음을 제외한 두 개의 음은 엄청난 음기 덩어리예요. 일곱 개의 정상적인 음기와 전혀 다르죠."

"한마디로 그 양이 많다는 거요?"

"그런 셈이에요. 그런데 더욱 놀라운 것은 남자와 잠자리를 하면 두 개의 음기가 남자의 몸으로 흘러들어 가 양기로 녹는다는 것이죠."

막종오가 얼른 말뜻을 알아차리지 못하고 이마를 찌푸렸다.

"생각해 보세요. 강력한 두 개의 음기 덩어리가 남자의 몸속으로 들어가 녹는다면 그 남자에게는 어떤 변화가 생길지."

"꿀꺽!"

여전히 모르겠다는 듯 막종오가 침을 삼켰다.

북궁설이 약간은 답답하다는 듯 목소리를 조금 높여 말했다.

"두 개의 음기가 녹은 남자에게는 상상을 초월하는 강력한 힘이 생겨요. 즉, 내공이 생긴다는 거죠. 천하의 그 어떤 것과도 비교할 수 없는 강력한 내공이죠."

막종오가 더듬거렸다.

"내, 내공이 높아진단 말이오?"

"그래요. 범인의 상상을 뛰어넘을 만큼요. 그래서 본 가는 대대로 무림인들의 추적 대상이 되었어요. 구음목면은 혼인을 하면 항상 딸을 낳고 그 딸은 음혈이 아홉 개인 구음목면을 갖게 되죠. 그런 본 가의 여인들을 취하기만 하면 천하를 거머쥐는 것은 어려운 일이 아니었죠."

막종오는 놀라운 표정을 감추지 못했다.

"아무리 깊이 숨어도 어떻게 알았는지 강호인들이 찾아왔고 본 가의 여인들은 그럴수록 더욱 깊이 숨었어요. 다행히 외조부 때부터 강호인들의 눈을 완전히 속일 수가 있었어요. 선조들은 만약을 대비해 나름대로 무공을 배우기도 했고 재산을 털어 무공이 강한 사람을 가신으로 들어앉혀 본 가의 핏줄을 보호하려 했죠. 어쨌든 지난 일백여 년 동안 본 가는 처음으로 가장 태평한 세월을 보냈죠. 그런데 근자에 이르러 어떻게 알았는지 무림인들이 본 가를 기웃거리기 시작했어요."

막종오 눈앞으로 북궁설을 납치해 달라는 청부자의 모습이 떠올랐다.

화악!

청부자를 생각하던 막종오의 눈이 커졌다. 청부자의 정체가 지금 막 떠오른 것이다.

"왜, 왜 그러세요?"

"아, 아무것도 아니오."

자신이 청부를 받아 그녀를 납치했다는 말을 차마 할 수가 없었기 때문에 더듬거리며 얼버무렸다.

'어쩐지.'

어디선가 같은 냄새를 맡았다고 여겼는데 지금 생각해 보니 두 가지 냄새는 동일했다.

'놈, 놈이었어!'

막종오의 눈앞으로 한 인물이 떠올랐다.

"워워!"

그때 마부가 마차를 세웠다.

막종오가 마부 쪽을 쳐다보며 물었다.

"왜 세우는 거요?"

"볼일이 있어서 그러니 잠시만 기다려 주시오."

마부가 마차에서 내리는 듯 마차가 가볍게 진동을 했다.

팟!

갑자기 막종오의 눈이 빛을 뿌렸다. 자신의 감각에 살기가 잡힌 것이다.

드르륵!

창문을 열고 고개를 빼고 앞쪽을 쳐다보았다.

마차 앞으로 이십여 명의 무사가 도열해 있었다.

'풍도대(風刀隊)!'

악씨세가의 무사들이 가냘프다 할 만큼 가느다란 세도를 차고 마차를 막고 있었다.

일명 바람의 칼로 불리는 풍도대였다. 악씨세가에서도 자주 모습을 드러내지 않고 오로지 칼에 대한 연구와 수련만을 하는 도귀들이라고 전해 들었을 뿐, 자신도 그들을 직접 목격하거나 만나보지는 못했다.

하지만 막종오를 더욱 놀라게 하는 건 마부였다.

마부가 터벅터벅 걸어 그들 앞으로 다가가더니 늘어선 악씨세가의 무사들을 훑어보더니 나직이 말했다.

"돌아가라!"

마부의 음성에는 진한 짜증이 묻어 나왔다. 아주 귀찮다는 목소리였다. 그 말에 풍도대의 대주 왕우새가 한 걸음 나서며 말했다.

"이제 보니 평범한 마부가 아니었군. 그러나 우린 풍도대다. 네가 가라고 해서 물러나고 오라고 해서 다가가는 사람들이 아니란 얘기이니라."

마부가 침을 탁 뱉었다.

"물러나라. 그럼 살 수 있다."

막종오는 당황했다. 평범한 마부인 줄 알았던 인물이 악씨세가의 정예 중 한 부대인 풍도대를 아주 귀찮은 존재처럼 말하는 것이 너무 놀라웠다. 어지간한 사람은 모든 걸 내던지고 도망치기에 바빠야 정상일 만큼 풍도대는 유명했다.

"죽도록 어둠 속에서 칼만 닦아왔는데 채 피어보지도 못하고 죽는다면 너무 억울한 일이 아니겠는가?"

그것은 마지막 기회를 줄 테니 돌아가라는 경고였다.

"이놈이!"

어딜 가나 성질이 급한 사람이 있다. 때로는 급한 성질이 삶에 도움을 주기도 하지만 대부분 손해를 끼친다. 빠르고 급한 것은 절대 삶에 도움이 되지 않는다.

슉!

일도양단.

풍도대의 무사답게 깔끔하고 쾌속한 도법이었다.

툭!

바로 그때, 마부의 오른손이 길가에 서 있는 솔잎을 한줌 뜯었다.

확!

그러고는 파고드는 풍도대 무사를 향해 뿌렸다. 대략 이십여 개의 솔잎이 풍도대 무사를 향해 날아갔는데, 무사는 흥, 하는 콧방귀를 끼고 날아오는 솔잎을 칼로 쳤다.

티티팅!

그런데 놀라운 일이 벌어졌다.

솔잎과 칼이 부딪쳤는데 금속성이 흘러나왔고 하나하나에 엄청난 힘이 실린 듯 불과 네 개를 쳐내기도 전에 풍도대 무사의 칼이 휘청거렸다.

파파팟!

그 순간을 놓치지 않고 나머지 솔잎이 풍도대 무사의 목에

벌집을 만들어 버렸다.

"커컥!"

풍도대 무사는 답답한 신음을 흘리며 몇 번 휘청이더니 그대로 쓰러져 숨을 거두었다.

왕우새를 비롯한 풍도대 무사들이 경악했다.

그러나 제일 놀란 사람은 막종오였다. 조금 전 마부가 보여준 적엽비화는 오면서 숱하게 보았다. 단지 차이가 있다면 이번에는 솔잎이라는 것이었다.

'그자다!'

막종오는 그가 차전자로 악씨세가의 무사들과 달마사 자객들을 죽인 신비의 인물이라는 것을 알아차렸다. 마부가 자신을 태운 것이 아니라 자신이 마부로 변장한 상대에게 옴짝달싹못하고 걸려든 것이었다.

쉭!

칼이 뽑혀 나왔다.

마차가 흔들렸다. 이십여 장 앞에서 싸우는데도 도기의 잔해들이 마차를 뒤흔들고 있었다.

'도대체 누구지?'

생각에 잡히는 사람도 없다. 또한 아직 자신에게 적인지 아군인지 판별도 되지 않았기에 더욱 고민스러웠다.

"크아악!"

"캑!"

두 명의 풍도대 무사가 허리가 잘려 풀밭을 나뒹굴었다.

희생자가 생기면서 풍도대 무사들이 점점 밀리기 시작했다. 자신만만하게 달려들던 풍도대 무사들도 상대가 예상 밖이라는 듯 표정들이 모두 굳어 있었고 왕우새의 얼굴은 더욱 가라앉아 있었다.

자신을 비롯한 풍도대라면 심지어 자신의 주인이라도 가둘 만했다. 그런 위력적인 풍도대가 상대를 압박하지 못하고 밀리는 현실에 기가 차다는 얼굴이었다.

"욱!"

"크우우욱!"

한 번 시작된 비명은 연이어 터져 나왔다.

버언쩍!

마부의 칼이 커다란 섬광을 뿜었다. 대낮인데도 어찌나 강렬한지 멀리 떨어진 막종오는 눈이 부심을 느꼈다. 힘이 거셀수록 칼이나 검에서 뿜어 나오는 광채는 강하고 날카로운데, 바로 지금의 마부가 그랬다.

채채챙!

"으컥!"

"훅!"

비명과 피가 사방으로 흩뿌려졌다.

'놀랍다. 아아! 정녕 믿어지지가 않는다. 천하에 이토록 강한 인물이 있었던가!'

왕우새는 감탄을 넘어 두려움을 느꼈다. 지금까지 자신이 가장 강하다고 여긴 인물은 주인이었다. 비록 젊은 나이지만 언젠가 한번 주인이 펼치는 무공을 우연히 목격할 기회가 있었는데, 숨이 넘어가는 줄 알았다. 그것은 인간의 몸에서 뿜어 나올 수 있는 힘이 아니었다.

하늘과 비교해도 손색이 없다고 여길 만큼의 두려움이었는데, 오늘 또다시 당시 느꼈던 공포가 온몸을 휘감았다. 수많은 강자들과 싸웠고 생사를 밥 먹듯이 넘나들면서 살아온 그에게 어지간한 뛰어남은 그다지 주목받을 것이 되지 못했다. 그런데 눈앞의 인물의 몸놀림은 또 다른 세상을 보는 것 같았다.

수하들이 집단처럼 쓰러졌다.

"한번 뽑으면 깨끗하게 청소하는 것이 나의 신조!"

마부의 몸이 날아왔다. 깃털처럼 가볍되, 뇌전을 방불케 하는 빠름이다.

본능이 위험을 알렸다. 왕우새는 직하일상의 식으로 마부의 칼을 막았다. 어떤 계산이 선 방어가 아니라 너무 다급해 본능적으로 막는 식이다.

캉!

손목이 부러지는 것 같았다.

쥐가 난 듯 팔꿈치가 저려왔고 어깨에서의 강한 통증이 몸속으로 전달되며 파르르 전신을 떨었다.

"귀, 귀공은 도대체 누구시… 오?"

대답 대신 마부의 칼이 떨어졌다. 혼신을 다해 막았지만 소용이 없었다. 마부의 칼이 왕우새의 몸을 양단해 버렸다.

쿵!

잠시 자신의 손에 죽은 시신들을 훑어보던 마부가 휙 칼을 집어 던지고 아무 일도 없었다는 듯 마차로 돌아왔다.

마차에서 내려서 있는 막종오를 보고 약간 놀라는 표정을 짓더니 히죽 웃었다.

"뭐 하러 나왔어. 들어가 있지."

밖에 나와 구경하고 있는 막종오에게 무척 다정히 말했다. 폭풍 같은 살인자의 모습은 어디에도 없는, 무척 온화하고 유순한 목소리였다.

그 어떤 동물보다 수시로 변하는 것이 인간이라지만 도무지 현실이라고 믿어지지 않을 만큼 다정한 음성에 막종오의 눈살이 오므라졌다.

'절대종사라 할 만하다!'

고수와 절대종사는 다르다. 고수는 단지 무공이 높을 뿐이지만 절대종사는 한 분야에서 일가를 이룬 사람을 말한다.

하지만 절대종사와는 약간의 차이가 있었다. 그것은 바로 수많은 살인을 해놓고 표정 변화 하나 없이 친근감 넘치는 목소리를 내뱉는다는 것이었다. 그럴 수 있는 인간은 이 땅에 딱 한 부류다.

'자객이구나!'

막종오는 마부가 자객이라고 여겼다.

자객은 움직임이 단순하다. 또한 간결하다. 하지만 칼을 뽑으면 반드시 끝장을 낸다. 복잡한 것을 배워도 자객은 자신의 몸에 맞게 단순하게 조절해 버린다. 복잡할수록 실패할 확률이 높고 들킬 가능성이 있기 때문이다. 빠르고 단순해야 시간 또한 절약되는데 막종오는 조금 전 풍도대를 죽이는 칼질에서 그의 행동이 아주 명쾌하다는 것을 읽었다. 같은 검법을 배워도 자객은 단순 명쾌하게 펼치고 일반인은 초식이 갖고 있는 특성 그대로를 살린다. 양쪽 모두 일장일단은 있지만, 어쨌든 자객의 특성에는 후자가 적절하다.

흠흠!

아까부터 마부에게서 코에 익은 냄새가 아까부터 흘러나왔기 때문이다. 냄새가 익숙하다는 것은 어디선가 한번 자신과 대면을 했다는 뜻이다. 그러나 떠오르는 인물은 없다.

"후훗!"

막종오가 짧게 웃었다.

언뜻 휘파람을 부는 것 같았는데 마부가 입가에 미소를 담고 물었다.

"왜 웃나?"

"이제 보니 우린 당신에게 끌려가고 있었던 것이구려?"

마부는 아무런 대꾸를 하지 않았다.

털썩!

마부석에 올라앉아 고삐를 쥐며 좌측으로 서 있는 막종오를 향해 말했다.

"뭐 하나? 어서 타게."

"어디로 가오? 일단 하남 쪽으로 방향을 잡은 것을 보니 북궁 낭자를 잡아오라고 청부한 사람이 그쪽 어디에 사는 모양이구려?"

"눈치가 제법이군. 어서 타게. 시간없네."

"좋소. 일단 가는 데까지 가봅시다."

마차는 다시 달렸다. 하지만 얼마 가지 못하고 마부의 싸늘한 음성이 들려왔다.

"불나방들! 잠시만 기다려 주게. 오래 걸리지 않을 것이야."

휘청!

마부가 내리는 듯 마차가 출렁거렸다.

그리고 밖에서부터 고함 소리와 병장기 부딪치는 소리가 들리더니 이어 비명이 연이어 터져 나왔다.

"크아아악!"

"악!"

비명은 콩 볶듯이 일어났고 반 식경쯤 지나자 잠잠해졌다.

그때 막종오는 코끝으로 피비린내가 듬뿍 묻어오는 것을 느꼈다. 피 냄새를 보아 앞선 풍도대보다 더 많은 사람들이 죽었다는 것을 짐작할 수 있었다.

털썩!

마차가 흔들리며 다시 그가 마부석에 앉는 소리가 들렸다.

"워어! 이럇!"

마부는 다시 마차를 몰았다.

"이번엔 누구요?"

"누군 누구겠나? 악문의 아이들이지."

마차는 다시 달렸다.

"힘들지 않소?"

"걱정 말게."

목소리를 보면 전혀 지친 기색도 보이지 않았다.

막종오가 놀라고 있는 것은 마부의 강한 무공도 이유이긴 하지만 어차피 많은 적들이 북궁설을 잡기 위해 마차를 가로막을 것이고 그러다 보면 사람인 이상 지칠 것이다. 그건 곧 자칫 막종오에게 당할 수도 있다는 뜻이며 마부 또한 그 사실을 모르지 않을 텐데도 전혀 개의치 않는다는 것이다.

막종오는 그 이유를 오직 한 가지 때문이라고 생각했다. 자신의 실력에 완전한 자부심을 갖고 있지 않고서는 보여줄 수 없는 배포이다.

한참을 달리는데 갑자기 허공을 쩌렁하게 울리는 외침이 흘러나왔다.

"핫핫핫! 이거야 원, 두 눈으로 보고서도 믿을 수가 없구려. 천하제일자객이신 동사께서 한낱 마부 노릇을 하고 있다니."

막종오가 기겁했다.

'도, 동사!'

암제와 더불어 자객의 양대 산맥.

암제와 동사 중 누가 더 뛰어난지는 워낙 의견이 분분하여 아직 정확한 결론은 내려지지 않고 있었다. 그러나 한 가지 확실한 것은 그들이 마음먹으면 죽이지 못할 인물이 없다는 것이었다.

막종오가 밖을 내다보았다. 마차 앞에는 발끝에서부터 머리

끝까지 흰 백의를 걸친 다섯 명의 사내가 일렬로 서 있었다. 그런데 안색이 분을 칠한 듯 하얀 것이 모두 인피면구를 쓰고 있는 것 같았다.

'치, 칠성문주들!'

앞가슴에 북두칠성이 수놓아진 복장을 한 사람들은 오직 한 곳뿐이었다.

"한번 뵙고 싶었는데 이런 곳에서 만나게 되는군요. 동사 선배에게 정식으로 인사 올리겠소이다. 우린 칠성문의 문주외다."

칠성문주를 가만 살피던 동사의 눈이 커졌다.

"우핫핫핫핫!"

동사가 고개를 쳐들고 큰 소리로 웃었다.

어찌나 웃음소리가 큰지 주위 나무들이 태풍을 만난 듯 흔들렸다.

第五章
복수, 그 허망함

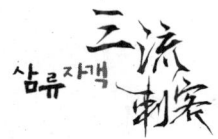

그녀는 물도 마시지 않았고 잠도 자지 않았다. 그날 객점에서 만난 이후 오늘까지 계속 걷기만 했다. 피곤할 법도 한데 잠시도 쉬지 않았고 아무것도 먹지도 않았다.

척!

영원히 멈출 것 같지 않던 그녀의 발걸음이 멈췄다. 왕거만은 잽싸게 언덕 끝으로 올라가 앞을 내려다보았다.

거대한 장원이 언덕 너머에 있었다. 규모의 크기와 뻗쳐 나오는 기세가 예사롭지 않은 것이 상당한 명문가임을 알 수 있었다. 옥방울은 언덕을 내려가 장원으로 이어지는 쭉 뻗은 도로를 걸어갔다.

장원과의 거리가 가까워지면 정문에 두 명의 무사가 말뚝처럼 서 있는 모습이 보였다. 눈 한 번 깜박이지 않고 석상처럼 서 있는 두 경비의 모습에서 왕거만은 생각보다 더 명문가라고 판단했다. 명문일수록 규율이 엄격하기 때문이었다.

두 사람이 가까이 가자 좌측에 서 있던 무사가 절도있게 돌아섰다.

처억!

가죽 장화의 뒷굽이 부딪치는 소리가 크게 울렸다.

"여긴 진주언가입니다. 본 가를 찾아오신 두 분께서는 용건을 말씀해 주십시오!"

뻣뻣한 자세로 선 채 큰 소리로 말했다.

진주언가란 말에 왕거만의 눈이 커졌다. 한 번도 와보거나 그 실상을 알지는 못하지만 강호칠문 중 한 곳이라는 것은 알고 있었다.

"예전 그대로구나."

정문을 비롯해 주위를 휘둘러본 옥방울이 혼잣말을 흘렸다.

"방문 용건을 말씀해 주십시오. 그렇지 않으면 강제로 쫓아내겠습니다."

옥방울이 좌측 무사를 향해 입을 열어 말했다.

"언재수, 그 씨발 놈 안에 있느냐?"

좌측 무사의 눈이 찢어져라 커졌다.

언재수는 자신에게 하늘이었다. 감히 쳐다볼 수도 없을뿐더러 일 년을 가도 고작 한두 번 얼굴을 볼까 말까 했다.

"왜 대답이 없느냐? 그 호로새끼 있냐고 묻잖아."

부르르!

좌측 무사는 물론 저만치 떨어져 있던 우측 무사까지 온몸을 떨며 주먹을 불끈 쥐었다.

지금 도저히 상상할 수 없는 일이 벌어지고 있었기 때문이다. 아직까지 자신들의 하늘에게 막말하는 사람은 보지 못했다. 아무리 명성이 높은 강호의 명사들도 깍듯했는데 웬 여자가 거침없이 욕설을 해대자 분노한 것이다.

"네년은 누구냐?"

"빨리 무릎을 꿇고 잘못했다고 사과해라! 그렇지 않으면 네년의 모가지를 돌려 버리겠다!"

우측 무사까지 흥분하여 소리쳤다.

"나 옥방울이다."

"오, 옥방울? 그게 이름이란 말이냐?"

"쌍방울이란 이름은 들어봤지만 옥방울이라니, 니년이 사내냐? 방울을 갖고 있게?"

"킥킥킥!"

좌측 무사의 욕설에 우측 무사가 웃음을 지었다.

"시간없다. 언제수 있느냐, 없느냐?"

"이년이 진짜 보자 보자 하니까?"

좌측 무사가 그대로 주먹을 뻗어왔다.

그 유명한 언가권이다. 하지만 황금빛이 약간 일렁이는 것을 보아 수위가 그다지 높아 보이지는 않았다.

날아오는 주먹을 쳐다보던 옥방울 역시 주먹을 날렸다.

두 주먹이 중간에서 정통으로 부딪쳤다.

빡!

"크아아악!"

좌측 사내가 오른손을 감싸 쥐며 미친 듯 비명을 질렀다. 단한 방에 손목이 부러져 버린 것이다.

"왜 그래?"

"아이고, 내 팔목이 부러졌어!"

부러진 동료의 팔목을 확인한 우측 사내가 곧바로 돌진해 들어왔다.

"이녀어언!"

악에 바친 듯 엄청난 바람 소리가 들렸으나 옥방울은 피하지 않았다.

탁!

왼 손바닥으로 사내의 주먹을 받았다.

솥뚜껑만 한 손으로 사내의 주먹을 덥석 쥐더니 그대로 꺾어버렸다.

우드드득!

"아가각!"

"으으으으!"

사내들은 자신의 상대가 아니라는 것을 그제야 깨닫고 뒤쪽 초소 옆에 세워진 줄을 힘껏 잡아당겼다.

그러자 초소 지붕에 세워진 종이 세차게 울렸다.

뎅— 뎅뎅뎅!

사내가 미친 듯이 종을 울리자 잠시 후 한 떼의 사람들이 밀려왔다.

"왜 그래?"

"무슨 일이야?"

　이십여 명의 사내가 나타나자 그제야 사내는 치던 종을 멈추고 부러지지 않은 왼손으로 옥방울을 가리키며 외쳤다.

"저년 잡아!"

"누군데?"

"그냥 잡아!"

　사내가 버럭 소릴 질렀다.

"아, 알았어. 잡을게."

"너 이년, 좋게 말할 때 무릎을 꿇어라."

　숫자가 여유를 준 듯 사내들의 얼굴에는 자신감이 넘쳤다.

"아이구야, 저게 얼굴이냐, 맷돌이냐?"

"허걱! 이럴 수가. 여자의 탈을 쓰고 어떻게 저런 얼굴이."

　사내들이 비아냥대도 옥방울의 얼굴에는 아무런 표정이 없었다. 그러나 뒤에 서 있는 왕거만은 가만 있지 못했다. 자신이 좋아하는 옥방울의 얼굴을 비하하고 조롱하자 분노가 폭발하고 말았다.

"너희는 오늘 다 죽었어."

　천둥 같은 고함을 치며 사내들을 향해 날아갔다.

"크큭! 남편인가 본데 저걸 계집이라고 데리고 사는 너도 기구하구나."

"세상에 여자 보는 눈이 그렇게 없어서야 원."

콰아악!

두 사내가 달려들자 왕거만의 주먹이 연거푸 작렬했다.

양측의 주먹이 충돌하는 순간 두 사내가 처절한 비명을 지르며 담장 안으로 날아가 버렸다.

"너!"

왕거만이 쳐다보았다.

"저 말입니까?"

"개새끼야, 누가 너더러 나서라고 했어? 뒈질래?"

왕거만의 눈이 커졌다.

자기 딴에는 옥방울을 생각해서 나서줬는데 오히려 욕을 바가지로 먹자 어안이 벙벙했다.

"나, 낭자, 소생이 무슨 잘못을 했소이까?"

"닥쳐. 다시 한 번 내 일에 나서면 그땐 네놈 모가지를 뽑아 버리겠다. 알겠느냐?"

왕거만이 멍한 얼굴로 쳐다보았고 옥방울이 천천히 언가의 정문을 향해 다가갔다.

잠시 걸어가는 옥방울을 바라보던 왕거만이 다시 따르기 시작했다. 사랑은 결코 쉽게 얻어지는 것이 아니다. 온갖 수모와 고통이 뒤따르고 견딜 수 없는 상처를 받아도 꿋꿋하게 참고 이겨낸 자의 것이다.

*   *   *

그것은 신들의 싸움이었다. 여섯 명이 움직이는데도 희뿌연 안개 같은 그림자만 보일 뿐, 사람의 얼굴은 알아볼 수가 없었다. 그만큼 여섯 사람의 신법은 빨랐고 공수는 두 눈을 확인이 불가능할 만큼 절륜무비했다.

한참 싸움을 구경하던 막종오가 천천히 마차로 다가가 휘장을 걷었다. 북궁설은 밖에서 산악을 부술 것 같은 굉음이 들려오는데도 여전히 잠에 빠져 있었다.

막종오는 마차 안으로 들어와 맞은편 의자에 앉았다.

의자 위에 길게 다리를 뻗고 잠을 자고 있는 북궁설을 가만히 쳐다보았다. 그동안 얼마나 긴장의 시간을 보냈으면 이 와중에도 잠에 떨어질 수가 있단 말인가.

문득 그녀의 운명이 기구하다는 생각을 했다.

"어맛!"

북궁설이 깜짝 놀라며 상체를 일으켜 세웠다. 잠결에 이상한 느낌이 들어 눈을 떴다가 자신을 뚫어져라 쳐다보고 있는 막종오를 발견하고 깜짝 놀란 것이다. 북궁설이 밖에서 들려오는 굉음을 듣고 말했다.

"우리 이렇게 있을 게 아니라 도망가요."

"……."

"저렇게 죽자사자 싸우고 있을 때 몰래 도망치면 좋잖아요."

그러면서 히죽 웃었다. 도망을 칠 때는 쳐야 한다. 도망을 잘 치는 것도 자객에게 빼놓을 수 없는 능력 중 하나이다.

이름하여 존예불식.

명예와 자존심이 먹여 살리지 않는다. 명예도 자존심도 살아 있기만 하면 얼마든지 다시 세울 수 있다.

하지만 막종오의 생각은 북궁설과 달랐다.

지금은 도망치는 것보다 마차에 붙어 있는 것이 여러모로 좋다고 생각하고 있었다.

그녀가 벌떡 일어나더니 서둘렀다.

"빨리 도망치자니까요? 이대로 멍청하게 끌려갈 수는 없잖아요?"

그러면서 또다시 생긋 웃었다.

자신이 아주 기발한 생각을 해냈다는 데서 오는 자긍심 담긴 미소였다.

그런 북궁설을 보며 막종오는 조용히 숨을 삼켰다. 가급적 좋게 봐주려고 노력했다가도 그녀의 웃음만 보면 그런 마음이 싹 가셨다. 그녀의 웃음은 사냥감을 향해 덮치는 야수와 다름없었다.

하지만 이런 절박한 상황에서 웃을 수 있다는 것은 그만큼 자신에 대한 믿음이 두텁고 강하다는 뜻이었다.

막종오는 소리없이 숨을 뱉었다. 한편으로는 답답해지면서 다른 한편으로는 연민의 정이 자신의 가슴에 어느새 깊이 쌓여 있었다.

"왜 자꾸 그렇게 살피는 거요?"

북궁설이 자꾸 힐끔거리며 자신의 이곳저곳을 살폈기 때문이다.

그녀가 눈을 빛내며 말했다.

"자꾸 이상해요. 꼭 어디서 한번 뵌 분 같아서."

가슴이 뜨끔했다. 예전에 검선에서 구출할 당시에도 그녀는 낯이 익다고 하여 자신을 당황시킨 적이 있었다.

"도대체 그 남자가 누군데 자꾸 나만 보면 낯이 익다고 하는 것이오?"

막종오는 시치미를 뚝 떼고 물었다.

북궁설이 땅바닥을 보며 대답했다.

"멋졌어요."

그리고 목덜미가 빨개졌다.

"근사했거든요. 내 운명이 참혹하여 손톱만큼도 사내를 떠올려 본 적이 없었는데 그 남자를 보는 순간 얼마나 가슴이 뛰던지 나 자신도 너무 놀랐어요. 상구에서 칠채염방이라는 곳을 운영해요."

막종오의 눈이 커졌다.

북궁설이 말하는 남자는 바로 자신이었다.

"조금 무뚝뚝하긴 해도 너무 잘생겼어요. 고집도 있어 보이고 특히 화를 내는 모습이 너무 귀여웠어요."

"우욱!"

갑자기 막종오가 토할 듯 배를 움켜쥐고 상체를 숙이자 북궁설이 깜짝 놀라는 표정으로 물었다.

"어디 아파요?"

막종오는 허리를 펴며 더듬거렸다.

"괜찮소. 갑자기 창자가 꼬이는 것 같아서."

"갑자기 창자가 꼬이다뇨? 왜요? 지병이 있어요?"

"험! 아니오. 이제 나았소."

"정말 나았어요? 여전히 표정이 어두운데."

북궁설이 고개를 빼고 막종오의 얼굴을 살피며 염려스런 얼굴로 말했다.

잠시 걱정스런 얼굴로 쳐다보던 북궁설이 다시 조잘거리는 참새처럼 입을 열어 말했다.

"이름이라도 물어볼 것을… 후회가 되요."

"중요한 것은 그 남자의 생각 아니겠소?"

북궁설이 고개를 끄덕였다.

"물론이죠. 나 혼자만 사랑해서는 사랑은 이루어질 수 없죠. 서로가 마음에 두고 아껴야 하는데 아마 그 남자는 내가 자신을 좋아한다는 것을 전혀 모르고 있을 거예요. 하긴 이런 얼굴의 여자가 자신을 좋아한다는 것을 알면 기절하고 말겠죠?"

막종오는 그걸 말이라고 하느냐고 자신도 모르게 대답이 나올 뻔했으므로 얼른 이를 악물었다.

그리고 전혀 마음과 다른 말을 했다.

"그럴 리가 있겠소? 외모의 아름다움도 중요하지만 진정한 아름다움이란 내면이 아니겠소? 겸손과 온화한 인품 말이오."

자신이 말해놓고도 괜히 낯이 뜨거워졌다.

북궁설이 가볍게 숨을 내쉬며 말했다.

"세상 사람들 모두가 그런 생각을 갖고 있다면 얼마나 좋겠어요. 하지만 그런 사람은 몇 명 되지 않아요. 아니, 거의 없을걸요. 여자란 일단 얼굴이 예뻐야 한다는 고정관념이 사내들에게는 너무 뿌리 깊어요. 공자도 그렇겠죠?"

가슴이 찔렸지만 막종오는 엄숙한 표정을 지으며 말했다.

"지, 지금 날 뭘로 보고 그런 섭한 말씀을 하시오? 북궁 낭자가 날 어떻게 보는지 몰라도 나 그런 사람 아니오. 여인의 아름다움을 쭉 빠진 몸매와 얼굴로만 재는 한심한 남자 아니란 말이오."

"그게 정말인가요?"

막종오가 눈을 크게 떴다. 이어 자못 불쾌한 얼굴로 말했다.

"다시 말하지만, 난 그런 남자 아니오. 내가 보는 북궁 낭자야말로 어느 여인보다 아름답고 빼어난 여인이오."

북궁설이 피식 웃었다.

말도 안 된다는 듯한 반응에 막종오가 버럭 소릴 질렀다.

"정말 이럴 거요?! 나의 본심을 이렇게 매도해도 되는 거냔 말이오!"

막종오가 험악하게 인상을 쓰자 북궁설이 당황하며 손을 내저었다.

"아, 아니에요. 난 그냥 농담 한번 해본 거예요. 공자님께서는 절대 그럴 분이 아니라는 걸 믿어요. 오해하지 마세요."

그러나 여기서 바로 화를 풀면 안 된다.

한 번 더 화를 내며 아니라는 것을 강조해야 속물이 아니라는 것을 상대가 믿는다.

"다시 한 번 말하지만 내가 그런 남자라면 천벌을 받소이다. 농담일지라도 추후 절대 그런 얘긴 마시오."

천벌은 죽어도 받을 리 없다.

이만 거짓말 좀 했다고 천벌을 받을 것 같으면 천하에 천벌 안 받을 인간 없다.

북궁설이 몹시 미안한 얼굴로 말했다.

"죄송해요. 제가 공자님 기분을 상하게 했다면 용서하세요. 잘못했어요."

하지만 막종오의 얼굴은 여전히 굳어 있었기에 북궁설은 안절부절못했다.

"제, 제 뜻은 진짜 그게 아닌데, 화 푸세요. 정말 농담이었단 말예요."

'후읍!'

돌연 막종오가 숨을 삼켰다. 북궁설이 울상을 짓자 웃을 때보다 더욱 흉측했기 때문이다.

그때 밖이 조용해졌다.

막종오의 눈이 커졌다. 한 사람이 비틀거리며 걸어가고 있는 기척이 들렸다. 뒤이어 진기를 끌어올리는 듯 기다란 숨소리가 들리더니 뻑! 하는 소리가 들렸다.

그것은 복부가 터져 나갈 때 생기는 소리였다.

비명도 없이 두 가닥 숨소리는 이제 하나로 변했다.

"끝났소."

"누가 이겼나요?"

바로 그때 마차가 출렁거렸다.

북궁설이 두 눈을 크게 떴다.

그것은 동사가 이겼음을 알아차린 반응이었다.

막종오의 눈살이 찌푸려졌다. 코끝으로 엄청난 피 냄새가 느껴졌기 때문이다. 맡아지는 피 냄새를 보아 동사 역시 중상을 입은 것이 분명했다.

처러럭!

말고삐를 거머쥐는 소리가 들리더니 이어 무거운 목소리가 파고들었다.

"이랴!"

마차가 다시 움직였다.

막종오는 마부석 쪽을 가만 쳐다보았다. 동사의 숨소리가 매끄럽지 못했다. 약간 가래 끓는 소리가 들려오는 것이 상태가 생각보다 심한 듯 했다.

"왜 도망을 치지 않나? 칠성문 다섯 문주와의 싸움이라면 자네가 도망치는 것을 두 눈으로 보고서도 난 쫓을 수가 없었을 텐데."

"상처가 심한가 보구려?"

막종오는 대답 대신 동사의 상태를 물었다.

"왜? 만만할 만큼 다친 것 같으니 도망치려는 겐가? 도망칠 마음을 먹었다면 지금보다 칠성문주들과 싸울 때가 더 기회였을 텐데?"

"당신도 청부를 받았소?"

"자객이 청부없이 움직이는 것 봤나?"

"누구요?"

물론 대답해 줄 리 없다. 대답을 해주면 좋고 안 해줘도 상관없었다. 막종오가 묻는 목적은 한 가지 때문이었다. 목소리를 통해 동사의 상태를 파악하려는 것이다. 그러기 위해서는 좀 더 많은 말을 시킬 필요가 있었다.

그래서 이것저것 마구 물었고 동사를 가리지 않고 대답했다. 막종오가 품고 있는 의문을 속시원하게 풀어주기라도 하겠다는 듯 주저가 없었다.

"이제 궁금한 사항이 모두 풀렸나? 헛헛! 보통 잔머리가 아니군. 나이에 걸맞지 않게 산전수전 다 겪은 모양이야."

막종오는 웃었다. 동사의 말뜻은 자신의 속마음을 다 알고 있다는 것이었다.

마차 바닥이 가파르게 솟구치더니 반 시진 정도 지나 이번에는 미끄러질 듯 내려갔고 한참 후 평행을 만들었다. 마차가 산을 내려와 평지를 달리고 있다는 뜻이었다.

"잠시 쉬지 그러시오?"

동사의 숨소리가 갈수록 거칠어졌다. 상태가 악화되고 있다는 뜻이었다.

"아무래도 그래야 할 것 같네."

마차가 멈추자 막종오와 북궁설은 자리에서 일어섰다. 마차 밖으로 나온 두 사람은 기절할 듯 놀라고 말았다.

마부석에는 동사가 피를 뒤집어쓰고 웅크리고 있었다. 그런데 더욱 놀라운 것은 동사의 오른쪽 가슴에 한 자루 검이 틀어박혀 등 뒤로 빠져나와 있다는 것이었다.

동사는 두 사람을 발견하고 가벼운 미소를 지었다.

"뭘 그렇게 놀라나? 이런 모습 처음 보는가?"

검에 찔려 죽은 사람은 수없이 봤지만 가슴에 검을 꽂고서 움직이는 사람은 오늘 처음이었다. 사람이 몸에 검을 꽂은 채 움직일 수 있다는 것도 놀랍거니와, 죽지 않는다는 것은 더욱 숨이 멎을 만한 충격이었다.

"거, 검을 뽑아야 할 것 아니오?"

"뽑으면 죽네."

"에엣?"

"아프긴 하지만 이대로 둬야 살 수 있네. 뽑는 순간 검이 가로막고 있는 혈맥이 일시에 끊어지며 만신창이가 되어 죽지."

"그럼 평생 그렇게 가슴에 검을 꽂고 살아야 한단 말이오?"

"그건 아니지. 영험한 의원을 만나면 살 수 있네. 하지만 아무 의원에게나 몸을 맡겼다가는 죽음을 피할 수 없지."

그는 무척 숨쉬기가 어려운 듯 가슴을 쫙 펴지 못하고 웅크렸다.

이따금 가슴을 폈는데 그때마다 이마를 찡그리는 것이 웅크리지 않으면 상당한 고통이 밀려오는 것 같았다.

"네가 북궁설이란 아이냐?"

동사가 북궁설을 보며 물었다.

북궁설이 아무런 대답을 하지 않자 동사가 조심스럽게 숨을 내뱉으며 말했다.

"설마했는데 진짜 구음목면이로구나."

동사는 구음목면에 대해 훤히 알고 있는 듯했다.

척!

다시 고삐를 쥐며 말했다.

"그만 오르게. 출발하세나."

막종오는 오른쪽 가슴에 검을 꽂은 채 말고삐를 쥐고 있는 동사를 쳐다보며 속으로 중얼거렸다.

'놀랍다!'

그 말 말고는 달리 할 얘기가 없었다.

가슴에 검이 꽂혔는데도 위풍당당할 수 있는 인물이 과연 천하에서 몇이나 될 수 있단 말인가. 막종오는 북궁설을 데리고 다시 마차에 올랐고 마차는 다시 덜커덩거리며 달리기 시작했다.

*   *   *

개구리가 납작하게 엎드려 있는 모습을 닮았다 하여 사람들은 그곳을 와산(蛙山)이라 불렀다. 비록 높지 않은 야트막한 야산이지만 햇볕이 잘 들고 희귀 동식물이 많아 사냥꾼과 약초꾼들이 호시탐탐 기회를 노리지만 그곳으로 들어갈 수는 없었다. 그곳에는 이름만 들어도 오금을 저리게 하는 강호의 한 명문가가 존재하고 있었기 때문이다.

쏴아아!

분혼적죽이 바람에 흔들렸다.

겉으로 봐서는 일반 대나무와 전혀 다를 것이 없다. 차이점이라면 붉다는 것이며 잎사귀에 독을 품고 있어 피부에 스치면 생명이 위독해진다는 것이다.

와산 북서쪽 능선에서 사마홍과 천수사가 분혼적죽에 둘러싸인 악씨세가를 내려다보고 있었다.

"아무리 봐도 천연의 요새입니다. 악씨세가를 지켜온 것이 회풍무류사십팔도라고는 하지만 노신이 보기에는 저 분혼적죽 때문입니다. 철옹성이지요."

사마홍이 공감한다는 듯 고개를 끄덕였다.

"그나저나 대낮에 우리가 공격할 줄은 꿈에도 모르겠죠? 병력의 기본은 상대의 허를 찌르는 것 아닌가요? 허를 잘 찌를수록 성공률은 높죠. 아마 꿈에도 우리 육문이 대낮에 합공을 해오리라고는 모를 거예요. 아마 지금쯤 모든 주력이 북궁설을 쫓는 데 동원되고, 안에는 허수아비들만 있을 것이 분명해요."

사마홍의 두 눈이 번들거렸다.

눈엣가시 같은 악씨세가의 운명도 잠시 후면 역사 속으로 사라진다고 생각하니 가슴이 뛰었다. 악씨세가만 사라지면 누구도 사마세가의 상대가 되지 못한다.

"조신을 올려라."

그러자 등 뒤에서 철망으로 만들어진 새장 하나를 들고 있던 무사가 대답했다.

사내가 들고 있는 새장에는 한 마리 검은 비둘기가 있었다.

"알겠사옵니다."

사내는 곧바로 새장 문을 열더니 검은 비둘기를 하늘로 날려보냈다.

푸드득!

검은 비둘기는 잠시 세 사람의 머리 위를 두어 번 회유하더니 허공 높이 치솟아 올라갔다.

조신(鳥信)은 새로써 공격과 후퇴를 알리는 방법을 말한다.

대부분 전장에서 불이나 종을 이용하지만 그럴 경우 적의 귀에도 이쪽의 전략이 드러날 수밖에 없다. 그런 폐단을 방지하기 위해 천수사가 독창적으로 만들어낸 방법이 바로 새를 이용하는 것이었다.

허공을 날아가는 비둘기를 보고 누구도 의심하지는 않을 것이다. 이미 다른 문파의 사람들과는 비둘기로 신호를 알린다고 약속을 정해놓았다.

지금 악씨세가가 있는 와산은 강호육문에 의해 완전히 포위되었다. 그것도 각 문파에서 최고라고 할 수 있는 정예들만 모여 있었다.

지금쯤 요소요소에 잠복해 있는 육문의 무사들이 허공을

날아가는 비둘기를 발견하고 움직이기 시작했을 것이다. 분
혼적죽을 통과할 때 해를 입지 않도록 해독제까지 모두 준비
했다.

"우리도 그만 가요."

사마홍이 앞장서 날아갔고 천수사가 중얼거렸다.

"악 공자, 이제 자네 가문은 전설 속으로 사라지게 되었
네."

그러면서 막 몸을 날리는 순간 찌이익 하는 소리가 들렸다.
땅에서 반 장쯤 떠올랐던 천수사가 다시 제자리로 내려섰다.

멈칫!

자신의 오른쪽 장삼이 나뭇가지에 걸려 찢어져 있었다.

두 자가량 찢어진 장삼을 바라보는 천수사의 표정이 굳어졌
다.

"이런!"

천수사가 찢어진 옷자락을 보며 중얼거렸다.

천하의 패권이 걸린 대전쟁을 앞두고 옷자락이 찢어지다니,
천수사는 한동안 굳은 표정으로 나뭇가지에 걸려 있는 옷자락
을 보았다.

'길조인가, 아니면?'

천수사는 한동안 움직일 줄 몰랐다.

예로부터 큰일을 앞에 두고 거울이나 접시가 깨지면 좋지
않은 흉조라 하여 출진을 미루기도 했다. 천수사는 한동안 생
각했다. 어째서 갑자기 이런 일이 생겨났단 말인가. 지금까지

큰일을 앞에 두고 왕왕 기분을 잡치게 하는 일은 있었지만 이런 일은 처음이었다.

거문고의 줄이 끊어지면 단현(斷絃)이라 하여 불길한 징조로 받아들이고 아내가 죽어도 단현이라는 표현을 썼다. 어디 그뿐인가. 일부러 거문고 줄을 끊어버리는 것을 절현(絶絃)이라 하여 친구가 죽었을 때 쓰는 표현이었다.

그때 앞장서 날아갔던 사마홍이 천수사가 보이지 않자 다시 돌아왔다.

"거기서 뭐 하는 거예요? 다른 가문들은 지금 악씨세가 안으로 들어갔다는 소식이에요."

어서 가자고 재촉하듯 말하던 사마홍이 나뭇가지에 걸려 찢어진 옷자락을 발견하고 흠칫했다.

"옷이 찢어졌잖아요."

천수사는 아무 말도 하지 않았다.

눈빛도 깜빡이지 않고 찢어진 옷자락을 쳐다보던 천수사의 입술이 조용히 물렸다.

뭔가 결심을 세운 듯한 표정으로 사마홍을 보며 나직히 말했다.

"아가씨."

"말해요."

천수사가 자신을 바라보는 사마홍을 깊은 시선으로 바라보았다.

한참 뜸을 드리던 천수사가 다시 입을 열어 말했다.

"철수시키십시오."

"네엣?"

"서두르십시오. 당장 공격을 중단하라고 하십시오."

"그게 무슨 말이에요? 본 가를 제외한 다른 오문은 이미 악씨세가 안으로 들어갔다니까요? 이미 늦었어요. 그리고 갑자기 철수하라니, 무슨 말이죠?"

천수사의 표정이 더욱 굳어졌다.

그러더니 혼잣말처럼 중얼거렸다.

"상황이 그러하다면 하는 수 없지요. 본 가의 무사들이라도 공격에서 제외시킬 수밖에."

"군사?"

"목 대주."

그러자 좌측 숲 속에서 목우량이 모습을 드러냈다.

"하명하소서."

"폭풍대는 물론 본 가의 모든 무사들은 오늘 악씨세가의 공격에 참여하지 않는다."

"……."

"다시 말한다. 당장 본 가의 무사들은 퇴각한다. 내 말뜻을 알아듣겠느냐?"

"왜 갑자기?"

목우량이 이해할 수 없다는 듯 조심스럽게 물었다.

천수사가 단호히 말했다.

"철수시켜라. 이유는 나중에 말해주겠다. 단 한 사람도 사상자가 발생해서는 안 된다."

사마홍을 힐끔 한번 쳐다보더니 목우량은 곧 몸을 날려 사라졌다. 잠시 후 숲 속 곳곳에 숨어 있던 사마세가의 무사들이 자취를 감추었다.

천수사가 나뭇가지에 걸린 옷자락을 떼어냈다.

"설마 그 옷자락 좀 찢어진 것으로 인해 본 가 무사들을 철수시킨 건가요?"

천수사는 아무런 대답을 하지 않았다.

그렇다고 대답하기에는 자존심이 허락하지 않았다. 내로라 하는 책사가 이따위 일로 거사를 중지시킬 만큼 예민하게 반응한다고 하면 누구도 옳다고 여기지 않을 것이다.

화악!

그때 악씨세가 쪽을 쳐다보던 천수사의 눈이 커졌다.

악씨세가를 바다처럼 에워싸고 있던 분혼적죽이 불에 타고 있었다.

"저, 저런!"

사마홍 또한 기겁하며 놀랐다. 분혼적죽은 아무 불에나 타지 않는다. 오직 쇄혼귀화라는 특수한 불에만 탄다. 쇄혼귀화는 보통 불보다 세 배 정도 뜨거울 뿐 아니라 물이나 거센 바람 따위에는 전혀 꺼지지 않는다.

그런데 불은 분혼적죽만 태우고 있는 것이 아니었다. 악씨세가 전체가 시뻘겋게 변하고 있었다. 역시 쇄혼귀화였다.

"세, 세상에!"

악씨세가 안으로 들어간 사람들은 이제 불타는 분혼적죽으로 인해 밖으로 나올 수도 없다. 꼼짝없이 안에서 타죽어야 하는 처참한 운명인 것이다.

처절한 비명이 들려오기 시작했고 멀리 떨어져 있는데도 온몸이 시퍼런 쇄혼귀화에 휩싸여 날뛰는 무사들의 모습이 보였다.

"서, 설마 우리가 침공하리란 것을 악담사가 예측이라도 했단 말인가요?"

어디에서도 공격하겠다는 징후를 노출시키지 않았다. 육문의 수장 회의에서 곧바로 채택되었고 비밀이 샐 것을 우려해 곧바로 공격에 나선 것이다.

그런데 지금 상황을 보건대, 악씨세가 쪽에서는 이쪽의 공격을 미리 읽어낸 것이 분명했다. 그렇지 않고서는 모두를 가두어놓고 저렇게 쇄혼귀화를 이용해 모조리 건물까지 태워 버릴 리 없었다.

불은 더욱 시퍼렇게 변했고 비명은 콩을 볶듯 흘러나왔다. 쇄혼귀화가 한 번 몸에 붙으면 제아무리 무공이 고강한 사람도 살아남지 못한다.

문득 천수사가 하늘을 올려다보았다.

하늘이 자신을 살린 것이다. 그것은 아직 자신에게 기회가 있다는 뜻이었다.

불타는 악씨세가를 바라보는 악담사의 얼굴엔 아무런 표정도 없었다. 그 곁으로 모친 종리화와 혈불이 나란히 서서 지켜보고 있었는데, 세 사람의 귓가로 고통 가득한 비명과 불길에 이리 뛰고 저리 나뒹구는 사람들의 모습이 보였다.

힐끔!

종리화가 좌측에 서 있는 악담사를 바라보았다.

악담사를 바라보는 그녀의 입가에 흐뭇한 표정이 떠올랐다. 처음 화공 작전을 세울 때 자신은 반대했었다. 적이 침입해 오면 다행이지만 만약 예측이 빗나가면 수백 년을 지켜온 건물과 터가 잿더미로 변하기 때문이다. 조상들의 손때와 영광이 서려 있는 역사 깊은 가문이 하루아침에 사라진다는 것은 있을 수 없는 일이었다.

자식 이기는 부모 없듯 자신 또한 어쩔 수 없이 물러났는데 이런 엄청난 결과를 낳을 줄이야. 수백 년 동안 경쟁해 온 강호 육문을 단 한순간에 무너뜨리는 경악할 만한 성공을 거둔 것이다.

그런데 기뻐해야 할 악담사의 얼굴은 아무런 표정이 없었다. 오히려 미간을 좁히는 것이 뭔가 못마땅한 얼굴이었다.

"왜 그러느냐? 이 즐거운 일을 보며 얼굴이 밝지를 못하구나?"

"그가 보이지 않습니다."

"누구 말이냐?"

"……."

"혹 그자를 말함이냐? 사마세가의 제갈공명이라는 천수산인지 뭔지 하는 자 말이냐?"

악담사를 아무런 대답을 하지 않았다. 그것은 긍정의 뜻이었다.

"육문이 모두 공격에 참여했으니 그 또한 빠졌을 리는 없지 않겠느냐?"

하지만 악담사의 표정은 밝아지지 않았다.

"해우생, 있느냐?"

종리화의 부름에 한 자루 칼을 찬 해우생이 모습을 드러냈다.

"다녀와 보거라."

"존명!"

해우생이 단숨에 몸을 날려 불타고 있는 악씨세가를 향해 날아갔다.

이들은 자신들만이 출입할 수 있는 한 가지 묘책을 준비해 놓고 있었던 것이다.

화르르!

쿠르르릉!

전각이 무너지면서 불길은 더욱 하늘 높이 치솟았고 분혼적 죽 또한 불바다를 이루고 있었다. 수백 장을 떨어져 있는데도 화기가 느껴졌다.

일각 정도 지나자 저 멀리 한 개의 인영이 날아왔다. 일각 전에 종리화의 명령을 받고 조사차 떠난 해우생이었다.

척!

그는 단숨에 날아와 종리화 앞에 부복하며 섰다.

"다녀왔습니다."

"그래, 말해보거라."

"사마세가의 무사들은 단 한 명도 보이지 않았습니다. 뿐만 아니라 천수사의 모습은 더욱 찾지 못했습니다."

"그게 정말이냐?"

"제가 감히 뉘 앞이라고 헛된 보고를 하겠나이까? 사마세가의 무사들은 전혀 없었습니다."

불끈!

악담사의 주먹이 불끈 쥐어졌다.

이를 질근 깨물었는데 잇새로 신음이 흘러나왔다.

나머지 오문도 중요하지만 이번 공격의 초점은 사마세가에 맞췄다. 수많은 사람을 죽이는 것도 중요하지만 천수사 한 명의 목숨에 모든 것을 걸었다. 그런데 자신이 가장 기대하고 중요시 여겼던 두 가지 조건이 모두 빠져 버린 것이다.

"저, 정보가 샜나 봅니다."

악담사가 고개를 저었다.

"정보는 절대 새지 않았다."

"하면 어떻게 가장 중요한 표적이었던 사마세가와 놈만 쥐새끼처럼 빠졌단 말입니까?"

"그게 바로 천수사란 자의 능력이다. 내가 왜 그토록 놈의 목에 신경을 쓰는지 이제 알겠느냐? 놈은 내가 유일하게 적수라고 여기는 자다. 무공도 무공이지만 그의 능력은 거의 하늘에 닿아 있다고 본다."

"사마세가만 빠졌다면 나머지 다른 오문이 가만있었겠느냐?"

종리화가 의혹의 표정으로 물었다.

악담사가 조용히 대답했다.

"같이 공격하기로 했을 것입니다. 그러니까 저렇게 나머지 오문이 걸려든 것이지요. 하지만 막판에 빠져나갔을 것입니다."

"어떻게 알고 말이냐?"

악담사도 그 문제에 관해서는 짐작되는 바가 없었다. 완벽한 덫이었는데 어떻게 빠져나갔을까. 어쨌든 가장 강력한 적수였던 사마세가 건재하는 한 패권의 길은 아직 험난하다.

"태산으로 가십시오."

"넌?"

"일이 있습니다."

"조심해라. 네가 그자를 그렇게 높게 봤다면 범상한 인물이 아니겠구나. 거듭 말하지만 싸움은 무공으로 하지만 패업은 머리로 하는 것이니라."

깊숙한 눈으로 악담사를 바라보던 종리화가 해우생을 데리고 떠났다.

모친 종리화를 떠나보내고 나서도 악담사는 한동안 움직일 줄 몰랐다. 조금 전까지 오백 년 가까이 살아왔던 악씨세가는 완전히 불길에 덮여 있었다.

쇄혼귀화는 앞으로 보름 동안 꺼지지 않을 것이다.

사람이고 건물이고 완전히 잿더미로 만들 것이다. 강호칠문에서 오문을 제거했으면 완전한 승리라고 할 수 있었다. 하지만 사마세가, 특히 천수사가 건재하는 한 싸움은 아직도 어느 쪽으로도 기울지 않고 있다고 봐야 했다.

*　　　　*　　　　*

마차는 다시 멈췄다. 동사의 숨소리가 갈수록 거칠어졌기 때문에 막종오가 마차에서 내린 것이다. 동사는 계속 가자고 고집을 피웠지만 막종오가 막은 것이다.

"왜 웃나? 내가 불쌍해 보인다는 건가?"

자신을 보며 가벼운 미소를 짓는 막종오를 보며 동사가 물었다.

막종오가 말했다.

"지금의 모습이 진짜겠지요?"

막종오의 질문은 지금과 다른 얼굴로 한번 보았다는 뜻이었다. 동사의 눈이 커졌는데 말해보라는 의미다.

막종오가 가벼운 미소를 짓고 느릿하게 입을 열었다.

"내가 아는 친구 한 사람이 있소. 물론 친구라고까지 할 건 없고 몇 달 한솥밥 먹었으니 아는 사이라고 해야겠지."

"그게 누군가?"

"색사동이라는 친구요."

동사가 깜짝 놀라는 표정을 지었다.

"어떻게?"

자객에게 위장술은 목숨과도 같다. 일류일수록 완벽했고 그래서 누구도 쉽게 알아내지 못한다. 그런데 자신의 위장한 모습을 알아버린 막종오의 안목에 놀란 표정이었다.

"허점을 남기지 않았는데 어떻게 알았느냐고 묻는 것이오?"

동사가 그렇다는 듯 고개를 두 번 까닥거렸다.

막종오는 옆에 있는 물 잔을 들어 한 모금 마시며 말했다.

"당신의 위장엔 전혀 허점이 없었소. 그러나 내 눈은 속일 수가 없소."

그러면서 막종오는 자신의 코를 가리켰다.

"사람이 아무리 위장을 해도 고유의 냄새까지는 지우지 못하오."

"냄새로써 내가 색사동이었다는 것을 알았단 말인가?"

동사의 눈이 동그래졌다. 냄새로 정체를 읽어낸다는 말은 금시초문이었다. 막종오는 놀라는 동사를 보며 잔잔한 웃음을 머금었다.

"자네도 혹시?"

자객이냐고 묻는 시선이었다. 만약 자객이라면 범상한 인물이 아니다. 냄새로 진위를 구별하는 능력은 고금을 통해 아직 듣지도 보지도 못했을 뿐 아니라 지금까지 먼 길을 동행하면서 단 한 번도 막종오가 자객일 것이라고는 생각해 보지 않았기 때문이다.

막종오는 그냥 웃기만 했다. 막종오의 그럼 어중간한 태도는 동사로 하여금 더욱 당황하게 만들었다.

동사는 부랴부랴 막종오를 살피기 시작했다. 지금까지는 살펴볼 가치도 없다고 생각했었는데 자신이 색사동으로 변장하여 외문무사로 함께 있었다는 것을 알아차렸다는 것은 능력의 한 단면을 시사하는 것이었다.

동사가 눈을 가늘게 떴다.

'이게 도무지.'

상상할 수 없는 일이었다. 막종오의 정체를 파악할 수가 없었다. 암제와 함께 쌍벽을 이뤘던 자신의 안목과 본능적인 육감으로도 막종오가 자객인지 아닌지 알아차릴 수가 없었다.

외문무사로 들어와 북궁설을 호위하여 가는 것을 보면 자객임은 확실했다. 하지만 풍기는 기운이나 여러 행색에서 자객이란 사실을 짐작할 티끌만 한 단서도 없었다.

머리에 두 조직이 떠올랐다.

달마사와 칠성문.

강호 자객의 양대 집단이었다. 그렇지만 막종오는 그들과는 별도의 인물이 분명해 보였다. 막종오만큼 완벽히 자신을 감추는 자객을 키워낸 집단이라면 이미 자신의 강호 지식에 있어야 했지만 도무지 떠오르는 곳이 없다.

사실 그가 막종오에게는 별로 신경을 쓰지 않은 이유는 간단했다. 언제든지 한가닥 숨만 붙어 있다면 막종오 정도는 얼마든지 제압할 자신이 있었기 때문에 신경을 쓸 필요가 없었다.

막종오의 존재 가치를 악씨세가의 무사들이나 달마사와 칠성문의 자객들과 비교조차 되지 못한다고 생각한 것인데 지금 보니 자신이 큰 실수를 했다는 것을 깨달았다.

마차가 다시 움직이기 시작했다. 길 가는 사람들이 가슴에 검을 박고 말을 모는 동사를 놀란 눈으로 쳐다보았다. 양쪽 모두 대화가 없었다. 대화는 사실 동사가 먼저 끊었다. 막종오가 몇 마디 물었지만 대답을 하지 않자 어쩔 수 없이 이쪽에서도 침묵을 지킬 수밖에 없었다.

동사는 자신에게 몹시 충격을 받은 것 같았다. 별것 아니라고 여겼는데 볼수록 별것으로 보인 탓이리라.

그런데 마차가 멈췄다. 막종오는 직감적으로 적이 나타났다는 것을 알아차렸다.

이곳은 현막이었다. 이곳에서 북궁 장원까지는 백여 리쯤 된다. 백 리만 더 가면 자신은 흑수묘고의 청부를 완수하는 것이다. 물론 동사와 뒤를 쫓는 악씨세가의 무사들이 있지만 어쨌든 이번 청부의 승패는 앞으로 백 리에 달려 있었다.

마차가 또다시 출렁이는 것이 마부석에서 내린 듯했다. 저잣거리인만큼 시끄러워야 하는데 개미 소리 하나 들려오지 않았다. 양쪽이 대치를 하자 길 가던 사람들이 일제히 구경에 몰입했다는 뜻이다.

"……."

"……."

"왜 이렇게 조용하죠?"

침묵을 견디지 못하고 북궁설이 물었다.

막종오는 바깥으로 모든 이목을 집중시켰다. 마차가 멈추고 동사가 마부석을 내린 지 반 각이 지났는데도 양쪽의 충돌이 없다는 것은 나타난 적이 무척 강하다고 봐야 했다.

강한 적은 틈을 허용하지 않는다. 그러다 보니 틈을 찾기 위해 서로가 대치하는 시간이 길어질 수밖에 없다. 더구나 동사는 중상을 입었으므로 더욱 틈을 찾기가 쉽지 않을 것이다.

상대 또한 부상을 입은 동사를 보고서도 쉽게 달려들지 않은 것을 보면 범상한 인물들이 아니었다. 한눈에 봐도 동사가 부상을 입고 있긴 하지만 호락호락한 상대가 아니라는 것을 읽었다는 반증이었다.

퍼억!

갑자기 둔탁한 음향이 들렸다.

막종오의 눈살이 찌푸려졌다. 사람이 날아가거나 병기가 휘둘러지면 바람이 생긴다. 그런데 아무런 낌새도 없다가 느닷없이 충돌음이 발생하자 놀란 것이다.

퍼퍼퍽!

둔탁한 소리는 계속 들려왔다.

하지만 바람 소리는 여전히 들려오지 않았고 잠시 후 비명 소리가 터져 나왔다.

"큭, 커컥!"

바람 소리가 일체 없는 가운데 비명이 들렸다는 것은 서로의 공격이 그만큼 쾌속하고 역(力)을 넘어 경(勁)에 이르렀다는 뜻이다. 검경이든 장경이든 경에 이르면 소리가 나지 않는다. 그러나 몸에 격중되면 겉은 멀쩡해도 내부는 치명적인 손상을 입는다.

막종오는 칠성문의 다섯 문주 급 정도 되는 고수들이 나타났음을 알아차렸다. 다행히 비명 중에는 동사의 목소리가 전혀 들어 있지 않았다.

퍼퍼퍽!

밖으로부터 계속 육중한 탁음이 들렸고 간간이 구경꾼들의 입에서 놀라움과 감탄이 터져 나오는 것을 보면 동사가 생각보다 밀리지 않고 격돌하고 있다는 뜻이다. 구경꾼이란 약자에게 감탄하는 특성을 갖고 있다.

"우욱!"

처음으로 동사의 비명이 들려왔다.

"으악!"

다른 비명이었다.

필시 살을 주고 뼈를 부쉈을 것이다.

"큭!"

하지만 곧바로 동사의 비명이 들렸다. 그러나 지금까지 들었던 어떤 비명보다 힘에 겨운 음성이었다. 막종오는 동사가 막바지에 다가왔음을 알아차렸다.

동사는 자객이다. 아무리 뛰어난 자객일지라도 몸을 드러내고 벌이는 싸움에는 일반 무인들에 비해 손해다. 가슴에 검까지 꽂힌 몸으로는 이제야말로 한계에 왔음을 알 수 있었다.

막종오가 일어서자 자는 줄 알았던 북궁설이 눈을 뜨고 물었다.

"어딜 가려구요?"

막종오가 헛기침을 했다.

"교대를 해야 할 것 같소."

북궁설이 눈을 크게 떴다.

동사는 분명히 자신들의 적인데 죽도록 내버려 두지 그게 무슨 말이냐는 뜻이었다.

"그럴 사정이 있소."

"사정이라뇨?"

"차차 알게 되오. 분명한 것은 그가 죽으면 안 된다는 것이오. 금방 올 테니 가만 앉아 있으시오."

막종오가 휘장을 걷고 밖으로 나갔다.

예상대로 수많은 사람들이 마차를 중심으로 구름처럼 모여 있었고 동사와 일단의 무사들이 싸움을 벌이고 있었다. 막종오는 동사와 겨루고 있는 무사들이 악씨세가의 도유대(刀幽隊)임을 알아보았다.

第六章

임무 교대

삼류자객 三流刺客

　칼의 유령들이라고 불리는 도유대는 모두 일곱 명으로 하나같이 칼에 목숨을 걸고 살아온 공격자이다. 오랫동안 칼을 수련한 고수들답게 모두 육십이 넘었는데 바닥에 세 구의 시신이 쓰러져 있었다.

　하지만 세 구의 시신을 죽인 대가는 컸다. 동사는 몸을 제대로 가누지도 못하고 있었다.

　"내 주인 말고는 누구의 솜씨에도 놀라지 않았는데 당신이야말로 진짜 멋쟁이요. 하지만 여기서 그만 이별을 해야 할 것 같소."

　동사가 피식 웃음을 지었다.

　"칼에 사정을 두면 무사가 아닐세."

나이는 동사가 어렸다. 하지만 무림에서의 명망은 감히 따를 수가 없었으므로 상대는 극도의 예를 갖췄고 동사는 하대를 서슴지 않았다. 하지만 누구도 불쾌하다거나 버릇없다고 여기지는 않았다. 구경꾼들 또한 부상을 입은 몸으로 위엄을 잃지 않고 상대와 싸우는 동사에게 감동하기 시작했다.

 "멋진 무사님이시다."

 "무사라면 저 정도는 되어야지. 키햐~ 따르고 싶다."

 일부에서는 박수까지 치며 동사를 향해 응원을 보냈다.

 쑤와아아!

 네 명의 무사가 동서남북에서 동시에 달려들었다.

 직도항룡.

 간단하지만 가장 파괴적인 일도양단의 식.

 네 방위를 완벽히 점령하고 내려친 칼이기 때문에 피할 곳은 없다. 그러나 동사의 얼굴에 떠 있는 미소는 지워지지 않았다.

 촤라라라!

 동사의 몸이 그 자리에서 팽이처럼 돌았다.

 그러면서 네 방위에서 찔러 들어오는 네 자루의 칼을 쳐냈다.

 뻑— 뻐버벅!

 "크아악!"

 동사가 처절한 비명을 지르며 그 자리에 풀썩 주저앉았다.

 어느 한쪽에서 압력이 들어올 경우 힘이 약하면 반대편으로 밀린다. 밀림은 압력을 현저히 줄여주는 효과를 갖고 있는데 네 방위에서 동시에 밀려들어 온 압력은 가운데로 쏠릴 수밖에 없고 동사는 그 압력을 고스란히 온몸으로 받은 것이다.

꿈틀!

일어서지를 못했다.

악착같이 몸을 세웠지만 바람만 불어도 넘어질 듯 위태로웠다.

"가랏!"

그 순간 도유대의 한 무사가 파고들었다.

칼끝이 물결처럼 출렁거리는 걸 보아 엄청난 힘이 주입되었음을 알 수 있었다.

"아이고, 누가 저 대협님 좀 도와드려 봐."

"이중에 힘 좀 쓰는 사람 없어?"

구경꾼들이 발을 동동 굴렀다.

"워메, 죽겠네."

"정말 존경하고 싶은 분이었는데… 엇!"

사람들이 놀라는 외침을 터뜨렸다.

죽었어야 할 동사는 비틀거리며 서 있는데 대신 달려들었던 도유대 무사가 나가떨어졌기 때문이다.

사람들은 새로 나타난 사람을 바라보며 함성을 질렀다.

"와아아!"

"정의의 무사께서 나타나셨구나."

막종오가 비틀거리는 동사를 보며 입을 열었다.

"이제 쉬시지요."

동사가 헐떡거리며 말했다.

"무슨 짓인가? 자네가 나를 돕다니."

그것은 자신이 죽어야 막종오에게 득이 되지 않느냐는 뜻이
다.

"얘기하자면 기오. 그러니 일단 쉬시오. 당신은 절대 죽어
서는 안 되니까."

"그… 그게 무슨 말인가?"

막종오는 더 이상 대꾸하지 않고 자신의 일장에 나가떨어졌
다가 몸을 일으켜 세운 무사를 포함한 네 명 모두를 쳐다보았
다.

갑작스런 막종오의 등장에 네 무사가 표정을 굳혔다.

"악씨세가의 일이다. 감히 네가 끼어들겠다는 것이냐?"

"꼭 악씨세가라고 강조를 해야 직성이 풀리오? 이름으로 어
떻게 날 휘어잡아 보겠다는 계산인데 번지수를 잘못 짚었소.
난 무식해서 악씨세가가 어떤 곳인 줄 모르니 말이오."

악씨세가가 뭐 하는 곳인 줄 모른다는 말에 일제히 놀랐다.

모르는 놈에게는 아무리 겁을 줘도 소용없다는 것이 자신들
의 강호 경험.

방법이라면 때려잡는 수밖에 없다.

"그럼 죽어라."

넷이 동시에 달려들었다.

동사에게 공격했던 방식 그대로였다. 네 방위에서 칼을 휘

둘러 들어왔다.

퇴로를 차단했다는 것은 단번에 죽이겠다는 뜻이었다. 하지만 그런 전략은 이쪽도 어느 정도 부상이나 위험을 감수해야 한다. 왜냐하면 상대가 필사적으로 나오기 때문이다. 하지만 네 사람은 부상 염려는 하지 않았다. 부상의 위험이란 상대가 어느 정도 강했을 때의 일이기 때문이다. 그리고 지금은 전혀 그런 상황이 아닐뿐더러 자신들 넷이면 천하에서 죽이지 못할 인물이 없다는 확신을 갖고 있었다.

슈슈슈숙!

막종오의 양손이 빠르게 한 바퀴를 돌았다.

꽈─ 가가강!

엄청난 폭음이 터져 나왔다.

"컥!"

비명이 터져 나왔다. 넷 중 가장 약한, 막종오의 공격에 나가떨어졌던 사내가 즉사했다. 나머지 셋 또한 두 걸음씩 물러났는데 내상을 입은 듯 얼굴들이 희었다. 셋의 부릅뜬 눈은 그들이 얼마나 큰 충격을 받았는지를 말해주고 있었다.

"카악!"

막종오가 유난히 큰 소리로 가래침을 뱉었다.

그러면서 슬쩍 주위 구경꾼들을 살폈다. 모두가 경악하는 표정을 지으며 쳐다보고 있었다.

"허흠!"

한때 소원이 있었다. 도저히 이룰 수 없는 불가능의 소원,

그것은 바로 수많은 사람들이 보는 앞에서 잡기가 아닌 당당한 무예로 상대를 고꾸라뜨리는 자신의 모습. 하지만 그런 꿈은 영원히 현실로 나타나지 않았고 끝없이 변칙과 속임수로 살아가야 했던 자신이었다.

그런데 지금 많은 사람들이 존경과 감동, 환희 가득한 얼굴로 자신을 쳐다보고 있었다.

'어쩌면!'

스스로 감정이 격해져 가슴이 떨렸다.

'지긋지긋한 삼류란 말을 이제야말로 벗어날지도 모르겠소, 아버지.'

괜히 가슴이 뜨거워지더니 눈물까지 찔끔 나온다.

'이런 제기랄!'

혹시 누가 볼까 봐 부지런히 눈을 깜박거리며 차오른 눈물을 삼켰다.

강자들의 거들먹거리는 모습이 그토록 멋있어 보일 수가 없었다. 언젠가 힘을 얻어 당당히 싸워 이길 수 있는 능력을 얻는다면 미치도록 거들먹거려야겠다고 마음을 먹었었다.

"덤벼보시지."

우드득!

목을 한 바퀴 돌리자 그 근육과 뼈가 마구 뒤틀리는 소리가 주위를 울렸다.

"뭐 하나? 공격하라고?"

"이노옴!"

"건방지구나."

세 무사가 정면에서 나란히 달려들었다.

막종오가 뒤로 한 걸음 물러섰다. 막종오와 거리를 계산하여 찔러온 도법이 거리가 멀어지자 흔들렸다. 물러난 거리만큼 계속 칼이 힘있게 찔러가기 위해서는 진기를 더욱 주입해야 하기 때문이었다.

취취리릭!

씨익!

막종오가 가벼운 웃음을 지으며 이번에는 측면으로 이동했다.

딱 한 발자국 움직였다. 그 대신 폭이 무척 컸기 때문에 세 사람의 칼을 모두 흘려 버렸다.

슈우우!

스쳐 지나가는 세 사람을 향해 몸을 빠르게 돌리며 장력을 날렸다.

패왕수. 소리도 없고 단지 묵직한 경기가 돌아서는 세 사람을 향해 덮쳐 갔다.

퍼퍼퍽!

세 사람이 짧은 신음을 흘리며 비틀거렸는데 곧바로 다시 공격해 들어왔다. 자신들의 약세를 감추려는 연공이었다.

촤라락!

태산이라도 벨 것 같은 세 자루의 칼을 보며 막종오의 걸음이 앞으로 떼어졌다.

일보나서(一步拏鼠). 단 한 번에 쥐를 잡는 고양이의 도약 중 빠르고 가장 거친 걸음이었다.

푸와아아!

막종오가 공격권 안으로 빠르게 파고들자 세 사람이 당황했다. 그 틈을 놓치지 않고 막종오의 손바닥이 세 사람의 가슴을 정면으로 때렸다.

딱— 따닥!

"컥!"

"으아악!"

비명과 더불어 두 사람의 몸이 구경꾼들 속으로 처박혔다. 몇 번 일어나기 위해 꿈틀댔지만 끝내 몸을 세우지 못하고 조용해졌다.

혼자 남은 사내 역시 숨은 끊어지지 않았어도 위태로운 상태였다.

막종오가 다가가자 사내는 본능적으로 칼을 들어 올렸다. 하지만 공격할 힘은 없어 보였다.

"가라구!"

사내가 무슨 말인지 알아듣지 못하고 멈칫거렸다.

막종오가 다시 말했다.

"가라고!"

그래도 사내는 눈을 계속 깜박거렸고 막종오가 버럭 소릴 질렀다.

"가라고! 살려준다니까?"

"지… 진짜요?"

주춤 두어 걸음 물러서더니 몸을 돌려 비틀거리며 걸어갔다. 신법을 펼칠 수조차 없을 만큼 중상을 입은 것이다.

막종오가 그들을 살려 보내자 주위에 있던 구경꾼들이 천둥 같은 박수를 쳐댔다.

짝짝짝!

"과연 대인은 다르도다."

"섬기고 싶다."

막종오는 느릿하게 돌아섰다.

동사는 마부석에 웅크린 채 비스듬히 앉아 있었다.

"안으로 들어가시오."

"자네가 마차를 몰겠다는 건가?"

막종오는 말고삐를 빼앗았다.

"맘 변하기 전에 빨리 들어가시오."

동사가 막종오를 빤히 쳐다보았다.

"내 인생에 단 한 번의 실수도 없었네. 그러니까 동쪽의 죽음이라는 위대한 명예를 얻었고 한 세대 앞선 암제와 나란히 올랐지. 그런데 처음으로 실수를 했네."

완벽한 자객이라고 했다.

강호상에 전설적이라 할 만큼 뛰어난 자객들이 수도 없이 명멸해 갔지만 암제와 동사만큼 우뚝 선 인물들도 드물었다. 두 사람은 더 이상 설명이 필요없을 만큼 완벽했다.

일류는 판세를 잘 읽는다. 즉, 상대를 정확히 파악할 줄 아는 안목을 가지고 있기 때문에 실패하지 않는다. 그런데 동사는 막종오에 대해 전혀 파악을 하지 못했다. 뭔가 나름대로 사연을 갖고 있으리라는 것 말고는 이토록 강한 능력을 구비한 인물일 줄은 꿈에도 생각하지 못했다.

"뭐 하는 거요? 어서 뒤로 가라고 하잖소."

막종오가 짜증을 내자 동사가 주춤거리며 마차 뒤로 가더니 쿵! 소리가 나며 바닥에 쓰러진 듯했다.

막종오가 뒤쪽을 보며 인상을 썼다.

'엠병!'

막종오는 마부석에 앉아 채찍을 사정없이 휘둘렀다.

쫙!

강력한 채찍이 잔등을 때리자 말이 기겁하며 달렸다. 사람들이 많은 저잣거리를 미친 듯이 달렸다. 잘 달리고 있는데도 연신 채찍을 휘두르자 말은 고통에 몸부림치며 달렸다. 그러자 사람들은 몸을 날려 좌우로 피했고 마차는 먼지를 날리며 사라져 갔다.

*   *   *

배는 한가운데 있었다. 조그만 섬을 보는 것처럼 컸는데 뱃전에 두 마리의 갈매기가 내려앉아 서로의 목덜미를 부리로 보듬어주고 있었다.

"어떤가요?"

숯덩이를 방불케 하는 한 여인이 침대 위에 누워 있었다. 능소란이 걱정 가득한 시선으로 바라보고 있는 가운데 칠십가량의 노인이 여인의 맥과 몸 곳곳을 살펴보았다.

몸을 살피는 노인의 표정은 갈수록 굳어졌다. 환자의 상태가 아주 좋지 않은 듯 눈살을 찌푸리며 이곳저곳을 살피더니 길게 한숨을 내쉬며 능소란을 돌아보았다.

"살릴 수 있겠나요?"

노인은 인근 마을에서 데려온 의원이다. 검선에 적지 않은 의원들이 있다. 그러나 악씨세가의 공격에 발생할지도 모를 환자들을 위해 같이 출진했다가 모두 시신이 되어버렸다.

"그… 글쎄요?"

"속 시원히 말해주세요. 어머니께서 살 수 있는 건가요?"

숯덩이처럼 타버린 환자는 능소란의 모친이자 검선의 선주인 능금향이었다. 악씨세가의 공격에 나섰다가 함정에 빠져 부하들 모두를 잃고 가까스로 목숨만 구해 돌아왔다.

검선의 미래를 위해 능소란을 남겨두지 않고 같이 동행했다면 검선 역사에 처음으로 핏줄이 끊어지는 참혹한 결과를 낳고 말았을 것이다.

"소… 송구하옵니다만 길어야 오늘 내일입니다."

능소란의 얼굴이 절망으로 내려앉았다.

무너져 내리는 듯한 능소란의 얼굴을 차마 못 보겠다는 듯 늙은 의원은 고개를 돌려 버렸다.

"다시 한 번 살펴보세요. 어머니는 그렇게 나약한 분이 아니세요."

어머니는 나약하지 않았다.

강했고 침착했다. 여자였지만 수많은 검선의 고수들을 일사
불란하게 지휘했다. 가급적 전면에 나서는 일이 없으며 어지
간한 문제는 아랫사람들이 스스로 알아서 처리하도록 많은 권
한을 일임하여 수하들로 하여금 더욱 충성토록 했다.

"라… 란아야."

기절한 듯 누워 있던 능금향이 깨어난 듯 자신의 이름을 불
렀다. 능금향의 얼굴은 쇄혼귀화에 노출되어 보기 흉할 만큼
변해 있었다.

"어… 어머니 저 여기 있어요."

능소란이 더듬거리는 능금향의 손을 꼭 쥐었다.

"내… 내 아이의 손이구나. 녀석, 이 어미를 보고 많이 놀랐
겠구나?"

"어머니, 힘을 내세요. 의원이 그러는데, 살 수 있대요."

그러면서 곁에 서 있는 의원을 쳐다보았다.

의원이 놀란 표정으로 언제 자신이 그랬느냐는 듯 쳐다보다
가 이내 능소란의 의도를 알아차리고 길게 한숨을 내쉬었다.

"제… 제대로 싸워보지도 못했다. 그야말로 완벽히 우린 함정
에 빠졌다. 도저히 있을 수 없는 일이 벌어… 진 것이다. 아아! 생
각만 해도 끔찍하구나. 쇄… 혼귀화… 정말 무서운 불이었다."

부르르!

능금향이 다시 생각해도 공포스럽다는 듯 온몸을 떨었다.

"어머니, 여긴 우리 집이에요. 이제 안심해도 돼요."

"쇄… 쇄혼귀화에 용 노는 물론 수많은 충신들이 내가 보는 앞에서 한 줌 재로 변하는데… 그것은 지옥이었다."

검선의 무사들뿐만 아니라 공격에 동원된 다른 문파의 무사들 모두 몸에 붙은 불을 끄기 위해 물속으로 뛰어들었다. 그러나 소용없었다. 쇄혼귀화는 물속에서도 꺼지지 않고 완전히 사람을 재로 만들어 버렸다. 그나마 화상을 적게 입은 몇 사람도 분혼적죽을 빠져나오며 모조리 불타 사라졌다.

부들부들!

능금향은 연신 몸을 떨었다.

"무… 무섭구나. 너무 무… 섭구… 나."

치가 떨리는 듯 능금향이 혼잣말을 중얼거리더니 입에서 검붉은 핏덩이를 토해내기 시작했다.

"으웨에엑!"

"어머니."

의원이 깜짝 놀라며 능금향의 고개를 옆으로 돌렸다. 그러나 피는 멈추지 않았고 의원이 고개를 좌우로 저었다. 능소란은 모친이 마지막에 다다랐음을 알아차리고 망연자실했다. 자신의 능력으로는 어떻게 해볼 방법이 없었다.

"라… 란아야."

"어머니!"

"그… 그자, 아… 악담사란 아이를 조심하거라. 복수는 꿈도 꾸지 마라. 그는 사람이 아니었다. 저… 절대 원한… 을 갖지

마라. 며… 명심… 하… 거… 라."

마지막 말은 아주 희미했다.

"어머니, 정신 차리세요!"

능소란이 능금향을 흔들었지만 이미 몸은 굳어가고 있었다.

능소란이 통곡하며 능금향을 외쳐 불렀고 의원은 조용히 방을 빠져나왔다.

*　　　*　　　*

사마천과 천수사가 술상을 놓고 마주 앉았다. 술상이 벌어진 지 일각이 넘었지만 천수사는 단 한 잔의 술도 마시지 않았다. 그 대신 사마천이 잔을 비우면 잽싸게 따르기만 할 뿐, 여전히 미간이 찌푸려져 있었다.

"왜 들지 않는가?"

자신이 따라 준 술이 그대로 있었다.

"마시지요."

천수사가 천천히 잔을 비웠다.

빈 잔에 술을 채우며 사마천이 입을 열었다.

"이제 어떡해야 하는가? 어쨌든 이번 일로 곁가지들이 모두 사라졌으니 이제 악문과 건곤일척의 승부만 남는 것 아닌가?"

천수사가 찰랑거리는 술잔을 내려다보았다.

물끄러미 잔을 내려다보던 천수사가 고개를 쳐들더니 사마천을 보며 정색하여 말했다.

"지금으로써 유일한 승부수는 한 가지뿐입니다."

"말해보게. 그게 뭔가?"

"북궁설이란 아입니다."

사마천의 표정이 굳어졌다.

천수사가 계속 말했다.

"악문이든 우리든 그 아이를 먼저 잡는 쪽이 천하의 주인이 될 것입니다. 지금 악문의 모든 힘이 그녀를 쫓는 데 집중되어 있는 것으로 알고 있습니다."

"그 아이가 악문의 마지막 승부로군."

"차지하지 못한 곳은 스스로 문을 닫아야 할 것입니다."

콱!

술잔을 쥐는 사마천의 손에 힘이 들어갔고 천수사를 바라보는 두 눈이 활활 타올랐다.

*   *   *

막종오는 굳이 숨으려 하지 않았다. 이미 자신들의 행선지와 위치가 적나라하게 드러난 이상 위장이나 변장 따위는 오히려 불편할 뿐이었다. 이제는 정면으로 돌파해 가는 길만이 최선이었고 그렇게 결정을 내리자 마음이 편했다.

이제 북궁장원과 남은 거리는 팔십여 리다.

한나절이면 충분히 닿을 수 있었다. 그러나 한편으로는 천리만리 멀 수도 있었다. 적의 방해는 더욱 거칠고 집요해질 것이기 때문이었다.

머릿속의 생각이 정리되기도 전에 앞을 막고 선 사내들이
있었다.

햇빛에 반짝이는 것이 검이다.

'사마세가로군!'

막종오는 그들이 사마세가에서 온 무사들임을 알아보았다.

가까이 다가간 막종오는 놀란 표정을 지었다.

'폭풍대!'

자신의 앞을 가로막고 있는 인물들은 놀랍게도 폭풍대 무사
들이었다. 낯익은 얼굴들이었다. 하지만 다른 인피면구를 쓰
고 있었기 때문에 아무도 자신을 알아보지는 못했다.

막종오의 시선이 맨 좌측에 멎었다. 그곳에 두 사내가 오연
히 버티고 섰다. 유난히 다른 무사들보다 가슴을 활짝 펴고 어
깨에 힘이 들어갔는데 바로 변사도와 원삼영이었다.

다른 사람들의 얼굴에 비해 얼굴에 기름기가 번들거리는 것
이 둘 모두 춘화와 삼월과 깨가 쏟아지는 모양이었다.

"큭큭큭!"

변사도가 기세를 돋우기 위해 음산한 웃음을 지었다.

"네 이놈, 긴말 않겠다. 그 마차를 우리에게 조심스럽게 넘
기고 떠나거라. 그럼 털끝 하나 건드리지 않겠다."

원삼영이 뒤질세라 입을 열었다.

"우린 사마세가의 폭풍대이니라. 사마세가를 안다면 폭풍
대가 얼마나 무서운 집단인 줄은 알 터, 마차를 놓고 떠나라.

기회를 줄 때 서둘러 떠나는 것이 현명할 것이다."

두 사람을 보며 막종오가 가벼운 미소를 떠올렸다. 적이지만 반가운 생각이 들었고 여전히 큰소리치는 것은 변함이 없었다.

"너… 너, 지금 날 보고 웃었냐?"

변사도가 인상을 썼다.

"이 새끼!"

급한 성질답게 곧바로 검을 뽑아 들고 날아왔다. 단번에 요절낼 듯 빠르고 날카롭다. 사마세가의 검은 무겁고 검선의 검은 빠르다.

막종오는 변사도의 검이 빠르면서도 상당한 힘이 실렸다는 것을 파악하고 오른손에 진기를 주입하여 후려쳤다.

퍼억!

전력을 다한 장력에 변사도가 뒤로 주르르 물러나더니 피를 토했다.

그것을 목격한 모든 사람들이 경악의 표정을 지었다. 특히 선두에 서 있는 목우량의 눈빛이 흔들렸다.

"치… 친구야, 괜찮아?"

원삼영이 비틀거리는 변사도를 부축하자 사정없이 손을 뿌리치며 피가 범벅이 된 입을 벌려 외쳤다.

"비켜!"

벼락같은 악을 쓰며 몸을 날렸다.

콰아아!

극도의 분노가 담긴 일검이었다. 단 일 초에 이름도 모르는 무사에게 내상을 입었다는 것이 변사도의 속을 발칵 뒤집어놓은 것이다.

콰앙!

또다시 막종오의 장력이 변사도의 검을 쳤다.

핑그르르!

변사도의 검이 강한 충격을 견디지 못하고 허공을 날아가 숲 속으로 떨어졌다.

"크헉!"

그리고 본인은 커다란 핏덩이를 토했다.

꿈뻑꿈뻑!

변사도가 눈을 깜박거리며 고개를 좌우로 흔들었다. 꿈인 듯싶은 모양이었다.

"이… 이게 꿈이지?"

"아니야, 현실이야. 흥분하지 마, 친구야. 이럴 때일수록 침착해야 해."

원삼영이 주저앉은 변사도를 일으켜 세웠고 목우량의 두 눈이 가라앉았다. 그의 감각은 마차 안에 집중되어 있었다. 입수한 정보에 의하면 북궁설을 태운 마차의 마부는 동사라고 했다.

그런데 지금 마차 안에서 두 가닥 인기척이 느껴진다. 하나는 고르고 평온한 것이 여인의 숨소리이니 북궁설일 것이다. 거칠고 굴곡이 심한 숨소리는 부상자가 흘리는 숨소리다. 그건 동사가 부상을 입었다는 뜻으로, 이쪽에서는 반가운 소식이었다.

그런데 지금 변사도를 단 일 초에 부상을 입힌 막종오를 보면 반가운 소식이 아니다. 폭풍대에서 변사도의 무공이 가장 낮긴 하지만 그들을 단 일 초에 부상 입힐 만한 고수는 흔치 않다. 동사 말고는 어떤 정보도 들어온 것은 없다.

'낯선 얼굴인데 느낌은 그렇지 않다!'

원삼영을 비롯해 세 명의 폭풍대 무사가 막종오를 향해 달려들었다.

콰콰콰!

오랫동안 검과 더불어 살아온 검수들만 보여줄 수 있는 중후함에 막종오는 내심 가벼운 탄성을 내뱉었다.

막종오의 양손이 수평으로 뻗었다. 양손에서 도도한 무형의 경기가 뻗어나갔다.

딱— 따다닥!

양손이 부챗살처럼 좌우로 갈라지며 세 가닥 검기와 정면으로 부딪쳤는데 약간의 쇳소리가 들렸다.

"욱!"

"크흠!"

두 마디 신음이 흘러나왔다.

공격을 했던 세 무사의 몸에는 아무런 변화도 일어나지 않았지만 얼굴은 하얗게 탈색되어 있었다.

'내… 내가중수법!'

지켜보던 목우량의 입술이 미세한 떨림을 보였다.

자신감에 차 있던 폭풍대 무사들의 표정이 굳어졌다. 동사가 아니었기 때문에 크게 문제될 것 없다고 자부했는데 자신들의 생각이 크게 어긋났다는 것을 깨달은 것이다.

슉!

원삼영이 앞장섰다. 폭풍대원 중에서 자신과 가장 절친한 변사도에 대한 복수심이 끓어올랐기 때문이다. 뒤를 따라 변사도와 목우량을 제외한 열 명이 날아들었다.

자신을 향해 날아드는 열 명을 보며 막종오의 얼굴이 진중해졌다.

왜 폭풍대가 사마세가의 정예 중 한 집단으로 불리는지 그 이유를 알 것 같았다. 절대 상대를 얕잡아 보지 않는 것부터가 달랐고, 특히 공격해 오는 검은 모두 열 개인데 밀려오는 검기는 한 개였다.

이기공평(二氣功平).

격체전공은 한 사람에게 나머지 사람들의 내공을 불어넣어 싸우게 하는 방법인 반면 이기공평은 여러 사람의 내기가 연결되는 것을 말한다.

격체전공은 맨 선두에 선 사람의 공세에만 저항하면 되지만 이기공평은 부챗살처럼 연결되어 넓은 공간을 차지하며 온다. 당연히 많은 공간을 차지하며 오기 때문에 피하기가 쉽지 않다. 가장 손쉬운 방법은 자신 또한 내공을 이기공평처럼 수평으로 깔아 맞서는 것이다.

문제는 바로 거기에 있었다. 내공이란 단단히 뭉쳐 나갈수록 강한 힘을 발휘하지만 퍼지면 위력이 약화될 수밖에 없다. 상대는 열 명이다. 각자의 내공을 그대로 유지하며 오지만 막종오는 자신의 내공을 열 개로 나눠야 하는 맹점을 안고 있는 것이다. 한 사람의 내공을 열 개로 쪼개면 그 위력은 당연히 약화될 수밖에 없다.

'속전속결을 원하는구나!'

상대는 빨리 끝내고자 하고 있었다. 다수가 한 사람을 상대할 때는 승부가 빠를수록 좋다. 밤이 길면 꿈도 길고, 오래 끌어갈수록 어떤 변수가 발생할지 아무도 모르기 때문이다. 정면 승부밖에 다른 선택은 없었으므로 혼신을 다해 양손을 수평으로 좌우로 긁었다.

강력한 내가강기가 뻗어나갔다. 두 개의 거대한 파도가 서로를 향해 달려드는 듯한 놀라운 광경에 목우량의 두 눈도 빛을 뿌렸다.

산을 울리는 굉음이 들리더니 이윽고 열 개의 검기와 열 개의 장력이 정면으로 만났다.

삐— 어억!

서로를 향해 날아가는 위세에 비해 충돌음은 그렇게 요란하지 않았다. 그러나 충돌음이 작을수록 인체에 미치는 영향이 크다는 것은 일반적인 상식이다.

물러난 사람도 없고 단지 양쪽 모두 어깨만 좌우로 흔들거렸을 뿐이다.

바람도 멈췄고 목우량의 시선이 자신의 부하들을 살폈다.

'그럼 그렇지!'

목우량의 입가에 미소가 어렸다. 부하들이 모두 건재해 보였기 때문이다. 하지만 웃음은 오래 지속되지 못했다.

"헉!"

한 명의 수하가 가쁘게 숨을 들이켜더니 그대로 주저앉았다. 그것이 신호인 양 이곳저곳에서 수하들이 무너지기 시작했다.

"큭!"

"우욱!"

"음!"

무려 여섯 명이 즉사한 것이다. 나머지 서 있는 네 명도 겉으로는 아무렇지 않은 듯했지만 눈빛이 심하게 흔들리는 것이 아주 위태로워 보였다.

막종오가 날아왔다. 다 잡아놓은 사냥감을 놔둘 리 없었다.

부하들이 본능적으로 검을 쳐들었지만 상대가 되지 않을 것은 뻔했으므로 목우량이 달려나갔다.

어느새 그의 손에는 애검 용명이 쥐어져 있었다.

쾅!

두 사람의 공세가 부딪쳤다. 누구도 약세는 보이지 않았다.

막종오가 다시 바람같이 날아가 힘껏 쌍장을 밀어냈고, 거의 같은 시간에 전력이 담긴 목우량의 검이 떨어져 내렸다.

거대한 폭발이었다. 검과 장력이 부딪친 지면에 커다란 구덩이가 만들어졌고 흙과 돌들이 사막의 용권풍처럼 일어났다.

휘류류류!

순식간에 마차와 사람들이 그 속에 가두어졌고 말들이 앞다리를 쳐들며 비명을 질렀다.

히히히힝!

쏴아아!

투투툭!

흙과 돌들이 떨어지면서 드러난 상황은 처음 그대로였다.

휘청!

목우량이 먼저 비틀거렸다.

"대… 대주!"

수하들이 달려들었다. 목우량이 다가오지 말라는 듯 손을 내저었다. 폭풍대 대주로서, 고수로서의 자존심인 것이다.

"후와! 후와!"

갑자기 숨을 헐떡거렸다.

그러더니 입가로 핏물을 물처럼 흘렸다.

부하들이 또다시 달려들자 다시 손을 내저어 오지 말라는 시늉을 했다. 입가에 진한 핏물을 흘리며 목우량이 미소를 지었다.

"우… 웃긴다. 나 목우량이 무명소졸에게 삶을 마무리… 당… 하… 다… 니."

그 한마디를 끝내고 그대로 엎어졌다.

부하들이 눈에 불을 켜고 달려들었다.

"너도 죽어라!"

"네놈을 죽여 시신을 까마귀밥으로 만들어주겠다!"

변사도를 포함한 다섯 사내가 달려들었다. 모두 중상을 입었지만 목우량의 죽음에 흥분하여 그 기세가 예리했다. 막종오는 피하지 않았다. 그렇다고 마주 공격을 해나가지도 않았다. 상대는 지금 완전히 돌았다. 눈에 보이는 것이 없는 것이다. 이럴 땐 굳이 힘들게 대적할 필요가 없었다.

막종오 왼손이 품을 들어갔다 나왔고 무형의 냄새가 허공을 뒤덮었다.

미혼향이 뿌려진 것이다.

"으잉! 내가 왜 이래?"

"얼레, 땅이 움직인다."

미혼향을 마신 목우대 무사들이 비틀거리더니 그대로 엎어졌다. 잔뜩 흥분 상태였기 때문에 일체 암수는 대비하지 못했고 부상을 입은 몸이어서 더욱 빨리 퍼진 것이다.

퍼퍼퍼퍽!

숨진 자들과 미혼향에 중독되어 널브러진 사람들을 훑어보며 막종오는 마부석에 올라 채찍을 휘둘렀다.

두두두!

마차는 먼지를 날리며 달렸다.

북궁장원이 가까워 오면서 북궁설의 마음 또한 흥분이 되는지 뒤에서 말을 걸어왔다.

"거만이가 날 찾기 위해 강호를 나왔다구요?"

앞서 막종오는 왕거만에 대해 간략히 말해주었다.

"세상물정에 대해 나보다 더 모르는 녀석이 무슨 수로 날 찾겠다고 나섰단 말인가. 별일없어야 할 텐데."

북궁설은 왕거만을 무척 걱정했다. 북궁설의 성품이 고스란히 묻어나는 대목이었다. 막종오는 또다시 길게 한숨을 쉬었다.

고운 심성과 아름다우면서도 도발적인 몸매, 남자를 감쌀 줄 아는 모성애 등 여인으로서 모든 것을 제대로 갖추었다. 목소리는 또 얼마나 고운가. 한 마리 새가 지저귀는 듯 가늘면서도 청아하기까지 했다. 그런데 얼굴은 그만 그 모든 장점을 완벽하게 가려 버렸다.

"하학!"

동사의 숨소리는 여전히 불규칙적으로 들려왔다.

부상이 심각해 보였지만 전설적인 자객인만큼 자신의 생존 비법을 지니고 있을 것이므로 크게 걱정할 필요는 없었다. 같은 조건이라면 자객의 생존 확률은 일반 무인들의 수배에 달한다.

촤악!

막종오가 마차를 세웠다.

여섯 사람이 관도를 막고 있다. 그중 선두에 긴 머리를 바람에 날리며 서 있는 여인에게 시선이 멈췄다. 멀리서도, 제아무리 거리가 멀다고 해도 알아볼 수 있는 여인이었다.

'사마홍!'

마침내 그녀가 나타난 것이었다.

한데 묘했다. 그녀의 얼굴을 보는 순간 미움이 거칠게 일어나야 하는데 묘하게도 반가움이 생긴다. 막종오가 마차를 세웠다. 자신은 그녀를 알아보고 있지만 그녀는 인피면구가 달라 몰라보았다.

"살고 싶으면 마차만 놓고 가라."

그녀답게 간단하게 경고했다. 막종오가 잔잔한 웃음을 웃자 버럭 소릴 질렀다.

"미친놈아, 내 말을 못 알아들었느냐?! 살고 싶으면 마차만 놔두고 가라고 했다!"

"여전하군, 계집!"

사마홍의 눈이 커졌다. 자신을 향해 서슴없이 계집이라고 불렀을 뿐 아니라 자신을 아는 눈치였다. 아무리 살펴도 자신은 처음 본다. 예리한 눈으로 막종오를 살피던 그녀의 눈빛이 조금 흔들렸다. 얼굴은 아니지만 분위기가 낯익다.

"아직도 내가 누군지 모르겠느냐?"

막종오가 천천히 인피면구를 벗어젖혔다. 그러자 사마홍이 알고 있는 얼굴이 나타났다.

"엇! 네놈은 바로 칠채염방의?"

사마홍의 표정이 여러 차례 바뀌었다. 이건 예상을 넘어도 완전히 넘은 것이었다. 칠채염방의 하잘것없는 염장(染匠)이 당금 강호를 뒤흔들고 있는 북궁설의 동행인이라니 믿어지지가 않았다.

하나 칠채염방이라는 말에 가장 놀란 사람은 북궁설이었다.

두 사람의 대화를 듣고 있던 북궁설이 마차를 뛰쳐나왔다. 그러다 자신을 향해 돌아보며 씨익, 웃고 있는 막종오를 보며 자지러질 듯 놀랐다.

"다… 당신, 정말?"

"어서 들어가 있으시오. 여기 있으면 위험하오."

"싫어요. 여기 있을 거예요."

막종오의 정체를 몰랐을 때는 안에서 편히 있을 수 있었지만 이제는 아니었다. 이미 그에게 사랑하고 있다는 것을 모두 고백해 버렸고 그가 위험한 싸움을 하는데 맘 편히 마차에 있을 수가 없었다.

막종오는 하는 수 없다는 듯 미소를 지어주고 돌아섰다.

"설명을 해봐라. 어떻게 된 거냐?"

"네가 너에게 설명해야 하냐? 미친년."

"미… 미친년?"

사마홍이 눈을 부릅떴고 뒤에 도열한 다섯 사내가 발끈했다. 그중 성질이 매우 급한 듯한 사내가 검을 뽑아 들고 달려들었다.

"네놈, 주둥이부터 교육시켜야겠다."

막종오의 눈에 살기가 떠올랐다. 사마홍의 손에 부친이 죽었다. 부친의 치밀한 계산이 아니었으면 자신도 살아 나오지 못해 대가 끊길 뻔했다.

쾅!

거칠게 오른손을 뻗자 검과 장이 부딪쳤다.

"컥!"

비틀거리는 사내를 바람같이 쫓아가 연속으로 장력을 먹였다. 그러자 기다렸다는 듯 두 명의 동료가 날아왔지만 막종오는 공격을 멈추지 않았다.

픽!

"크악!"

사내가 절명했고 동시에 막종오의 몸이 옆으로 미끄러졌다. 간발의 차이로 두 사내의 검이 스쳐 갔다. 자신들이 뛰어들었음에도 동료를 구하지 못하자 두 사내는 놀랐다. 특히 단 이 초 만에 동료가 죽자 경악했다.

사마오검.

사마세가에서 자신들을 그렇게 부른다. 사마세가를 대표할 수 있다는 뜻에서 사마천이 직접 붙여준 별호였다. 그런데 그런 자신의 동료가 이 초 만에 당했다. 설혹 사마천일지라도 이 초 만에 자신들을 죽이지는 못한다.

놀라기는 사마홍 또한 이루 말할 수가 없었다. 상상할 수 없는 일이었다. 더구나 상대가 자신에게 얻어터지고 짓밟힘을 당했던 염장이라는 것을 생각하자 더욱 충격이 컸다.

"뭣들 그렇게 놀라나? 어제의 강자가 오늘의 약자가 되고, 어제의 약자가 내일의 강자가 된다는 걸 몰라서 그러나? 청부를 끝내고 집으로 돌아가 쉬고 싶으니 빨리 공격하라구."

사마사검이 느릿하게 다가왔다. 사람이되 산으로 느껴질 만큼 기세가 웅장했다. 막종오는 느릿하게 고개를 끄덕였다. 사마세가의 자부심이라 할 만했다. 그러나 결코 두렵다거나 하는 따위의 생각은 들지 않았다. 이제는 누구도 당당하게 싸워 이길 자신이 있었다.

화라락!

네 사람이 동시에 떠오르며 일검을 뻗어냈다. 검이되 아름답기까지 한 네 사람의 동작에 막종오는 또다시 고개를 끄덕였다. 살기(殺技)를 아름답도록 포장할 수 있다는 것은 거의 완성된 사람만 보여줄 수 있는 기예이다.

픽!

퍼퍼픽!

막종오 또한 불을 뿜었다. 희미한 신음 소리가 들려왔는데 네 개다. 겉으로는 멀쩡해 보이지만 네 사람의 몸 상태가 벌써 파열을 일으키고 있음을 반증하는 소리.

막종오는 쌍장을 한껏 끌어 모았다. 오래 끌고 싶은 마음이 없다. 뭐든지 후닥닥 해치우는 성격이기도 하지만 미증유의 적지 않은 적들이 기다리고 있는 마당이므로 가급적 체력을 아껴야 한다.

스으으!

육안으로는 단순히 맨손을 뻗어낸 것으로 보였다. 하지만 네 사람의 안색은 침중해졌다. 하지만 이내 입술을 깨물더니 검을 쏟아내었다. 그야말로 젖 먹던 힘까지 동원한 필살의 검초이다.

네 사람의 몸이 뒤로 튕겨 나갔다. 하지만 이내 중심을 잡고 땅에 내려섰는데 모두들 말이 없었다. 대신 일제히 각자의 앞가슴을 쳐다보았다.

흑장(黑掌). 새까만 손바닥 자국이 옷을 태우고 들어가 복부에 찍혀 있었다.

"패… 패왕수!"

한 사람이 경악의 음성으로 더듬거렸다. 중원에 상처에 검은 손자국을 남길 만한 무공은 패왕수뿐이다. 처음부터 어디선가 본 듯한 장법이라고 여겼지만 기억이 나지 않았다. 한데 검은 자국이라는 것은 이미 극성에 올랐다는 뜻이었다.

스스스!

"세… 세상에!"

지켜보던 북궁설의 눈이 부릅떠졌다.

때마침 바람이 불어와 네 사람의 몸이 재가 되어 흩날렸다. 사막의 모래 바람에 흩날리는 모래처럼 네 사람의 몸은 머리에서부터 점차 깎여 나가기 시작해 순식간에 사라져 버렸다.

사마홍의 얼굴에는 아무런 그림자도 떠오르지 않았다. 아니, 사실 너무 놀라 감정의 변화를 보일 힘조차 없었다. 패왕수를 지녔던 궁상 자신도 십이성에 이르지 못했다고 했는데 지금 눈앞에서 본 패왕수는 완벽했고 소름이 끼쳤다.

막종오가 천천히 다가왔다. 약간 건들거리는 듯한 걸음걸이였는데 잔뜩 굳어 있는 사마홍과 삼 장의 거리를 두고 섰다.

"뭐라고 한마디 안 하시나? 지금쯤 욕이라도 한 바가지 쏟아 부어야 당신다운 것 아냐?"

사마홍이 아무 말도 하지 않자 막종오가 정색했다.

"너, 그 기분 아느냐? 자식 옆에서 아비가 고문받는 것 말이야. 아니, 자식과 아비가 나란히 돼지처럼 거꾸로 매달려 고문당하는 기분. 모르지? 가르쳐 줄까? 한마디로 지랄 같애."

막종오의 눈빛이 차갑게 가라앉았다.

"아무리 생각해도 우리 아버지가 네년에게 끌려가 고문당할 잘못을 한 적이 없거든! 이제 말해주지. 단금한철의 상인 귀룡대인은 내가 죽였어. 물론 청부를 받았지."

"그자가 누구냐?"

막종오가 씨익 웃었다.

"알고 싶어? 좋아. 여기까지 왔는데 뭘 가르쳐 주지 못하겠나. 귀를 씻고 잘 들으라구. 내게 귀룡대인을 죽이라고 청부한 인간은 걔야. 산동악가인지 작가인지 하는 집구석 큰아들 말이야."

"악담사."

사마홍이 신음하듯 뱉었다. 어느 정도 짐작은 하고 있는 듯 크게 놀라지는 않았다.

"그런데 말이야, 한 가지 더 놀라운 사실이 있어. 뭔지 궁금하지?"

약을 올리듯 사마홍을 보며 막종오가 웃었다.

사마홍의 눈이 이글거렸다. 막종오는 지금 자신을 조롱하고 있었다.

"악담사, 그 자식 말이야, 알고 봤더니 악사담이었어."

"악사담?"

"계집년, 드럽게 기억력없구만. 악사담 몰라? 네년 집구석과 나머지 문파들이 합동 공격했던 강호판문 말이야."

"만검의 제자? 설마?"

막종오가 고개를 끄덕였다.

"나도 며칠 전에서야 알았지. 이름 좀 약간 바꿨을 뿐인데도 까맣게 모르고 있었어. 어떻게 해서 악담사가 악사담이 되어 만검의 제자로 들어갔는지는 모르지만 아무튼 동일인이야."

사마홍이 충격에서 얼른 벗어나지 못했다. 모든 사태의 배후에 악담사가 있다는 것도 놀랍지만 그가 만검의 제자라는 것은 전혀 예상 못한 일이었다.

"어쨌든 내가 귀룡대인을 죽이고 그가 소유했던 모든 단금한철은 산동악가로 들어갔지. 그 결과 지금 강호에서 가장 강한 문파는 산동악가라고 생각하지. 물론 얼마 전 산동악가 기습으로 나머지 오문이 작살났기 때문에 그들의 적은 더욱 없어. 물론 네년은 속으로 우리 사마세가가 있다고 큰소리칠지 모르겠지만 절대 상대가 안 돼, 내가 보기에는."

"닥쳐랏!"

사마홍이 버럭 소릴 질렀다. 그러자 막종오가 더욱 이를 드러내며 웃었다.

"기분 나쁘다는 건가?"

"죽일 놈!"

사마홍이 그대로 날아왔다.

파아아!

그녀의 검이 찔러 들어왔는데 어떤 변화도 없었다.

딱!

장과 검이 부딪쳤다.

둘 모두 처음 자리 그대로 서 있었다. 하지만 사마홍의 표정은 조금 전 공격할 때와는 약간의 차이가 있었는데, 그것은 굳어 있다는 점이었다.

'이런!'

자신이 조금 전 펼친 것은 철저히 막종오의 무위를 가늠하기 위한 수였다. 그래서 일체의 변을 제거하고 힘만 실었다. 그런데 막종오는 전혀 밀리지 않았다.

꿀꺽!

자신도 모르게 마른침이 넘어갔다. 막종오의 무공이 예상보다 더욱 높은 것이다. 도대체, 언제 어디서 저토록 짧은 시간에 강해질 수 있었는지 알 수는 없었지만 위험함을 느꼈다.

"궁금한 것은 모두 알았으니 이제 죽어도 여한은 없을 터."

막종오가 날아오며 좌우 쌍장을 뻗었다. 여전히 패왕수였다.

팍!

사마홍이 힘껏 내려쳤다. 순간, 장력이 충격에 흔들거렸지만 잘라지지는 않았고 엇! 하는 다급성을 흘리며 사마홍이 옆으로 비켰다. 장력이 잘라지지 않고 그대로 밀고 들어왔기 때문이었다.

휙!

하지만 그녀가 왼쪽으로 이 보를 움직이는 순간, 그 자리로 막종오의 좌장이 다가왔다. 정확히 피할 지점을 예측한 공격이었다.

화악!

사마홍의 눈이 커졌다.

발을 딛어야 하는데 그 자리에 장력이 몰려왔으므로 딛을 수가 없었다. 한마디로 허공에 몸이 뜬 상태였다. 이미 검은 일 초를 쏟아냈고 회수가 덜 된 상태이다. 공격도 방어도 어떻게 해볼 수 없는 난처한 상황인 것이다.

휘익!

그녀의 몸이 뒤로 넘어졌다.

철판교. 강호인이라면, 더구나 자신의 위치에서 그런 신법을 펼친다는 것은 수치일 뿐 아니라 소문이라도 나는 날엔 그 창피란 이루 말할 수가 없었다. 하지만 죽는 것보다는 창피 좀 당하는 것이 낫다. 삶은 명예도 중요하지만 실리를 찾는 것이 더 중요하다는 자신의 인생관 아니던가.

벌떡 일어난 사마홍을 보며 막종오가 빙긋 웃었다.

"멋있군. 과거에 나도 한번 펼친 적이 있는데… 그때는 무척 불쌍해 보였는데 이상하게 당신이 펼치니 아름답군. 같은 무공일지라도 뽀대나는 핏줄들은 다르다는 건가?"

"개자식!"

그것은 노골적인 조롱이었다.

그녀의 검이 광분했다. 노기가 하늘을 찌를 듯했는데 하늘로부터 수십 개의 검광이 소나기처럼 퍼부어졌다. 물샐틈없는 검기가 막종오를 에워쌌다.

第七章
핏속의 정사

　그러나 막종오는 전혀 당황한 기색 없이 좌우 손을 밖으로
쳐내며 빙글 돌았다. 자신을 에워싸고 떨어지는 검기의 벽을
부수기 위해 힘껏 장력을 쳐낸 것이다.

　퍽— 퍼퍼퍽!

　하지만 검기의 벽은 파괴되지 않았고 그 바람에 장력의 기
파가 되돌아와 오히려 자신을 때렸다. 그리고 이어 사마홍의
검기가 그를 훑고 지나갔다.

　전력을 다해 묘보로 탈출을 시도했지만 옆구리와 등이 뜨끔
했다.

　이검을 맞은 것이었다. 내공을 올려 호신강기를 펼쳤지만
사마홍의 베어오는 검기가 더 강했다.

휘청!

비틀거리는 막종오를 보며 사마홍이 새파란 미소를 흘렸다.

좌앗좌앗!

사마홍의 이 기회를 놓칠 리 없다. 그녀의 검이 파도처럼 밀려왔는데 사마세가의 절기 칠절미류이다.

막종오의 안색이 진중해졌다. 역시 검의 격이 다르다.

쾅쾅!

십이성 극성의 패왕수가 뻗었다.

무형의 덩어리가 쏟아나가 사마홍의 검기를 정면으로 들이받았고 천지가 개벽하는 것 같은 굉음이 인근을 울렸다.

히히힝!

마차를 끌고 있던 말이 놀라 앞발을 쳐들고 울자 북궁설이 화들짝 놀라며 뒤로 십여 걸음을 밀려났다.

콰콰콰쾅!

두 사람의 싸움은 본격적으로 이루어졌다. 단 한 차례도 땅을 밟지 않고 무려 십오 초 동안을 허공에서 뜬 상태로 겨루었다. 잠시 내려섰다가 다시 떠올랐다. 고무줄처럼 멀어졌다가 달라붙었고, 검과 장이 서로의 목숨을 노리고 집요하게 움직였다.

빡— 빠바박!

"우옷!"

막종오가 뒤로 밀려났다. 그의 옷자락은 사마홍의 검에 여기저기 찢겨져 있었고 안색이 희다.

'강하다!'

그녀는 놀라웠다. 전력을 다한 패왕수로도 절대 우위를 점하지 못하고 있었다. 두 사람의 싸움은 어느덧 오십 초를 넘어서고 있었다. 조금씩 서로의 동작이 눈에 띄게 느려졌다. 초반 기선을 제압하기 위해 전력을 쏟다 보니 금세 체력이 떨어진 것이었다.

퍽!

콰라락!

"큭!"

"욱!"

두 사람 모두 신음을 흘렸다.

입가로 피를 흘리고 있지만 눈빛만큼은 처음보다 더욱 활활 타오르고 있었다.

스윽!

막종오가 입가에 흐르는 피를 왼 손등으로 닦아내며 말했다.

"역시 넌 보통 계집이 아냐. 만만치 않아."

"컸구나. 상구, 그 조그만 바닥에서 삼류자객 노릇을 하던 놈이 놀랍다."

"놀랍지? 큭큭! 더 화끈한 걸 보여주지."

휘익!

막종오의 오른손이 앞으로 뻗어나갔다.

사마홍의 눈이 커졌다. 눈에는 아무것도 보이지 않았지만 직감적으로 차가운 한기가 온몸을 조인다. 몸이 위기를 경고하고 있었다. 하지만 눈에 보이지 않으니 대처할 방법이 마땅치 않다. 이럴 땐 그저 전력을 다해 공격하는 것만이 최선이라는 것이 지난 시절의 경험이었다.

슈— 슈슉!

그녀의 검이 힘차게 떨어졌다. 번쩍하는 순간, 어느새 삼검을 쏟아내고 있었다. 그 어떤 것이라도 스치기만 해도 베어져나갈 가공할 칠절미류 최고의 식, 혈참마(血斬魔).

"안 된다. 피해라!"

바로 그때 허공에서 커다란 외침이 터져 나왔다. 사마홍은 그 음성이 자신의 부친이라는 것을 깨달았다. 다른 사람이 외쳤다면 결코 물러나지 않았을 것이지만 상대가 부친이었고 이토록 다급한 음성을 들어본 적이 없었다.

'좋지 않다!'

뭔지 모르지만 위험하다고 판단한 사마홍이 뒤로 빠르게 물러났다. 아마 태어나 이토록 뒤로 빠르게 물러나 본 적은 결단코 없었다.

콰아아!

사마홍이 물러나자 그 자리를 부친의 공격이 메웠다.

"후웃!"

하지만 사마천 또한 헛바람을 삼켰다. 자신의 공세를 뚫고 통과하는 빠른 그림자를 보았기 때문이다.

"아악!"

예상대로 사마홍의 비명이 터져 나왔다.

사마천이 비틀거리는 사마홍을 부축했다. 사마홍의 왼팔이 사라지고 보이지 않았다. 그녀의 몸에 붙어 있어야 할 팔은 지면에서 팔딱거리고 있었다.

"타… 탈명비!"

사마홍이 더듬거렸다. 막종오의 오른손에 한 자루 비수가 번득이고 있었다. 사람의 피를 그리워하는 악마의 이빨처럼 비수는 으르렁거렸다.

탈명비는 백발백중이다. 그것은 무공의 높고 낮음과는 상관없었다. 그래서 무서운 마병인 것이다. 그런데 자신이 팔 하나 잘리는 것으로 그쳤다는 것은 부친의 덕이다. 하지만 부친의 표정도 밝지 않았다.

탈명비가 그냥 지나갔을 리 없다. 비록 부친의 공격으로 위력이 약화되긴 했지만 그 대신 자신이 받아야 할 충격이 부친에게로 전달되어 상당한 내상을 입은 것이 분명했다.

막종오가 다가섰다. 표정에는 아무런 감정 변화도 없었고 오로지 오른손에 들린 탈명비만이 살모사처럼 혀를 날름거리고 있었다.

저벅저벅!

막종오가 천천히 다가섰다. 사마홍을 부축하고 있던 사마천이 앞을 막아섰다. 전신의 모든 공력을 끌어올렸지만 표정은 밝지 못했다. 말로만 듣던 탈명비다. 아직까지 탈명비 앞에서 온전한 사람은 없었다. 그것은 상대가 누구든 불변이었다.

"웩!"

막종오가 피를 또 토했다. 탈명비는 위력만큼이나 내공 소모가 크다. 그래서 한 번에 두 번 이상 펼치기란 쉽지 않았다. 그러나 지금이 아니면 영원히 복수는 물 건너갈지 모른다는 생각이 들었다. 무리를 해서라도 두 부녀의 목숨을 기어코 따고 말겠다고 마음먹은 것이다.

쾩!

사마천이 사마홍의 검을 쥐었다.

건곤일척.

삶의 분수령에 왔음을 직감했다. 검에 자신의 모든 것을 담았다.

콰르르르!

검 주위로 먼지가 피어올랐다. 내기가 쏟아져 나오면 폭풍우를 만든 것이다. 검에 관한 만검과 쌍벽을 이룰 만하다고까지 서슴지 않고 평가받는 그의 얼굴에는 조금도 여유가 있어 보이지 않았다. 그만큼 탈명비는 마병이었다.

슈아아악!

사마천이 선공에 나섰다. 아직까지 누구와 싸워 먼저 검을 뽑아본 적이 없었지만 탈명비 앞에서는 그따위 명예와 철칙을 차릴 필요가 없었다. 강한 마병일수록 선공이 유리하다는 무림의 얘기에 충실하고 싶을 뿐이었다.

쉭!

바람이 끊어지는 소리가 울려 퍼졌다.

막종오의 손이 움직인 것이다. 조금 전까지 오른손에 쥐어
져 있던 탈명비는 어느새 사라지고 보이지 않았다.

콰아아!

대해(大海)가 밀려오고 하나의 비수가 날아간다. 누가 봐도
도무지 상대가 되지 않을 위력이었다. 태산이라도 무너뜨리고
남을 사마천의 검은 말 그대로 강(罡)이었다.

기의 결정이되 쇠보다 단단하다는 꿈속의 경지 검강인 것이
다.

"크큭!"

탈명비가 파고들기 시작했다. 그것은 누구도 믿을 수 없는
상황이었고, 사마천 또한 놀라운 표정으로 바뀌었다. 설마 검
강을 뚫고 들어올 줄은 몰랐던 것이다.

"으웃!"

자기도 모르게 다급성을 흘리며 더욱 힘을 끌어올렸지만 탈
병비를 막아낼 수가 없었다.

파파파팍!

마치 쇄빙선에 의해 얼음이 깨져 나가듯 탈명비에 의해 검
강이 산산이 부서져 나갔다.

푸욱!

"컥!"

"으후훅!"

앞선 비명은 사마천의 것이었고 뒤에 터진 비명은 막종오의
것이었다.

"크으으!"

사마천이 왼쪽 가슴을 움켜쥐고 뒤뚱거렸다. 피가 물처럼 쏟아져 나왔다. 거대한 구멍이 뚫린 것이 탈명비가 지나간 자리임을 알 수 있었다.

사마홍이 다급히 부친을 부축했다.

"아… 아버지!"

사마천이 손을 뻗어 사마홍을 밀어냈다.

그의 두 눈은 무거웠지만 막종오를 주시하고 있었다. 막종오는 쓰러지기 일보 직전이었다. 다만 정신력으로 흔들리는 몸을 가까스로 세우고 있을 뿐이었다.

"타… 탈명비… 과… 과연……"

사마천의 입술이 들썩거렸다. 죽음이 다가오는 듯 얼굴이 잿빛으로 저물어가는데도 삶에 대한 어떤 아쉬움이나 애착은 보이지 않고 있었다.

"고… 고금제일마병… 이다. 거… 검강을 뚫다니… 시… 실로 무섭구… 나."

퍼억!

사마천이 앞으로 쓰러졌다.

"아버지!"

사마홍이 놀라며 쓰러진 부친을 한 팔로 안았다.

사마천은 아직 눈을 감지 않고 파랗게 변한 입술로 더듬거렸다.

"피… 피해라. 그것만이 타… 탈명비 앞에서… 살아나는…

길……."

툭!

사마천이 숨을 거두었다.

사마홍은 죽은 부친을 가만 내려다보았다. 왼쪽 가슴에서는
여전히 피가 흘러내리고 있었다. 사마홍은 무표정하게 죽은
부친을 내려다보았는데 한줄기 눈물이 볼을 흘러내렸다.

잠시 내려다보던 사마홍이 조심스럽게 부친을 뉘였다. 그리
고 일어나 막종오를 쳐다보았다.

"눈물이라는 건가? 홋홋! 웃기는군. 너에게 그런 것도 있었
더냐?"

"아버지는 피하라고 했다. 하지만 싫다."

부친이 떨어뜨린 검을 허공섭물의 방법으로 낚아 쥐며 느릿
하게 말했다.

"반드시 널 죽이겠다. 탈명비는 제아무리 내공이 심후한 고
수라도 한 번에 두 번을 펼치기가 어렵다고 했다. 그런데 넌
지금 두 번을 썼다. 그건 곧 넌 살아 있지만 허수아비란 얘기
지."

막종오가 환히 웃었다.

"잘 아는군. 맞다. 난 지금 악착같이 버티고 있다."

"홋홋홋!"

다 잡아놓은 고기라는 듯 사마홍이 웃었다. 양 볼에 눈물을
묻히고서 웃는 사마홍의 모습은 소름이 확 끼쳤다.

"개새끼."

씹어뱉듯 한마디를 내던지고 사마홍이 날아왔다. 정상적인 상태라면 보잘것없는 위력이 분명했지만 지금은 일신을 지탱하기조차 어려운 상태였다.

그러나 막종오의 얼굴에 초조한 기색은 없었다.

쉬이이!

사마홍의 검이 막종오의 앞가슴을 파고들었다. 도저히 피할 수 없는 검이었다. 그래서인지 사마홍의 얼굴에도 자신감이 잠깐이나마 나타났다.

슥!

그때 막종오의 오른손이 들렸다. 탈명비가 쥐어지자 사마홍의 눈이 커졌다.

'서… 설마 세 번을!'

그건 도저히 불가능한 일이었다. 암제도 아직까지 한 자리에서 두 번을 사용한 적이 없다고 알려진 탈명비를 무려 세 번이나 펼치려 하고 있었다.

펼칠 수 있을지는 모른다. 그러나 펼치고 난 이후는 말할 필요도 없다. 진기가 고갈된 상태에서 무리했기 때문에 필시 주화입마에 빠질 것이다.

'동귀어진.'

사마홍의 머릿속을 꿰뚫는 생각이었다.

함께 죽다니 말도 안 될 일이다. 여러 가지 상황으로도 자신이 훨씬 유리하다.

획!

사마홍은 힘을 회수했다. 동귀어진하려는 막종오의 수법을 안 이상 퇴로를 생각 않는 공격은 손해였다. 일단 피할 정도의 진기는 남겨둬야 했다. 물론 그렇게 되면 찔러가는 검의 위력은 약화되겠지만 상대의 공격은 피할 수 있다.

그런데 계산은 맞아떨어지지 않았다.

푸욱!

막종오의 가슴을 파고드는 순간, 자신의 가슴도 뜨끔했다.

순간적으로 속았다는 생각을 했지만 이미 가슴에는 탈명비가 꽂힌 뒤였다. 서로의 가슴에 무기를 꽂은 상태로 둘은 서로를 쳐다보았다.

"이런 걸 두고 자기 꾀에 자기가 빠진다고 하지."

사마홍의 안색이 창백해졌다.

자신의 공격이 조금만 강했더라면 막종오의 오른손에 쥐어진 탈명비는 자신의 가슴을 찌르지 못했을 것이다. 그런데 동귀어진을 피하기 위해 힘을 조금 줄인 것이 화근이었다. 막종오는 애초부터 죽을 각오를 하고 달려든 것이다. 즉, 사마홍의 검에 가슴을 뚫릴 각오를 한 것이었다.

그랬기 때문에 자신이 처음대로 전력을 다했다면 강한 검기에 의해 뒤로 밀려나 자신을 공격하지 못했을 것이다. 밀려남으로 인해 거리가 멀어지기 때문이다. 그런데 자신이 힘을 빼면서 막종오의 공격은 먹혀 버린 것이다.

탈명비는 단순한 병기가 아니다. 피를 흡수하고 생명을 빨아들인다.

서로의 가슴에 병기를 박고 있지만 사마홍의 호흡은 급속히 거칠어졌다. 탈병비가 피를 빨아들이고 있기 때문이었다.

　"힘들지? 곧 죽는다, 계집. 그러나 난 안 죽는다. 왜 그러는 줄 알아? 이까짓 검이 가슴에 좀 박혔다고 죽을 것 같았으면 어떻게 자객 노릇을 하겠는가? 응방이 비록 실력은 보잘것없지만 버티는 데는 일류거든."

　"너… 너, 이 개자식."

　사마홍의 얼굴은 분을 발라놓은 듯 하얗게 변했다.

　피가 사라지며 백지처럼 변한 것이다. 반면 막종오의 얼굴은 아무런 변화가 없었다.

　막종오는 탈명비를 뽑지 않았다. 일반 병기는 뽑지 않는 게 사는 데 유리하지만 탈병비는 피를 마시기 때문에 빨리 뽑아야 한다.

　스르르!

　검을 쥐고 있던 사마홍의 손이 풀렸다.

　"호… 호로 새끼. 너 따위에게 나 사마… 홍… 이……."

　풀썩!

　사마홍의 몸이 그대로 주저앉았다.

　잠시 꿈틀거리더니 이내 부르르 떨며 조용해졌다.

　"공자님!"

　북궁설이 달려왔다. 가슴에 꽂힌 검을 보며 안색이 굳어졌다.

　"그… 그 검을."

　그러면서 뽑으려고 손을 내밀자 막종오가 허리를 틀었다.

"놔두시오. 뽑으면 난 죽소."

"헛헛!"

메마른 웃음 소리가 흘러나왔으므로 막종오가 고개를 돌렸다. 동사가 마차 밖으로 나와 있었는데 그 또한 가슴에 한 자루 검을 박고 있었다.

"거참! 공교롭게도 우리 둘 모두 가슴에 한 자루씩 박고 있군 그래."

두 사람은 서로를 보며 멋쩍게 웃었다.

"흐흐흐!"

"하하하!"

한참을 웃던 동사가 정색을 했다. 주위를 한 번 스윽 휘둘러보며 조용히 말했다.

"자네도 알겠지만 비록 눈에 보이지는 않지만 상당한 수의 적이 멀지 않은 곳에 있네. 지금쯤 열심히 달려올 거야."

"그럴 것입니다."

"정상이라고 해도 벅찰 상대들일세."

"압니다."

"지금 이 상태에서 그들과는 절대 맞설 수가 없지. 수많은 위험을 겪었지만 이렇게 대책없는 위기는 나 또한 처음일세."

"저도 그렇습니다. 한데 무슨 묘안이라도 있으십니까?"

"있네!"

동사가 자신있게 소리쳐 말했다.

그러자 북궁설의 눈이 커졌다. 어둠 속에서 빛을 찾은 사람의 모습이었다.

"그게 뭔가요?"

동사가 대답을 하지 않았다. 대신 북궁설을 뚫어지게 쳐다보았다. 느닷없이 자신을 쳐다보는 동사의 시선에 북궁설이 당황해했다.

"묘안은 그것 뿐일세. 구음목면."

"……."

"구음목면만이 지금으로서는 유일한 대책일세."

막종오가 눈을 크게 떴다.

"그건?"

동사가 단호히 말했다.

"다른 길은 없네. 의원도 없는 이곳에서 가슴에 꽂힌 검을 뽑으면 죽네. 그렇다고 지금의 상태로 닥쳐올 위험을 방비하기란 더욱 어렵지."

북궁설의 표정이 굳어졌다.

동사의 말뜻이 무엇인지 알아차린 것이었다. 동사가 돌아보았다. 자신의 생각이 어떤지 묻는 눈빛이다. 고민은 오래 걸리지 않았다. 어차피 막종오를 사랑한다고 마차 안에서 고백해 버리지 않았던가. 적의 수중에 잡혀서도 한 번도 잊지 못했던 사랑하는 남자가 위기에 처해 있는데 어찌 마다하겠는가.

스윽!

아무 말도 하지 않고 마차 안으로 들어갔다. 싫지는 않지만 그렇다고 네, 하며 고개를 끄덕일 수는 없지 않는가.

동사가 막종오를 보며 말했다.

"뭐 하는가? 시간없네."

마차 안으로 빨리 들어가란 얘기였다. 막종오 역시 지금으로서는 선택의 여지가 없다. 자기 하나쯤 희생되는 것은 아무 것도 아니었다. 중요한 것은 자신이 힘을 지니지 못하면 북궁설이 또다시 적의 수중에 떨어진다는 것이었다. 사랑도 중요하지만 자객으로서 청부는 더욱 중요했다.

슥!

막종오가 자신의 가슴에 꽂힌 검을 내려다보았다. 다행히 사혈은 피해 당분간 큰 위험은 없다. 비록 부자연스럽긴 하지만 오히려 검이 파괴된 잔기를 연결시키고 있어 목숨은 이상 없다. 그가 고민하는 것은 앞가슴에 검을 꽂고 어떻게 그 일을 치르냐는 것이었다.

동사가 몇 번 눈을 깜박이더니 무슨 뜻인지 알았다는 듯 빙긋 웃었다.

"그런 면에서는 인생을 자네보다 좀 더 오래 산 내가 경험이 풍부하지. 자네는 아직 초보이기 때문에 모르겠지만 혼인을 한 사내라면 대부분 알고 있을 것이네. 아내와 사랑은 꼭 마주 보며 나누는 것이 아니라네. 소위 방중술이라고 하여 여러 가지 합일의 자세가 있지. 그 가슴에 검이 전혀 방해되지 않는 자세도 얼마든지 있다는 얘길세."

그러더니 동사가 다가오더니 막종오의 뒤로 돌아갔다. 막종오가 뒤로 돌아보자 고개를 앞으로 돌리라며 손가락으로 턱을 밀고 왼손으로 등을 탁, 쳤다.

"엎드리게."

"뭐 하는 거요?"

막종오가 주춤 엎드리자 동사가 뒤에 서며 말했다.

"이것일세. 알겠는가?"

막종오가 고개를 뒤로 돌려 동사를 한번 보더니 허리를 세우고 히죽 웃었다, 알았다는 듯. 동사가 가벼운 미소를 지었다.

"단번에 이해하다니 보기보다 자질이 아주 뛰어나군."

막종오가 마차를 향해 걸어갔다.

동사가 뒤에서 말했다.

"순리일세. 인생살이란 흐름에 따라야 하네. 더구나 두 사람은 서로 사랑하고 있으니 더욱 마음 편히 먹어야 하네."

물론 안에 있는 북궁설더러 들으란 얘기였다.

마차 뒤에서 잠시 심호흡을 하던 막종오가 안으로 사라졌다. 동사는 마차에서 시선을 떼지 않았다. 한참이 지나도 마차가 잠잠하자 동사가 버럭 소릴 질렀다.

"지금 뭐 하는가? 시간없네!"

하지만 안으로부터는 여전히 대답이 없었다. 동사가 뭐라고 다시 소릴 지르려 할 때 부스럭거리는 소리가 들렸다. 이윽고 마차가 흔들리기 시작하더니 북궁설의 신음 소리가 흘러나왔다.

동사는 한쪽으로 조용히 비켜났다. 마차는 지진을 만난 듯 움직였고 북궁설의 신음 소리 또한 더욱·높아졌다. 풀을 뜯던 말들이 놀라 고개를 쳐들었다.

"아아악!"

멀리 길가 바위에 앉아 있던 동사가 중얼거렸다.

"구음 중 나머지 이음의 결정이 사내의 몸으로 전이되기 시작했구나."

자신도 구음목변에 대해서는 조금 알고 있었다. 일곱을 제외한 두 개의 음기가 사내의 몸속으로 끌려오는 순간 여인에게는 엄청난 고통이 발생한다. 그것은 아이를 낳는 것보다 훨씬 힘들고 참기 어려운 과정이다.

"아악! 악!"

마차는 거세게 흔들리고 북궁설은 죽는다고 비명을 질러댔다.

"크아아아— 악!"

폭풍을 만난 배처럼 흔들리던 마차가 점차 안정을 되찾기 시작하자 동사는 길게 한숨을 내쉬었다. 흔들거리던 마차가 멎었다. 거센 폭풍우가 지나가고 찾아온 정적이었다.

파르르!

그런데 갑자기 북궁설이 악! 하는 비명을 지르며 밖으로 튕겨 날아왔다. 동사가 번개처럼 몸을 날려 북궁설을 받았다.

"으허헉!"

북궁설을 조심스럽게 내려놓던 동사가 경악의 신음을 흘렸다.

눈앞에 한 명의 미인이 서 있었다. 도무지 조금 전까지 자신의 눈에도 끝없이 추해 보이기만 하던 북궁설이 아니었다.

십전지미(十全之美).

어느 곳 하나 나무랄 곳이 없을 만큼 완벽했다.

자객은 누구보다도 평상심이 뛰어나다. 어떤 위험과 절박한 조건 앞에서도 마음의 동요를 일으키지 않는다. 그런데 북궁설을 보는 순간 온몸이 뜨거워지며 가슴이 쿵쾅거렸다.

'이, 이런 미모라는 건.'

이음(二陰)이 막종오의 몸속으로 흡수되면서 원래의 아름다움을 찾은 것이었다.

북궁설이 고개를 숙였다.

동사의 시선이 너무 강렬했기 때문이다.

실수를 깨달은 동사가 후닥닥 눈빛을 거두고 마음을 가라앉히려 했지만 쉽지 않았다.

북궁설이 발개진 얼굴로 입을 열었다.

"마… 막 공자님의 몸에서 강한 힘이 뿜어 나와 절 때렸어요."

음정을 흡입하면 엄청난 열기가 발생한다. 사내의 몸으로 들어오는 순간 양기로 변하며 본신의 진력과 합해진다. 이때 상상할 수 없는 반탄강기가 발생하는데, 거기에 북궁설이 튕겨 나온 것이었다.

"자연스런 현상이니 너무 걱정 마시오."

퍼어!

그때 갑자기 마차 휘장이 찢겨 나갔고 뒤이어 네 귀퉁이의 지렛대인 쇠몽둥이가 뽑혀 날아갔다.

"마… 맙소사!"

동사의 눈이 커졌다. 허공으로 가부좌를 튼 막종오의 신형이 떠오르고 있었다. 온몸에서 강력한 기파가 발생하며 자동적으로 몸을 허공에 띄운 것이다.

이름하여 부공삼매.

사실 부공삼매는 여러 가지 형태로 나타난다. 신법의 형태도 있고 지금처럼 떠오르는 것도 있다. 대체적으로 운기조식 중 어떤 깨달음이나 무공의 경지가 순간적으로 치솟을 때 발생하는데 구전으로 내려올 뿐, 아직까지 부공삼매를 봤다는 사람은 없다.

파악!

막종오의 앞가슴에 박혀 있던 검이 저절로 뽑혀 날아갔다. 강력한 내기가 검을 쳐낸 것이다. 이것은 부공삼매를 이룬 사람만이 보여줄 수 있는 경지로, 몸속의 내기가 외부의 어떤 공격을 받거나 해가 되는 물질이 몸을 파고들면 본능적으로 밀어내는데 외부로 드러나는 것을 호신강기라 하고 내부에서 튕겨내는 것은 내경이라고 한다.

동사의 눈은 더 이상 커질 수 없을 만큼 부릅떠졌지만 북궁설은 단지 신기하다는 표정을 지을 뿐이었다. 오 장여 높이에 떠 있던 막종오의 신형이 천천히 땅으로 내려섰는데 검이 박혀 있던 자리는 원래 아무런 상처가 없었던 것처럼 매끈했다.

단지 의복이 약간 잘려 있을 뿐이었다.

팍!

막종오가 눈을 떴다.

한줄기 뇌전이 뿜어져 나왔다. 그리고 어느새 두 눈은 잔잔하게 잠겼다. 동사는 막종오의 무위가 잠깐 사이에 두 배 이상 높아졌음을 알아차렸다. 또한 막종오의 몸 주위에 보이지 않은 강한 벽이 형성되어 있음을 느꼈다.

그것은 틀림없는 호신강기였다.

동사는 왜 그토록 사람들이 구음목면의 여인을 차지하기 위해 피를 흘리는지 그 이유를 이제야 깨달았다. 막종오는 반 시진 전에도 강했지만 자신이 두려움을 느낄 정도는 아니었다. 그러나 지금은 달랐는데 옆에 서 있기만 한데도 온몸이 위축되었다.

"억!"

막종오 역시도 북궁설을 발견하고 비명을 질렀다.

도무지 믿을 수 없다는 듯 한참을 살피더니 물었다.

"부, 북궁 낭자가 맞소?"

북궁설이 대답 대신 빨개진 얼굴로 고개만 끄덕였다.

"호오!"

막종오의 입이 벌어졌다. 두 눈이 가늘어지며 그녀의 얼굴과 온몸을 훑었는데 반 시진 전에 쳐다보던 눈빛과는 전혀 달랐다. 그것은 만족에 가득 찬 표정이었다.

"그… 그만."

북궁설이 끈적끈적한 막종오의 시선이 부담스럽다는 듯 기어들어 가는 목소리로 말했다.

막종오가 몹시 만족한 얼굴로 동사의 가슴에 꽂힌 검을 보았다.

"우선 그것부터 뽑지요."

근처에 의원을 찾아가자는 얘기였다.

동사가 잔잔한 미소를 지었다.

"이제는 이대로가 좋네."

사실 가슴에 검이 꽂히면 그 순간 뽑던가 아니면 오래 두는 게 그나마 안전하다. 이젠 오랜 시간이 흘러 검이 신체의 일부가 되어 몸속의 장기 역할을 하고 있으므로 함부로 뽑았다가는 위험해진다. 실력없는 의원에게 맡겼다가는 생사를 장담할 수 없는 것이었다.

"안으로 들어가시죠."

막종가 날아간 쇠몽둥이와 휘장을 대충 걸치며 말했다.

"그럼 신세 좀 지겠네."

"편히 두 다리 뻗고 계십시오."

지금까지는 긴장의 연속이었다면 이제 자신의 몸이 활발해졌으므로 안심하라는 격려이자 자신감이었다.

"낭자는 왜?"

북궁설이 마차에 타지 않고 있었다.

그때 마차 안으로부터 동사가 혀를 찼다.

"눈치가 없는 건가, 아니면 멍청해서인가? 어려서부터 발랑

까졌을 뿐 아니라, 특이 여자에 관한 어느 정도 경지를 이뤘다고 내게 자랑해 놓고 어찌 북궁 낭자의 심정을 모른단 말인가?"

여전히 이해 못하겠다는 듯 북궁설을 쳐다보았고 동사의 말은 계속되었다.

"나와 같이 있고 싶겠나? 이제 자네의 여인이 됐으니 당연히 옆에 앉고 싶을 것 아닌가, 이 사람아."

그제야 막종오가 북궁설의 마음을 알아차리고 얼른 마부석 한쪽을 손으로 털어냈다.

퍼퍼퍼!

흙먼지를 대충 닦아내고 자릴 권했다.

"얼른 이리로 앉으시오, 낭자."

북궁설은 거절하지 않았다. 말이 떨어지자마자 냉큼 마부석에 걸터앉자 그것을 본 막종오가 안도의 숨을 내쉬었다. 만약 눈치없이 계속 마차 안으로 들어가도록 했다면 무척 서운했을 뻔했다.

*   *   *

언재수가 죽었다는 말에 옥방울은 할 말을 잊었다. 그녀가 지금까지 살아올 수 있었던 것은 언재수에 대한 복수심 때문이었다. 사실 언재수가 그녀를 좋아했던 것은 오로지 부친 암제에 대한 노림수였다. 자신을 통해 부친의 제자가 되려다 실패하자 미련없이 등을 돌린 것이다. 그런 줄도 모르고 자신은 그가 진정으로 사랑하는 줄 알고 얼마나 몸과 마음을 다 바쳤던가.

다행히 천리혈궁의 주인 천리자를 만나 그의 제자가 될 수 있었고 지난 세월 언재수의 목에 모든 것을 걸고 뼈를 깎는 수련을 거쳤다. 그런데 언재수가 죽었다는 말에 옥방울은 한동안 말이 없었다.

"확실하느냐?"

왕거만이 협박하듯 물었다.

진주언가의 유일한 생존자인 총관 담석필이 가슴에 천봉시 개를 맞은 채 더듬거렸다.

"악문 공격에 나섰다가 그만 돌아가셨습니다."

"거짓말하면 쫙쫙 찢어 죽인다."

"가… 감히 내가 어떻게 그런 거짓말을 하겠소이까?"

옥방울이 주위를 둘러보았다. 주위로 수많은 시신들이 즐비했고 가슴에 천리혈궁의 화살에 맞은 시신들이 산을 이루고 있었다.

퍼억!

담석필이 끝내 버티지 못하고 쓰러져 숨을 거두었다.

진주언가에 생명체가 마지막으로 사라진 것이었다. 악문 공격 때 대부분의 정예가 나섰다 모두 희생되었기 때문에 별로 힘들이지 않은 정벌이었다.

옥방울이 조용히 돌아섰다. 들어올 때는 양어깨를 바짝 치

켜세우고 왔지만 돌아서는 그녀의 어깨는 무너진 듯 내려앉아
있었다.

왕거만은 뭔가 위로를 해주고 싶었지만 썩 마음에 드는 말
이 떠오르지 않았다.

한참 눈알을 굴리며 연구한 끝에 한마디 말이 떠올랐다.

"아마 하늘이 낭자의 가슴 아픈 사연을 알고 그놈을 일찍 데
려갔을 것이오. 그러니 너무 섭섭해."

왕거만이 잽싸게 입을 닫았다.

옥방울이 걸음을 멈추고 자신을 쳐다보았는데 금방이라도
한 대 갈길 것 같았다.

"너 이름이 뭐라고 했지?"

"와… 왕거만."

"왕거만."

"말씀하시오, 낭자."

"너 진짜로 한 번만 더 옆에서 얼쩡거리면 죽는다."

왕거만이 깜짝 놀라며 뒤로 한 걸음 물러섰다. 매서운 시선
으로 노려본 옥방울이 천천히 걸어갔다.

'씨발 놈, 돌겠네. 내 손으로 죽였어야 하는데.'

그녀는 차돌 같은 이빨을 박박 갈았다.

잠시 서 있던 왕거만은 다시 걸음을 옮겼다. 그리고 속으로
단호하게 중얼거렸다.

'주… 죽어도 좋다.'

왕거만이 비장한 얼굴을 하여 따라갔다.

　　　　*　　　　　*　　　　・*

　마차는 다시 멈춰야 했다. 한 인물이 길 한가운데를 막고 우
뚝 서 있었다.

　"아는 사람이에요?"

　북궁설이 물었다. 막종오는 마차를 세우고 길을 막고 선 사
람을 가만히 살펴보았다. 아는 얼굴이 아니었다. 깔끔한 백의
에 한 손에 부채를 말아 쥐고 서 있는 선비 차림을 한 삼십 초
반가량의 백의사내.

　"보통 놈이 아니로군."

　마차 안에서 동사의 음성이 들려왔다. 보지 않았지만 상대
에게서 풍기는 기운이 예사롭지 않다는 것을 느낀 것 같았다.

　문득 백의사내를 살피던 막종오가 피식 웃었다.

　'자객이군.'

　누가 봐도 선비 차림이지만 막종오의 눈에는 자객으로 보였
다.

　"가만 앉아 있으시오."

　북궁설에게 마부석에 앉아 있으라는 말을 남기고 천천히 내
려섰다.

　저벅저벅!

　막종오는 느릿하게 백의사내를 향해 다가가 적당한 거리를
두고 걸음을 세웠다.

막종오가 얇은 웃음을 머금고 말했다.

"스스로 모습을 드러냈다는 것은 자신있다는 건가?"

백의사내가 멈칫했다. 막종오의 질문은 자신의 정체를 파악했다는 의미였다.

"날 안다고?"

"얼굴은 몰라도 직업은."

뭐냐는 듯 백의사내가 눈을 빛내며 쳐다보았다.

막종오가 가볍게 웃었다.

"그 정도의 자객이면 수하 쪽은 아니고 두목 쪽일 것 같소만? 내 개인적인 생각이지만 당신 정도면 아마 내가 알고 있기에 달마사 사주가 아닐까 싶소?"

촤악!

백의사내가 부채를 펼쳐 들어 더운 듯 부쳤다.

순간 거친 바람이 일어났고 막종오의 옷자락이 찢어질 듯 펄럭거렸다.

"훗훗! 부하들의 보고보다 훨씬 뛰어나군. 그렇소이다. 난 달마사의 사주 달마존이라고 하오."

"달마존?"

달마존이 마부석에 앉아 있는 북궁설을 보며 웃음을 지었다.

"끝났군. 나뿐만 아니라 이 마차를 노리는 수많은 사람들이 허탈해하겠어. 후후! 하긴 어차피 이렇게 되게 되어 있었어. 천기가 부정확하여 이번 청부를 거절하려 했는데 예상대로군."

그것은 북궁설의 몸이 정상이 되었음을 말하고 있었다. 그것은 곧 막종오가 구음목면의 북궁설을 취했다는 뜻으로, 모두가 닭 쫓던 개 지붕 쳐다보는 격이 되었다는 것이다.

부채를 느릿하게 부치며 달마존이 말했다.

"꿩 대신 닭이라고 구음은 틀렸지만 청부자가 덜 섭섭해할지 모르니 저 계집이라도 데려가야겠소."

피식!

막종오가 가소롭다는 듯 입술을 비틀며 웃었다.

"어디 능력있으면 맘대로."

여유를 부리던 달마존의 눈이 빛을 뿌렸다. 날카로운 눈으로 막종오를 쏘아보았는데 부채 끝이 미세한 진동을 일으키고 있었다. 너무 미약한 반응이었기 때문에 북궁설과 합일 전이었다면 눈치를 챌 수 없을 정도였다.

그러나 지금은 달랐다. 그의 눈에는 그것이 보였다. 지금 달마존이 은밀하게 부채에 모든 진력을 끌어 모으고 있다는 것도 안다. 자객들은 오래 싸우지 않는다. 그럴수록 자신들이 손해이기에 체질적으로 빠른 승부를 결하려고 한다.

달마존 또한 첫 수부터 자신의 모든 것을 걸려 하고 있음이 분명했다.

'운이 없군!'

북궁설과 합일 전에 만났다면 당했을 것이다. 그러나 지금은 아니다.

파아!

가히 번개라 할 만했다.

눈 깜짝할 사이에 부채가 찔러 들어왔다. 어떤 준비 동작도 없이 곧바로 찔러 들어왔는데 그 속도가 너무도 현란하여 눈이 부셨다. 단단히 준비를 하고 있었는데도 당황스러울 만큼 빨랐다.

'우후읍!'

막종오가 감탄성을 터뜨리며 오른손을 내밀었다. 그러나 상대의 부채가 워낙 빨랐기 때문에 팔꿈치가 채 펴지지 않은 상태에서 서로의 공격이 부딪쳤다.

상대는 완전한 동작이었고 이쪽은 불완전한 동작이었다. 당연히 불완전한 동작을 보인 쪽이 여러 가지에서 손해이다.

빠악!

부채에서 뻗어 나온 선기와 막종오의 장이 충돌했다. 한데 문제는 거기서 끝나지 않았다.

슈슈슈슈!

누구도 예상하지 못한 암습이었다. 더구나 거리는 한 자가 채 되지 않은 면전에서 쏘아오는 부챗살.

"허엇!"

어지간해서는 놀라지 않는 막종오가 다급성을 터뜨렸다. 본능적으로 위기라고 직감했지만 대책은 없었다. 아무리 고수라고 해도 이 정도의 지척에서, 그것도 전혀 예상하지 못한 암습이라면 꼼짝없이 당한다.

달마존의 입가에 미소가 떠올랐다. 결과는 볼 것도 없다는 듯한 웃음이었다.

파파파파!

무려 열 개의 부챗살이 막종오의 몸에 파고들었다. 달마존의 부채는 평범하지 않았다. 부챗살은 금강석도 구멍을 내는 적련강철로 만들어졌다. 더구나 독까지 묻어 있어서 한 개만 격중되어도, 아니, 피부에 스치기만 해도 상대는 절명을 피할 수 없었다.

티티티팅!

그런데 놀라운 일이 벌어졌다. 막종오의 몸을 파고들던 부챗살들이 일제히 튕겨 나온 것이다.

화악!

잔뜩 여유를 부리던 달마존이 경악했다. 이거야말로 눈꼽만큼도 예상하지 못한 상황이었다. 이 한 수는 언젠가 만날 막강한 적에 대비해 한 번도 쓰지 않고 감추어두었던 수였다. 그래서 부채의 비밀을 아는 사람은 자신뿐이었다.

그러했기 때문에 더욱 자신감이 컸는데, 부채살이 튕겨 나오자 기겁했다.

튕겨 나온 부챗살이 고스란히 자신의 몸을 파고들었다. 날아간 파괴력과 튕겨낸 반탄기까지 더해져 쏘아갈 때보다 두 배는 빨랐다. 열 개의 부챗살이 달마존의 몸에 꽂혔는데 언뜻 고슴도치를 연상케 했다.

"큭!"

달마존이 비명을 질렀다.

"호… 호신강기!"

흔히 호신강기와 반탄강기를 혼동하는데 둘은 큰 차이가 있다. 반탄강기는 위기를 느끼고 내력을 끌어올려 몸 주위를 보호하는 것을 말한다. 그러므로 일정한 시간이 걸리고 순간적인 돌발 상황에서는 별 위력을 발휘하지 못한다. 그러나 호신강기는 잠을 자도 몸을 에워싸고 있기 때문에 말 그대로 금강불괴지신의 바로 밑 단계로 보면 된다.

열 개의 부챗살 끝에는 독이 묻어 있다.

달마존의 얼굴이 점차 녹색으로 변해가고 있었다. 독에 의한 현상이었다.

하지만 달마존의 얼굴은 평온했다. 역습을 당할 당시에는 무척 놀란 얼굴이었지만 어느새 평정을 되찾은 모습이다. 죽음 앞에서 저토록 오연해질 수 있는 인물은 드물다. 아니, 아직 단 한 번도 보지 못했다.

"훗훗!"

가벼운 웃음만 지었다. 완패를 시인하는 일대 종사다운 태도가 아닐 수 없었다.

"현 강호에 호신강기를 갖고 있는 고수가 있었다니! 필시 저기 앉아 있는 북궁 낭자의 도움일 테지."

맞는 얘기라고 막종오는 가만 고개를 끄덕여 주었다.

"최소한 내 뒤로 몇 명의 강적이 더 있소. 하나같이 나보다 더 강한 인물들이지. 분투하시오."

그의 얼굴은 녹색의 식물처럼 물들었다.

온몸이 독에 의해 완전히 점령당하고 죽음이 왔는데도 그는 흔들리지도, 두려워하지 않았으며 입가의 미소는 더욱 짙어졌다.

'다르긴 다르군.'

막종오는 감탄을 금치 못했다.

이토록 멋있게 죽는 사람이 있다는 것이 믿어지지가 않았다. 자신 같았으면 온갖 욕을 다 퍼붓고 각종 저주를 모조리 쏟아낸 다음 악착같이 버티다 침이라도 한번 뱉어주고 죽었을 것이다.

쿵!

빳빳하게 앞으로 엎어졌다. 초록으로 물든 그의 얼굴에는 여전히 미소가 지워지지 않고 있었다.

'거 참! 왜 사내는 죽을 때 앞으로 쓰러지고 여인은 뒤로 넘어지는 걸까?'

막종오의 머리를 채우는 생뚱한 의문이었다.

한참을 쳐다보던 막종오가 마부석으로 올라와 앉았다.

"다친 데 없어요? 난 아까 숨이 멎는 줄 알았어요."

부챗살이 뻗어 나오는 순간을 말하고 있는 것이다.

막종오가 빙긋 웃었다. 사실 자신도 호신강기가 몸을 지키고 있다는 것은 미처 깨닫지 못하고 있었다. 알고는 있었지만 호신강기를 얻은 지 얼마 되지 않기 때문에 아직 본능에까지는 적응이 되지 않은 상태였다.

"허험!"

막종오가 헛기침을 했다.

꿈이 아닌가 싶다. 이젠 삼류가 아니라 일류, 그것도 누구도 오르지 못한 경지에 이른 자신이 믿어지지 않았다. 북궁설 몰래 슬쩍 자신의 옆구리 살을 꼬집어보았다. 무척 아프다. 앞으로 누구도 자신의 몸을 침입하지 못한다는 생각을 하자 신기했고 갑자기 아버지 얼굴이 떠올랐다. 살아 계셨다면 아마 중원이 시끄러울 만큼 재고 다녔을 것이다. 물론 상구 사람들은 아버지의 자랑에 신물을 냈을 것이고.

"더 이상 자네의 적수는 없을 걸세."

마차 안의 동사가 말했다.

"그런 면에서 북궁 낭자에게 고마워해야 하네. 그녀의 힘이 절대적이니까. 더구나 자네는 이토록 아름다운 마누라까지 얻었으니."

마누라라는 말에 북궁설의 목이 빨개졌다.

"물론이오. 항상 감사를 잊지 않은 생각이오."

막종오가 웃으며 쳐다보자 북궁설의 고개는 더욱 숙여졌다.

멀리 북궁장원이 보였다. 이른 새벽의 북궁장원은 안개에 덮여 있었다. 다행히 하룻밤을 달렸는데도 아무런 충돌이 없어 무척 편히 달려온 것이다. 안개에 싸인 북궁장원을 쳐다보는 북궁설의 눈에 기쁨이 피어났다.

도대체 얼마 만에 돌아온 집인가.

미소를 짓는 그녀를 바라보는 막종오의 눈은 커졌다. 이토록 아름다운 얼굴이 넘친 음기로 그토록 흉측해져야 했다는 것이 믿어지지가 않았다.

하지만 환하던 막종오의 표정이 신중해졌다.

'후우!'

이제 모든 것을 고백할 때가 된 것이다. 더 이상 언제까지 숨기고 있을 수는 없었다.

"나… 낭자."

"네, 공자님."

북궁설은 장원을 향한 시선으로 대답했다.

막종오가 그런 그녀를 힐끔 살핀 후 더듬거렸다.

"사… 사실 말이오. 낭자를 납치한 인물 말이오."

획!

북궁설이 고개를 돌렸는데 표정이 싸늘해졌다

막종오는 자신도 모르게 흠칫하며 얼른 입을 다물었다. 돌변한 그녀의 행동을 보건대 자신을 납치한 흉수에게 무척 화가 나 있는 것이 분명했다.

"왜요? 공자께서 혹시 그놈을 아시나요? 무척 예의도 없고 무지하던 자 같았어요."

"으음!"

북궁설의 목소리에서 한기가 풍겼다.

막종오는 더욱 움츠러들었다.

"말씀해 주세요. 복수는 할 수 없지만 어느 놈인지 낯짝이라도 봐야겠어요."

"아… 알고 있다기보다는……."

"그럼 뭔가요? 어디 사는지 알고 있나요?"

"그… 그것도 아니고, 아무튼."

"괜찮아요. 내 힘으로 그런 자를 찾아가 어떻게 복수를 할 수 있겠어요? 다만 내 삶에 가장 큰 상처를 준 놈인만큼 기억은 하고 있고 싶어요. 이름이 뭐죠?"

막종오의 입은 더욱 굳게 닫혔다.

북궁설은 어서 말해보라는 듯 자신의 입을 쳐다보았다.

"꿀꺽!"

막종오는 마른침을 삼켰다. 말을 해서는 절대 안 될 것 같았다. 늙어 죽을 때까지 평생 비밀로 가져가기로 마음을 굳혔다.

"왜 아무 말씀도 없으시죠?"

막종오가 북궁설의 시선을 피하며 말했다.

"아… 알고 있다는 것이 아니라 내 나중에 반드시 잡아주겠다는 얘기오."

"정말요? 고마워요. 그놈 잡으면 뺨을 한 대 때려줄 거예요."

흠칫!

막종오는 자신도 모르게 몸을 떨었다. 하마터면 뺨을 맞을 뻔했다.

"어어!"

그때 정문 쪽으로부터 놀라는 소리가 들려왔으므로 막종오가 고개를 쳐들었다. 눈에 익은 인물 대여섯 명이 나와 있었는데 그 선두엔 흑수묘고가 있었다.

그들이 놀라고 있는 것은 마차에 타고 있는 여인이 기다리던 북궁설이 아니었기 때문이다. 북궁설 대신 웬 미모의 여자가 앉아 있자 당황해했다.

하지만 북궁설은 달랐다. 한눈에 그들을 알아봤고 벌써부터 뺨을 타고 눈물이 흘러내렸다.

"묘… 묘고."

마차가 멈추고 북궁설이 땅을 딛고서 불렀다.

그러나 누구도 아는 눈치를 보이지 않았다.

"묘고, 저예요. 날 모르겠어요."

흑수묘고가 어안이 벙벙해하는 얼굴로 쳐다보았다.

"묘가 나라구요! 나 설이라니까요!"

목소리는 북궁설이 틀림없었다. 하지만 얼굴이 아니었다. 그럴 수밖에 없는 것이 아직까지 북궁설의 진면목을 볼 수가 없었으니 어쩌면 당연한 반응이라고 막종오는 생각했다.

다만 흑수묘고가 반응을 보인 것은 막종오였다. 자신이 청부한 칠채염방의 자객임을 확인한 것이다.

"대… 대협."

흑수묘고의 음성이 떨려 나왔다.

어찌 된 일이냐는 질문이었다. 막종오가 가볍게 웃으며 설명을 해주었다. 특히 마차에서 벌였던 정사 대목에 이르자 북궁설은 완전히 돌아서 버렸다.

화아악!

흑수묘고의 눈이 커졌다.

"아… 아가씨."

빨개진 얼굴로 북궁설이 말했다.

"묘… 묘고."

와락!

두 사람이 힘껏 서로를 끌어안았다. 뒤에 서 있던 식솔들까지 눈물을 흘리며 반가워했다. 북궁설은 그들과 모두 힘껏 끌어안으며 감동의 해후를 이어갔다.

하지만 채 감동이 가시기도 전에 막종오가 딱딱한 얼굴로 흑수묘고를 불렀다.

"묘고."

"예, 대협. 아니, 공자님, 말씀하세요."

오래 산 사람답게 눈치가 빨랐다. 이제 자신의 주인이니 공자님으로 호칭을 바꾼 것이다. 막종오는 싫지 않은 표정을 잠깐 지었다가 다시 표정을 굳혔다.

"어떻게 우리가 오리란 걸 알았소?"

막종오의 머리를 채운 가장 큰 의문이었다.

미리 연락을 한 적도 없었다. 그런데 이쪽에서 먼저 마중을 나온 것이 아무래도 심상치 않았다.

흑수묘고의 밝은 표정이 순식간에 굳어졌다.

그러더니 닫힌 대문 너머를 힐끔 보며 정색했다.

"사실은 저 안에 사람들이 와 있습니다. 모두 네 명인데……."

"그들이 누구죠?"

북궁설이 다그치듯 물었다.

하지만 막종오는 누군지 이미 알아차린 듯 대문을 힐끔 보더니 가볍게 한숨을 내쉬었다. 이들을 충분히 인질로 잡을 만도 한데 내버려 뒀다는 것은 아무리 야망도 좋지만 무도(無道)를 벗어나면서까지 어떤 추악한 행동은 보여주고 싶지 않다는 의지일 것이다. 그때 발자국 소리가 들리더니 대문 안으로부터 네 사람이 나왔다.

"저… 저들은?"

북궁설이 가장 크게 놀랐다.

모두 낯이 익은 인물들이다. 그중 맨 선두에 걸어오는 사람은 자신을 오랫동안 가두었던 악담사였다.

악담사를 비롯해 악화란과 백탈검 소서와 혈불로, 악씨세가의 최고 핵심들이 한자리에 모인 것이다.

"정확히 이십 장 정도 남았군."

막종오가 나직이 중얼거렸다.

"무슨 말인가? 그건?"

마차 안의 동사가 물었다.

막종오가 가볍게 대꾸했다.

"북궁 낭자를 인계해야 할 거리 말이오."

북궁설을 대문 안까지 완전히 넘겨주어야 청부는 완수된다. 그 거리가 이제 이십 장가량 남았다는 의미였다.

"뿌드득!"

악화란이 다짜고짜 이를 갈았다.

북궁설의 얼굴을 보며 이미 모든 것이 틀렸다는 것을 안 것이다. 악담사 역시 설마했는데 모든 것이 끝났음을 느꼈는지 지그시 입술을 깨무는 모습이 막종오의 눈에 들어왔다.

그렇다고 이대로 멈출 수는 없었다. 구음목면은 실패했지만 북궁설이라도 기어코 자신의 여자로 만들어야 했다. 그것은 자신의 자존심이었다.

"고맙군."

그것은 흑수묘고와 북궁장원의 식술들을 인질로 잡지 않고 순순히 놔준 것에 감사하다는 말이었다.

"젠장! 무도가 밥 먹여줘? 내가 뭐랬어요. 일이 잘못될지 모르니 저것들을 방패로 삼자고 했더니."

악화란이 불만을 털어놨다.

"반갑군?"

악담사가 슬쩍 미소를 띠었다.

막종오 역시 가벼운 미소를 지었다.

"참 묘하군. 쳐 죽여야 할 적이면 더럽게 미워야 하는데 왜 이렇게 기쁘지?"

자신이 찾으려면 수고를 피할 수 없는데 이렇게 제 발로 나타나 주어 고맙다는 말이었다.

그러자 악화란이 또다시 끼어들었다.

"미친놈아, 고마운 건 우리다. 호호홋! 이제 잠시 후면 네놈

의 목과 몽뚱이가 분리될 것이다. 구음목면을 취한 놈의 피를
마시면 상당한 효험이 있다는데 네놈의 피라도 챙겨가야겠
다."

악화란은 악에 바쳐 있었다.

"개자식, 저따위 쓰레기에게 우리가 당하다니."

쓰레기란 말에 막종오의 얼굴이 싹 변했다.

악화란의 말에 분노한 것이다.

"그래도 한때 모셨던 상관이어서 가급적 대접을 해주려 했
는데 끝까지 버르장머리가 없군."

악화란의 눈이 커졌다.

"뭐… 뭐라고 했느냐? 네까짓 놈이 뭔데 감히 나 악화란에
게 버릇이 있니 없니 하는 거냐? 이런 개자식이 보자 보자
하니까."

그대로 달려들었다. 다혈질적인 성격다운 행동이었다.

第八章

종말

삼류자객 三流刺客

　모친의 지나친 편애로 그녀의 성격은 독선적이며 가학적으로 뒤틀어졌다. 그래서 그녀는 아직까지 누구에게 욕 한마디 들어본 적이 없었고 지금처럼 사람 많은 곳에서는 더더욱 모욕적인 얘긴 들어본 기억이 없었다.

　"란아, 안 된다!"

　악담사가 경거망동해서는 안 된다고 소리쳤지만 악화란의 칼은 막종오를 향해 찔러 들어오고 있었다.

　"아가씨!"

　혈불까지 소리쳤으나 그녀의 신형은 양측의 중간을 넘어서고 있었다.

　거리는 막종오가 가깝다. 똑같이 출발한다고 해도 막종오가 더 빠른 것이다.

사실 악담사가 악화란을 부랴부랴 제지시킨 것은 상대가 되지 않기도 했지만 순간적으로 살기를 일으킨 막종오의 눈을 보았기 때문이다.

비록 길지 않은 인생을 살았지만 막종오 같은 부류에 대해 어느 정도 알고 있다.

한마디로 건드려 좋을 일 없는 인물이다. 자주 화를 내지는 않지만 일단 폭발하면 끝장을 보고야 만다. 그래서 더욱 무서운 것이다. 그들의 화는 곧 끝장을 의미하기 때문이다.

악담사의 예측은 정확했다.

"계집!"

막종오의 입에서 북풍한설 같은 냉소가 터졌다.

혈불이 몸을 날렸다. 소리침과 동시에 날렸으니 그렇게 늦은 것은 아니었다. 더구나 자신이 움직일 때까지 막종오는 그대로 서 있었지만 자신보다 늦게 움직인 막종오가 공세를 펴고 있었다. 오른손이 뻗어 나온 것이다.

처음 막종오를 봤을 때 사실 엄청난 충격을 받았다. 자신의 본능이 극도로 위험을 알리고 있었다. 아직 자신의 본능이 위험을 알린 건 악담사뿐이었다. 막종오의 무위는 이미 인간의 한계를 벗어나고 있었는데 악화란이 급한 성미를 못 버리고 달려든 것이다.

콰아앙!

그녀의 칼과 막종오의 장이 부딪쳤다.

"컥!"

비명은 짧았다. 악화란은 다른 사람처럼 날아가지도 않고 중간 지점에 내려섰는데 두 눈이 부릅떠져 있었다. 절대 믿을 수 없다는 듯 막종오를 바라보았다.

"아… 아가씨, 괜찮으십니까?"

악화란은 두 눈을 부릅뜨고 막종오를 바라보며 말했다.

"나… 난 괜… 찮…….."

툭!

그녀의 손에 들린 칼이 떨어졌다.

그리고 한순간 악화란의 몸이 연기가 되어 부스스 사라지기 시작했다.

"아… 아가씨!"

백탈검 소서까지 다가와 소리쳤다. 그러나 바람에 사라지고 있는 그녀를 어찌해 볼 수는 없었다. 이른 아침 바람에 악화란은 흔적도 없이 흩어졌다.

"죽인다!"

흥분한 소서가 달려들었다.

"당신이더군, 천종화삼의 향기로 만검을 중독시킨 인물이."

"오냐. 나다."

소서의 검을 향해 막종오가 오른손을 들어 올렸다.

팟!

악담사의 눈이 커졌다. 오른손을 들어 올리는 막종오의 미소를 보았다. 그것은 처절한 경멸이었다. 계란이 바위를 치려는 무모함을 비웃는.

빡!

소서의 검이 막종오의 이마 위에서 얼어붙듯 멈췄다.

"이익!"

아무리 움직이려 해도 옴짝달싹하지 않았다. 소서가 인상을
쓰며 검을 움직이려 했지만 요지부동이었다.

'서… 섭경이다!'

악담사의 눈이 커졌다. 섭경은 강한 내력으로 상대의 병기
를 아주 뜨거운 극양의 기력 속에 가두듯 고정시키는 것을 말
한다. 인간의 경지를 넘어서서 무검의 수위에 오른 고수들만
이 할 수 있는 최후의 경지라고 해도 무방했다. 불보다 뜨거운
열기 속에 갇히면 녹아내린다.

부스스!

소서의 검이 불에 탄 듯 재가 되어 사라지기 시작했다. 그런
데 검만 재가 된 것이 아니라 그의 몸까지 사라지고 있었다.

혈육과 오른팔이 순식간에 사라지자 냉정하던 악담사의 얼
굴이 점차 변하기 시작했다.

사실 그동안 동사와 막종오의 움직임은 쉬지 않고 악담사에
게 보고되고 있었다. 그래서 직접 만나지 않았지만 두 사람의
몸 상태와 무공의 깊이는 완벽하게 파악하고 있었다. 하지만
북궁설의 원래 얼굴을 보고서 구음목면의 인연이 자신과 멀어
졌음을 깨달았다. 그러나 막종오의 능력이 한순간에 이토록
높아져 있는 줄은 몰랐다. 그제야 왜 너나 가릴 것 없이 구음

목면의 여인을 취하기 위해 혈안이 되었는지 알 것 같았다.

혈불이 뛰어나가려고 하자 악담사가 손을 들어 제지시켰다. 혈불이 자신이 나가겠다는 듯 악담사를 돌아보았지만 그의 표정에는 아무런 변화가 없었다.

악담사가 두 걸음 앞으로 나섰다.

얼굴은 어느새 담담해져 있었다. 악담사가 옆구리에 차고 있는 병기를 뽑았다.

칼일 줄 알았는데 의외로 검이었다. 동천몽은 그가 만검의 검법으로 자신을 상대하려 든다는 것을 알았다. 궁상과 공야손은 천지이종이다. 둘은 친구지만 치열한 경쟁자였다. 하지만 둘 중 누가 더 뛰어난지는 아직 세상에 드러나지 않았다. 어쩌면 서로가 드러내지 않으려고 했다는 것이 옳은 답이었다. 만약 사람들이 기대를 한다고 선뜻 대결을 벌였다가 패하는 쪽은 돌이킬 수 없는 상처를 입을 수밖에 없기 때문이었다.

사람들은 과연 둘 중 누가 더 세느냐였다.

한쪽은 만검의 모든 것을 얻었고, 다른 한쪽은 궁상의 전부를 익혔다. 그러나 사람들이 한 가지 모르고 있는 것이 있었다. 물론 그 사실은 막종오밖에 모른다. 악담사는 궁상의 패왕수도 배웠다. 제자를 거두지 못한 궁상이 그를 불러 한 수 지도해 준 것이다.

"자네가 불리하지 않겠나?"

귓가로 동사의 전음이 들려왔다. 동사에게 악담사에 대해 말해주었기 때문에 그 또한 모든 전모를 알고 있었다.

"손해이긴 하지만 큰 차이 있겠습니까?"

자신은 만검의 검을 잘 모른다. 하지만 악담사는 궁상의 패왕수를 알고 있었다. 적은 자신을 읽고 있는 데 반해 자신은 적에 대해 아는 것이 제한적이니 당연히 불리할 수밖에 없었다. 그러나 막종오는 개의치 않았다.

쉿!

막종오는 날아오는 악담사의 검을 바라보았다. 그동안 많은 검객들과 겨루었고 그들의 솜씨를 보아왔다. 그래서 어느덧 검을 보는 안목 또한 넓고 깊어졌다고 자부할 수 있었다.

'바람이로군.'

악담사의 검은 바람이었다. 훈훈했고 부드러웠으며 적의가 전혀 풍겨 나오지 않았다. 그것은 그가 이미 검에 대해 통달했음을 보여주는 부분이었다.

휙!

막종오의 신형 또한 튕겨 날아갔다.

망설임이 없었고 오히려 더 적극적이었다. 그의 오른손이 뻗어나갔는데 손바닥 주위가 어른거렸다.

패왕수의 가공할 열기였다.

콰앙!

부드럽게 엉킨 것 같은데 바위가 부딪치는 충돌음이다.

뒤로 물러난 두 사람은 다시 서로를 향해 날아갔고 어느새 앞가슴에 검을 꽂은 동사까지 마차를 내려와 그들의 대결을 지켜보고 있었다.

콰콰쾅!

연거푸 폭발이 일어나며 잠깐 사이에 대문 앞은 난장판으로 변했다.

척— 처억!

두 사람이 가볍게 지면에 착지했다.

잠깐 사이에 십 초를 주고받은 것이다. 하지만 옷차림은 물론, 표정에도 아무런 변화가 없었다. 십 초 동안 서로의 전력을 탐색했을 것이다. 그래서 서로에 대해 어느 정도라는 것을 각자는 이미 파악했을 것이지만 겉으로 드러내지는 않았다. 둘 중 누군가는 자신이 밀린다는 것을 느꼈을 테고 이길 수 있다는 감을 잡았을 것이다. 하지만 겉모습을 봐서는 그들의 속마음을 알아낼 수는 없다.

후라라라!

두 사람의 몸에서 폭풍이 일어나기 시작했다.

'이제야 제대로 붙는구나!'

동사의 눈이 빛을 뿌렸다.

그것은 마치 태양이 빛을 사방으로 뿌려내는 것과 흡사했다. 엄청난 무형의 강기가 폭풍이 되어 뿜어져 나온 것이다.

콰르르르!

사람들이 멀찍이 물러났고 두 사람의 몸이 날아갔다.

콰아아!

슈우욱!

검(劍)과 장(掌)이 맞닿을 듯 뻗어갔다.

빽!

둔탁한 소리가 울리면서 두 사람의 몸에서 뿜어 나오던 강기가 잠시 우그러지더니 다시 원형을 찾았다.

휙!

확!

악담사의 검이 쏟아졌다. 일 초인데 열두 번을 내려치는 빠름은 바로 만검초우의 식.

만검의 삼대절초 중 한 가지였다.

흠칫!

막종오의 눈이 커졌다. 열두 개의 검은 열두 명이 공격하는 것과 동일한 효과를 지니고 있다. 이 속에서 빠져나가는 방법이라고는 자신 또한 똑같이 공격해야 하는 것뿐이었다. 그러나 패왕수에는 일 초에 열두 번을 쏟아낼 초식이 없었다.

최고가 여덟 개다.

물론 양손을 쏟아내면 오히려 상대보다 더 많은 열여섯 개의 장력을 쏟아낸다. 그러나 내공이 양손으로 분산되기 때문에 하나의 검으로 쏟아내는 상대의 위력에 밀릴 것은 불문가지.

그러나 막종오는 개의치 않았다.

콰콰콰콰콰!

장과 검이 부딪쳐 엄청난 기파가 뻗어 나왔다.

히히힝!

말이 놀라며 빈 마차를 끌고 좌측 숲으로 도망쳐 버렸고 사람들은 더욱 멀리 떨어졌다.

'저럴 수가!'

동사의 눈이 커졌다. 자신은 의당 막종오가 손해를 보리라고 예상했다. 하지만 전혀 그런 현상은 일어나지 않았다.

고개를 끄덕였다. 그 이유를 알아냈음이다.

그것은 내공의 우위였다. 막종오의 내공이 훨씬 위에 있다 보니 열여섯 개로 분산되어도 열두 개의 검과 충돌해 밀리지 않은 것이다. 그것을 아는 악담사의 표정은 어두워졌다.

이제 실체가 드러난 것이다. 막종오가 더 위에 있음이 확연해지자 동사가 손에 땀을 쥐며 불안해하는 북궁설에게 다가가 나직한 목소리로 설명을 해주었다. 그러자 북궁설의 조마조마하던 얼굴이 단숨에 환해졌다.

스으으!

악담사의 검이 크게 원을 그렸다. 마치 허공에 걸린 종이를 둥글게 잘라내는 것 같은 동작이었다.

'만검의 둘째 절초 원월망삭.'

동사의 눈이 커졌다.

원월망삭은 말 그대로 상대를 둥그런 원 속에 가두어 토막을 내는 식으로, 그 공격성이 너무 잔혹해 만검도 자주 사용하지 않는다고 했다. 그런데 악담사는 미련없이 펼친 것이다.

막종오의 눈이 커졌다. 위기를 느낀 것이다. 그러나 짧은 순간일 뿐, 양손을 합장하더니 밖으로 벼락처럼 쳐냈다.

콰아!

'천인멸참!'

패왕수 최고의 절초였다.

쿠쿵!

천둥이 쳤다. 저 멀리 있는 장원의 철 대문이 작살났고 입구 가까이 있는 전각들이 지진을 만난 듯 흔들거렸다.

파아아!

자욱한 먼지 속에서 섬광이 일었다.

마치 화산이 분출하는 것 같은 강렬한 섬광에 동사의 눈이 커졌다.

'만검!'

공야손의 최대절초 만검이었다.

검식 중 가장 완벽하다고 자타가 인정하는 초식이다.

사실 다른 사람 같았으면 막종오는 이미 악담사의 손에 당했어야 했다. 그 이유는 앞서 언급했듯 악담사가 패왕수를 알고 있다는 것 때문이었다.

그런데 지금까지 버틴 것은 순전히 내공의 우위 때문이었다. 힘은 만 가지 무예에 우선한다는 정석이 그대로 증명된 것이다. 그러나 백 초가 넘는 대결로 어느 정도 체력이 소모된 지금 만검을 받아내기란 위험했다. 강호 경험이 풍부하다 못해 죽음도 이겨낼 수 있다고 자부하는 동사도 사태의 심각성을 인지하고 양손을 쥐었다.

위기는 분명하지만 자신은 아무런 도움을 줄 수 없다. 그렇다고 막종오가 패한다는 생각은 하지 않았지만 부상은 피할 수 없을 수도 있다고 조심스럽게 생각했다.

중요한 것은 부상을 입었을 때였다. 저쪽은 혈불과 또 한 명의 보이지 않는 인물이 있었다. 혈불 또한 자신의 몸이 정상적이라고 해도 만만치 않아 보였는데 암중에 느껴지는 인물 또한 고수의 냄새가 풀풀 풍겼다.

중상을 입었을 때 그 둘이 공격을 한다면 천하의 막종오라고 해도 피하지 못할 것이다.

번쩍!

갑자기 막종오의 옆구리에 있던 검이 뽑혀 나왔다.

동사의 눈이 커졌다. 자신이 알기에 막종오가 알고 있는 검식이란 응방이란 가문의 검법 말고는 없었다.

콰우우우!

막종오의 검이 앞으로 쭈욱 뻗어나갔다. 아주 간단하고 유연했다. 불현듯 동사의 두 눈이 커졌다. 막종오의 검식이 외형상 드러난 것처럼 그렇게 간단하지 않다는 것을 알아차렸다. 또한 범상치 않다는 것을 오랜 경험으로 느낀 것이다.

쫘아악!

도도히 밀려 들어오던 만검의 식이 갈라지고 있었다. 파고드는 막종오의 검에 믿을 수 없을 만큼 허무하게 뚫리고 있는 것이다.

악담사의 눈이 커졌다. 만검은 자신에게 있어 믿음이었다. 어떤 고수에게서도 자신을 지켜낼 수 있는 최후의 보루인 것이다. 사부 공야손보다 수위가 높다고 자부했다. 그래서 더욱 그 누구도 어떤 검식도 만검을 파괴할 수 없다고 자부했는데 지금 눈앞에서 뚫리고 있었다.

"허헉!"

한 번도 뚫릴 것이라는 생각을 해보지 않았기 때문에 대비책이 있을 리가 없었다. 감히 누가 있어 만검 공야손의 절정의 검식을 깬단 말인가. 자신뿐만 아니라 강호인이라면 아무나 붙잡고 물어도 턱도 없는 소리라고 콧방귀를 끼었을 만검의 위대함이 무너지고 있었다.

푸우욱!

가슴이 격렬히 뜨거워졌다. 엄청난 열기가 가슴을 파고들어와 자신도 모르게 입을 벌렸다.

"크윽!"

아픔보다는 뜨거움에 미칠 것 같았다. 불덩이 하나가 가슴에 박힌 것 같은 가공할 열기.

악담사의 눈이 커졌다. 막종오에게 묻고 있는 것이었다, 지금 만검을 깬 이 검식의 정체는 뭐냐고.

"이것 또한 만검의 검이지."

"뭐… 뭣이!"

"으허헉!"

뒤에 서 있던 혈불까지 경악성을 터뜨렸다.

막종오가 조금 전 펼친 것은 악담사의 계획에 의해 무림육문이 강호판문을 침공했고 당시 죽음을 피해 은신해 있던 만검이 그에게 남겨준 것이었다.

천종화삼의 향에 중독되어서 자신이 깨우쳤다는 공야손 필생의 검이었다.

"사… 사부에게 이런 검이 있었단 말이냐?"

"처음에는 없었지. 하나, 죽음을 앞두고 깨우쳤다더군. 지금 생각하니 당신을 죽이라고 내게 가르쳐 준 것 같아."

어쩌면 만검은 자신의 제자가 배신자임을 알고 있었을지 모른다. 다만 내색을 않았던 것은 순전히 만검이란 명예와 자존심 때문이었을 것이다.

천하의 만검이 제자의 손에 당했다는 것은 이유야 어쨌든 불명예스러운 일이고 사문의 망신이자 부끄러움일 테니까 철저히 숨기고 싶었을 것이다. 그래서 혈족인 공야주에게도 말하지 않았을 것이다. 다만 반드시 자신의 손으로 제자를 징계하고 싶어 죽기 직전 탄생시킨 것일 것이다. 다만 시간이 없어 이름도 붙이지 못한 검식이지만.

"이… 이름?"

"없소. 그냥 죽기 직전 내게 손짓으로 가르쳐 줬소."

파파팟!

불꽃이 피어났다. 검과 접촉된 피부부터 불길이 붙더니 순식간에 악담사의 전신으로 번졌다.

"주… 주군."

혈불이 다가서려 했지만 강력한 열기에 발만 동동 굴렀다.

"으핫핫핫!"

불길이 웃고 있었다. 아니, 악담사가 처절한 광소를 흘리며 화려하게 타오르고 있었다.

모두들 악담사의 광소에 흠칫했다. 그것은 웃음이라기보다는 좌절된 자신의 꿈과 희망에 대한 분노였다. 불은 화려하게 타올랐고 지금 막 떠오르고 있는 동녘의 태양보다 붉었다.

'이렇게 되면 누가 더 강하다고 해야 하지?'

동사의 머릿속에 떠오른 의문이었다. 만검의 검으로 그의 검식을 겪었다. 이것은 궁상과의 실력 비교라 할 수 없었다. 하지만 패왕수로 역부족임을 느껴 만검이 죽기 직전 남긴 검식을 꺼냈다.

'어후, 머리 아파.'

동사가 이마를 찡그렸는데 헷갈렸다.

누가 더 센지 자신의 머리로는 결론을 내릴 수가 없었다.

콰앙!

동사가 고민하고 있을 때였다. 엄청난 굉음에 사람들이 시선을 돌렸다. 막종오가 비틀거리고 있었는데 허공에서 놀람성이 터져 나왔다.

"내… 내가 알기로 경계를 늦출 때는 호신강기가 약하다고 들었는데!"

막종오가 어른거리는 허공을 향해 말했다.

"훗훗! 검선에서 보고 두 번째군."

"거… 검선."

"내가 당신보다 한 발 앞섰지."

막종오가 검을 쳐들었다.

"너와는 큰 원한이 없다. 그런데 이렇게 만들어줬으니 내 속이 조금은 편하군."

쾌아아!

막종오의 검이 떨어졌다. 아지랑이처럼 어른거리는 허공이었는데 환사의 몸이 길게 가늘어졌다. 공격을 피해 이동하는 것이다. 환술은 이동할 때 몸이 늘어난다.

"훗훗!"

막종오가 가소롭다는 듯 차가운 미소를 머금었다. 검이 환사를 따라 움직였다.

"엇!"

환사가 놀라 다급성을 터뜨리며 피했지만 아지랑이가 두 개로 갈라졌다.

퍼퍽!

땅으로 두 개의 몸이 떨어졌다. 정확히 허리가 양단된 오십 가량의 흑의사내였다. 암중에 숨어 활동하던 혈불의 오른팔, 환사의 모습이었다. 어느덧 악담사의 몸은 주먹만 한 숯덩이가 되어 있었다. 한 시대를 혈사와 음모 속으로 몰아넣었던 인물의 최후치고는 너무 허망했다.

막종오가 천천히 고개를 들어 혈불을 보았다.

마침내 만난 것이다. 혈불의 손에 수차례 죽을 뻔했다가 운 좋게 살아났다. 그런데 이제는 사냥꾼의 위치와 사냥감의 위치가 완전히 뒤바뀌었다.

"훗훗! 인생이라는 것 괜찮다는 생각 들지 않소? 어제의 사냥감이 오늘의 사냥꾼이 되니 말이오. 쫓기는 놈은 평생 쫓겨야 한다면 얼마나 열통 터지겠소?"

"흐흐! 이놈 살수라던데 주둥이 하나는 번지르르 하구나. 아
직 싸움은 끝나지 않았다."

혈불이 그대로 들어오며 주먹을 날렸다.

이미 적지 않게 맛봤던 주먹이다. 예전에 이걸 피하기 위해
미친 듯 땅을 구르고 별짓 다 했다는 생각이 떠오르자 웃음이
저절로 나왔다.

팍!

검은 어느새 검집으로 들어갔고 장력을 뻗었다.

"허억!"

일 초에 혈불이 뒤로 밀려났다. 막종오는 지금 전력을 다하
고 있었다. 아무리 과거의 악연이 깊다 하더라도 우월한 실력
을 이용해 상대의 목숨을 노략질하고 싶지는 않았다. 죽음만
큼은 깨끗하고 덜 고통스럽게 만들어주고 싶었다.

파팍!

연속해서 이장을 뻗었고 혈불이 맞섰지만 밀렸다.

빽! 하는 소리가 들리더니 혈불의 가슴에 우수가 박혔다. 순
간 검은 장인 하나가 가슴에 새겨졌다.

치지직!

장인이 커지며 연기가 피어났다. 뜨거운 열기에 살이 타고
있었다. 혈불이 자신의 가슴을 내려다보았는데 표정이 없었
다. 이미 패배와 죽음을 예상했기 때문에 그다지 놀라울 일도,
당혹스러울 것도 없었다.

"흐흐! 역시 인생은 운… 이… 야."

혈불이 비틀거리며 중얼거렸다.

"내 주인은 완벽하게 준비를 했다. 하지만 너라는 암초를 만나 무너진 거… 야. 만약 네가 없었다면 천하의 주인이 되고 남았… 을 것인데 이 얼마나 운이 없… 는 건… 가? 인생은… 확… 실… 히 운이야……. 운."

혈불이 풀썩 쓰러졌고 그 또한 재가 되어 흔적없이 사라졌다.

"인생은 운이라……."

막종오는 조용히 혼잣말을 중얼거렸다.

'그래, 맞는 말인지도!'

알고 보면 자신 또한 모든 게 운 아닌가.

당세기를 만난 것도, 죽기 직전 만검을 만나 그가 최후로 터득한 검을 얻은 것도, 궁상을 만나 패왕수를 얻은 것도, 암제를 만나 탈명비를 얻은 것 모두 자신이 원해서 이뤄진 건 없었다. 철저히 운이 작용했다.

'인생은 운이라… 들을수록 맞는 말이야.'

"뭐 하는 거요? 어서 갑시다."

막종오가 북궁설을 향해 말했다.

북궁설이 눈을 크게 뜨고 말했다.

"어딜요?"

"난 낭자를 대문 안까지 데려다 주기로 청부를 받았소. 분명히 말하지만 여긴 대문 밖이오. 아직 청부가 완수된 것이 아니란 얘기오."

북궁설을 데려가더라도 일단 대문 안까지 데려다 준 후 그때부터 개인적인 일을 보면 된다.

"내 집이 코앞인데 무슨 데려다 주고 말고 해요? 내가 내 발로 걸으면 되지."

북궁설이 세 걸음 정도 떼었을 때 옷자락 펄럭이는 소리가 들리더니 대문 앞에 두 사람이 내려앉았다.

일소일노.

노인은 오 척도 안 되는 키에 수염이 하복부까지 덮었다. 흑의사내는 삼십 후반쯤 되었는데 막종오를 보며 가벼운 미소를 짓고 있었다. 막종오를 잘 알고 있는 사람의 모습이다.

하지만 막종오의 시선은 북궁설에게 멎어 있었다.

"보시오. 대문이 코앞이라고 우습게봐서는 안 되오."

그리고 백의노인을 향해 고개를 돌렸다.

"어서 오시오. 청 형도 오랜만이군?"

백의노인은 천수사였고 흑의사내는 자신과 더불어 오조의 마지막 생존자인 청독이었다. 분혼적죽림에서 사마세가의 인물과 몰래 접촉했던 인물이다.

청독이 말했다.

"알고 있었다는 건가?"

막종오는 다시 한 번 빙긋 웃어주기만 했다.

청독의 표정은 굳어졌다. 자신이 사마세가에서 파견된 첩자라는 것을 알고서도 놔뒀다는 것은 오직 한 가지 이유뿐이다.

자신 정도는 적수로 아예 여기지도 않는다는 뜻이다.

"한 가지만 묻겠소. 종산의 폭발 사고에서 당신은 충분히 사마천을 죽일 수 있었는데 왜 살려두었소?"

천수사가 표정없이 말했다.

"그때는 사마천을 이용할 가치가 조금 남아 있었기 때문이다."

"그때까지는 아직 사마세가를 완전히 장악하지 못했다는 뜻이군?"

천수사가 웃었다.

"그렇네. 아쉬운 점이라면 사마천과 사마홍이면 자네를 막을 수 있으리라고 여겼는데, 그렇지 못했다는 거지."

"아무튼 이렇게 내 앞에 나타났다는 것은 사마세가를 당신의 수중에 완전히 넣었다는 뜻이오?"

천수사가 고개를 끄덕이더니 북궁설을 쳐다보았다.

"구음목면의 꿈도 사라졌는데 이제 와서 그게 뭐 그렇게 중요한 일이겠나? 이제 유일한 바람이 있다면 자네를 내 손으로 죽이는 걸세."

막종오는 자신의 패업 천하에 유일한 걸림돌이다.

막종오만 꺾으면 천하는 자신의 손아귀에 들어온다. 사마천과 사마홍이 실패하자 악담사에 기대를 걸었다. 하지만 그가 무너지자 어쩔 수 없이 나타난 것이다.

"지금 나타났다는 것은 내 체력이 상당히 소진되었을 것이라는 자신감 때문이겠구려?"

천수사가 웃었다.

"사실 아닌가?"

"맞소."

막종오는 인정했다. 자신의 체력은 강호 최대의 강자들과의 연속적인 싸움으로 상당히 떨어져 있었다.

척!

청독이 앞으로 나섰다.

막종오가 청독을 보며 말했다.

"사마세가의 첩자인 줄은 알았지만 이렇게 높은 위치에 있을지는 몰랐네."

"모를 것 같아서 가르쳐 주겠네. 천수사 어르신은 내가 목숨을 걸고 모시는 주인이네."

"그건 이제 자네가 사마세가의 서열 이위란 말이군?"

청독이 맞다는 듯 고개를 끄덕이며 검을 뽑아 들었다.

스으윽!

검끝을 지면으로 향하는 해괴한 기수식을 보던 동사가 놀라 외쳤다.

"천마검법!"

막종오 또한 눈을 크게 떴다.

천마검법은 마교의 중심이다. 하지만 마교는 일백 년 전 구파일방을 비롯한 강호칠문에 의해 무너졌다.

막종오가 천수사를 쳐다보았고 그가 빙긋이 웃었다.

"마교의 유일한 후계자일세. 당시 유일한 생존자가 바로 내

중조부였네."

마교(魔敎)의 역사는 강호의 역사와 일치한다고 해도 과언
이 아니다.

또한 강호의 혈사(血史)에서 가장 많은 부분을 차지하고 있
는 집단이다. 잘라도 독버섯처럼 끝없이 살아났고 힘을 키우
면 반드시 천하 정벌을 외치며 피를 뿌렸다.

백 년 전 마교의 십만 제자는 모두 도살당했다. 하지만 마교
십이호법 중 단 한 명의 시신을 찾지 못했는데, 결국 그것이 불
씨가 되어 이렇게 또 살아난 것이다.

막종오의 오른손과 검이 부딪쳤다. 두 사람은 똑같이 뒤로
한 걸음씩 물러났다. 하지만 청독이 씨익 웃었는데 무착 자신
감 넘치는 얼굴이다. 사실 막종오의 현재 몸 상태는 정상일 때
의 절반 정도이다. 만검에게 배운 무명의 검식이 내력을 예상
밖으로 많이 소모시킨 것이다.

퍼퍼퍽!

두 사람의 공격이 치열하게 부딪쳤다. 어느 쪽으로도 기울
지 않은 팽팽한 접전이었는데 동사를 비롯한 북궁설 일행은
물론 천수사까지 싸움에 집중해 있었다.

두 사람 싸움의 결과에 따라 향후 천하 패권의 향배가 결정
되기 때문이었다.

"음……!"

막종오의 안색이 무거워졌다. 청독의 무공은 지금까지 겪은
오조의 누구보다도 강했다. 감태기는 물론 고자석보다도 훨씬

위에 있었다.

그만큼 천마검법의 위력은 상상을 초월했다.

하지만 속으로 진짜 놀라고 있는 사람은 천수사였다. 그는 막종오가 아무리 강하다고 해도 청독과 겨루면 오십 초를 벗어나지 못할 것으로 판단했다. 어제와 오늘까지 그가 상대한 사람들은 하나같이 강호를 좌지우지한 사람들이기 때문이었다. 특히 조금 전 죽은 악담사는 막종오에게 가장 큰 상대였다. 그래서 오십 초는 절대 넘지 않으리라고 자신했는데 어느덧 두 사람은 칠십 초를 주고받고 있었다.

"욱!"

"큭!"

두 사람이 비명을 지르며 주춤거리며 물러섰다.

막종오는 피곤한 모습이 역력해 보였다. 그것을 본 청독의 입가에 미소가 떠올랐다.

"간닷!"

더욱 힘이 솟고 기운이 날아갈 것 같았다.

번쩍!

막종오의 몸에서 검이 뽑혔다. 지금까지는 패왕수를 이용했는데, 내력을 아끼기 위해서였다.

사실 동사는 아까 만검과 패왕수의 우위를 확인하지 못했지만 막종오는 패왕수를 약간 높게 보고 있었다. 그 이유는 내력 소모에 있었다. 만검의 검식은 강했다. 하지만 무명의 식을 비롯해 내력 소모가 컸다. 반면 패왕수는 위력에 비해 내력 소모가 작았다. 다시 말해 장기전으로 끌고 가면 패왕수가 유리했다. 실력이 비슷할 수록 승부가 오래간다고 봤을 때 패왕수가 좀 더 근소한 차이지만 나은 것이다.

촤악!

막종오의 검이 뻗어갔다. 사람들은 놀라지 않았다. 이미 앞서 사용되었던 것이기 때문이다. 바로 무명의 검식.

"허헉!"

청독이 자지러질 듯 놀라는 표정을 지었다. 만검에 대한 완벽한 연구가 있었기 때문에 절대 막종오가 무명의 검을 사용하지 않으리라고 확신했다. 이미 악담사에게 한 번 썼기 때문에 두 번은 불가능하다. 아니, 사용할 수도 있겠지만 그렇게 되면 천수사를 상대하지 못할 수도 있기 때문이었다. 그런데 막종오는 청독의 예상을 완전히 벗어나고 있었다.

물론 위력은 악담사에게 펼쳤을 때보다 못했다. 그러나 청독이 지쳐 있었기 피하지 못했다.

푸욱!

청독의 가슴에 또다시 검이 꽂혔다.

막종오의 검이 당겨져 뽑히며 엄청난 피가 쏟아졌다. 청독은 죽어가고 있었다. 하지만 단 한 사람은 웃고 있었는데 바로 천수사였다. 막종오는 연속해서 무명의 검식을 썼다. 이제 겉은 그런대로 괜찮아 보이지만 속은 완전히 비었다고 확신해도 좋았다.

풀썩!

청독이 쓰러졌고 잠시 후 그의 몸 또한 불길에 휩싸였다.

치지지직!

막종오의 몸은 많이 피곤해 보였다. 그는 잠시 타오르는 청독의 시신을 보더니 천수사에게로 돌려졌다.

두 사람의 시선이 부딪쳤다. 막종오의 눈은 담담했지만 천수사의 눈은 맑고 반짝였다. 누구라도 그가 지금 무척 기쁨에 들떠 있음을 알 수 있는 그런 눈이었다.

툭!

막종오가 들고 있던 검을 떨어뜨렸다. 그것은 무슨 일이 있어도 더 이상은 검을 사용하지 않겠다는 의지였다. 적에게 이쪽의 약점을 숨기지 않은 행동이었다.

'그… 그렇다고 저 사람이.'

동사의 눈이 커졌다. 비록 상대가 이쪽을 읽고 있더라도 함부로 드러내서는 안 된다. 끝까지 쥐고 있을수록 상대는 이쪽이 또 다른 뭔가 한 수를 가지고 있는 줄 알고 조심하기 때문이었다.

"자네?"

동사가 보다 못해 한 소리 하려다 멈추었다. 이제 와서 떠들어 봤자 부질없는 일이었다.

"투항으로 봐도 되는가?"

천수사가 다가서며 말했다.

막종오는 대답하지 않고 그냥 가벼운 웃음만을 지었다.

천수사가 적당한 거리에서 걸음을 세우더니 다시 한 번 막종오의 몸을 세밀하게 훑었다. 돌아가는 머리만큼이나 확실히 용의주도했다. 마지막까지 조심을 기하겠다는 그의 성품이 묻어난다.

불끈!

천수사의 주먹이 쥐어졌다.

이미 머릿속에 승패는 결정된 듯했다.

"우리 사이에 더 이상 뭐 할 말이 있겠나?"

한마디 던지며 그대로 소매춤에서 한 자루 검을 뽑았다. 두 자가 채 안 되는 중검이었는데 얼음처럼 회었다.

"천마검……!"

동사가 중얼거렸다. 마교의 신물이자 희대의 보검이었다. 일반 검 정도는 무 자르듯 해버린다.

"잘 가게."

천수사의 몸이 떠올랐다.

한 마리 독수리가 기류를 타고 떠오르듯 무척 가볍다. 그것은 한 개의 검식을 펼치기 위한 기수식이다. 바로 천마검법의 정화 천마일천참이다.

백 년 전 천마일천참에 수많은 강호의 명사들이 숨을 거두었다.

콰아아아!

투명한 천마검과 더불어 천수사가 떨어져 내렸다. 이 초도 필요없이 단 한 방에 끝내겠다는 뜻이다. 그런데 막종오를 자신있게 베어가던 천수사가 흠칫했다.

막종오가 웃고 있었기 때문이다. 자신의 경험과 상식에 비춰 제아무리 배짱이 좋은 사람이라도 죽음 앞에서 미소를 보이지는 않는다. 아무리 수양이 깊은 스님도 죽음 앞에 서면 일반인처럼 벌벌 떨지는 않지만 긴장 정도는 어쩔 수 없다. 그것은 생명을 갖고 있는 동물의 본능이기 때문이었다.

씨익!

하나 곧바로 천수사 또한 웃음으로 화답했다.

이쪽의 공세를 순간적으로나마 약화시키려는 심리전이라고 판단한 것이다.

"훗훗!"

급기야 막종오가 소리 내어 웃기 시작했다.

"미친놈!"

네까짓 놈의 수작에 걸려들 내가 아니라는 듯 검을 더욱 힘차게 내려쳤다.

바로 그 순간 막종오의 오른손이 품속을 들어갔다 나왔고 한줄기 섬광이 피어났다.

'뭐… 지!'

워낙 창졸간에 피어났다가 사라졌기 때문에 자세히 보지 못했다.

싹뚝!

"허헉!"

천수사가 기겁했다. 천마검이 잘려 나가고 있었기 때문이다. 아니, 정확히 말하면 천마검 끝에서 쏟아지던 천마일천참이 잘리고 있었다.

그리고 가슴이 모기에 물린 듯 뜨끔했다. 어찌 보면 무시해도 좋을 만큼 감각이 느껴지지 않았다.

땅에 내려섰지만 아무런 신체의 변화는 없었다. 단지 자신의 공격이 실패했다는 것만은 확실했다. 몸의 이상 유무를 발견한 천수사가 고개를 쳐들다 말고 소스라쳤다.

"타… 탈명비!"

막종오의 오른손에 탈명비가 쥐어져 있었다.

"웃!"

갑자기 천수사가 신음을 뱉더니 고개를 숙였다. 조금 전까지 멀쩡하던 가슴에 구멍이 생기고 있었다. 구멍은 금새 커졌고 붉은 물줄기가 쏟아진다.

콸콸콸!

천수사의 눈에 의혹의 빛이 떠올랐다. 탈명비는 무명의 검식보다 더 내력 소모가 큰 마병이었기 때문이다. 다시 말해 지금 상황에서는 절대 사용할 수가 없었다.

천수사뿐만 아니라 동사 역시 같은 의문을 지었다.

막종오가 입을 열었다.

"맞소. 탈명비는 무명의 검식보다 내력 소모가 더 컸으면 컸지 작지 않소. 그래서 한 번에 두 번을 펼치기란 사실상 불가능하오. 만약 두 번으로도 적을 모두 처치하지 못할 때는 자살행위가 되지. 하지만 천하는 탈명비에 대해 한 가지 모르고 있는 사실이 있소."

"……."

"탈명비는 두 번을 연이어 펼치기가 어렵지만 한 번은 어떤 상황에서도 펼칠 수 있다는 것이오."

"아아!"

"맙소사!"

동사까지 경악을 터뜨렸다.

사실이 그러했다. 탈명비는 위력만큼이나 내공 소모가 많아 연이어 펼치기가 어렵다. 하지만 그 이면에 한 가지 놀라운 사실이 숨어 있음을 천하는 간과했다. 두 번이 어렵지 한 번은 언제든지 사용할 수 있다는 것이었다.

부상 중이든 내공이 바닥이든, 죽음을 목전에 두었든 간에 단 한 번은 탈명비 고유의 위력을 그대로 펼칠 수 있었다. 그 점이 탈명비의 진짜 무서움이었다.

천수사 또한 내력 소모가 많다는 것에 탈명비는 절대 사용하지 못한다고 생각했다. 하지만 한 번에 한해서는 어떤 상황, 내공과 크게 상관없이 완숙한 경지에 이르면 사용할 수가 있었다.

"여… 역시 천하제일마… 병."

천수사가 두어 걸음 비틀거리더니 그대로 엎어졌다.

퍼억!

지면이 붉게 물들었고 창공에는 피 냄새를 맡은 까마귀가 무리 지어 회유하고 있었다.

"이… 이보게, 몸은 어떤가?"

"씨벌!"

막종오가 그 자리에 털썩 주저앉았다. 이제야말로 서 있을 기운도 없었다.

손끝 하나 까닥할 수 없을 만큼 몸이 무거웠다.

"일어나요. 집에 들어가 쉬어요."

북궁설이 다가와 부축하자 막종오가 몸을 세웠다.

북궁설의 부축을 받으며 따라갔는데 완전히 산송장이나 다름없었다.

일행이 장원 안으로 사라지자 기다렸다는 듯 대문 앞으로 수백 마리의 까마귀와 독수리 떼들이 내려앉았다.

눈을 뜨자 북궁설이 빤히 자신을 내려다보고 있었다. 막종오가 깜짝 놀라자 북궁설이 가벼운 미소를 지었다.

"어제 점심부터 곯아떨어져 지금 눈을 뜬 거예요."

와락!

막종오가 그대로 북궁설을 끌어안았다. 반항할 틈도 없었다. 북궁설의 몸은 쉽게 막종오의 배 위로 엎어졌고 순식간에 그녀는 알몸이 되었다.

"아… 아침에, 해가 떴는데."

"그래서 어떻다는 거요?"

빙글!

막종오가 몸을 굴러 위로 올라섰고 그 또한 어느새 알몸으로 변해 있었다. 처음에는 어색해하고 눈을 감고 있던 북궁설도 점차 막종오의 움직임에 자신을 맞추기 시작했다. 두 남녀의 거친 숨소리가 막 떠오른 아침 해보다 뜨거웠다.

"아가씨, 식사하세요."

그때 밖으로부터 시녀의 목소리가 들려왔다. 하지만 두 남녀는 이에 아랑곳하지 않고 서로 할 일에 충실했다.

아침을 마친 막종오가 문을 열고 나오다 말고 멈칫했다.

저 멀리 뾰쪽이 치솟은 한 개의 산봉우리에 낯익은 연이 떠 있는 것이 보였다.

연은 선명했고 한 마리의 독수리를 그대로 빼 닮았다.

'청부로군!'

누군가 응방에 청부를 하고 있었다.

"저게 신호인가?"

의원에 의해 검이 뽑힌 동사가 가슴에 흰 붕대를 친친 동여맨 몸으로 나와 하늘을 올려다보았다.

"멋지군. 어느 문파의 청부보다 고상하고 낭만적이야. 그런데 받을 셈인가?"

막종오가 정색하며 말했다.

"빈방지금(賓訪之禁)이라고 했소."

찾아오는 손님은 결코 가로막지 않는다는 마지막 열 번째의 응방십훈이었다.

"고객이 있는 곳이라면 어디든 가는 것이 응방의 철칙이오."

막종오가 자신의 방으로 들어가더니 잠시 후 검을 차고 나타났다.

예전과는 확연히 다른 기세였다.

"어딜 가시려구요?"

북궁설이 뽀얀 미소를 머금고 다가왔다. 그녀의 얼굴에는 행복이 넘쳤다.

"잠시 상구에 좀 다녀와야 할 것 같소."

그러다 북궁설 또한 먼 산꼭대기 위로 떠오른 응연을 발견하고 표정이 약간 굳었다. 그것은 사랑하는 남자를 염려하는 보통 여인네의 표정이었다.

"염려 마시오. 금방 돌아오겠소."

"나도 같이 가세."

"그 몸으로 말이오?"

"자객은 살아 있는 한 움직이네."

북궁설이 손수 두 사람이 타고 갈 마차를 끌어다 주었다. 그녀는 고삐를 넘겨주며 말했다.

"올 때까지 여기 서 있을 거예요."

그것은 빨리 돌아오라는 의미였다.

막종오가 고개를 끄덕이고 고삐를 넘겨 쥐었다. 두 사람은 나란히 마부석에 앉아 상구를 향해 마차를 몰아갔다.

第九章
마지막 청부

삼류자객 三流刺客

　상구에 들어선 막종오는 집에 들르지 않고 곧바로 태악산을 향해 마차를 몰았다. 괜히 저잣거리로 들어섰다가 아는 사람이라도 만나면 시간이 지체되기 때문이었다.

　두 사람은 태악산 아래서 멈췄다. 더 이상 마차가 갈 수 없기 때문이었다.

　"두 개로군."

　막종오는 그제야 웅연이 두 개라는 것을 알아보았다. 나란히 떠 있었기 때문에 하나로 보인 것이다.

　두 사람은 어깨를 나란히 하며 비룡봉을 향해 오르기 시작했다. 두 사람은 이런 얘기 저런 얘기하며 산을 올랐다. 주로 동사가 묻고 막종오가 대답했는데 웅방의 역사에 관해서였다.

"헛헛! 비록 알려져 있지는 않았지만 전통과 역사에 관해서는 중원 최고라고 할 수 있지 않는가?"

웅방의 오랜 역사에 동사가 놀란 표정을 지었다.

"그래, 돈은 좀 벌었는가?"

막종오가 씩 웃었다.

"돈을 벌었으면 아직까지 하겠습니까? 일찍 때려 치우고 다른 것을 했겠죠."

"하긴 자객이 돈 벌었다는 얘긴 못 들어봤네. 이유가 뭔지 아는가? 자객은 언젠가 남의 손에 죽기 때문일세. 자객에게 장수는 없네. 반드시 복수를 당하거나 다른 자객에게 죽임을 당하는 것이 운명이지. 그런 면에서 암제 노 선배야말로 장수한 분이시지. 그건 그만큼 그분의 능력이 탁월했다는 뜻이고 말이야."

얘기를 나누는 동안 두 사람은 어느새 비룡봉에 올라섰다.

비룡봉에는 여전히 많은 사람들이 모여 연을 날리고 있었다. 연의 종류는 많았다. 조연(鳥鳶)을 비롯해 동물연과 어연(魚鳶) 등 마치 연의 전시장 같았다.

막종오는 잠시 주위를 휘둘러보았다.

워낙 오랜만에 와서인지 감회가 새롭다.

이윽고 이곳저곳 살피듯 고개를 돌려보던 막종오가 웅연을 날리고 있는 사람들에게 시선을 멎었다.

"저들은?"

"아는 사람들인가?"

작달막하지만 건장한 체구의 사내가 연을 날리고 있고 그 곁에 한 명의 여인이 우뚝 서 있었다. 눈에 익은 여인은 다름 아닌 공야주였고 사내는 마덕갑이었다.

막종오가 두 사람 곁으로 조용히 다가섰다.

두 사람은 여전히 막종오의 접근을 알아차리지 못하고 진지한 표정으로 연을 날리는 데 열중했다.

"왜 아직 안 오죠? 이곳에서 웅연만 날리면 어디서 무슨 일을 하든 나타난다고 했잖아요."

공야주가 지친 듯 말했다.

마덕갑이 연을 날리며 위로하듯 말했다.

"기다리시오. 그는 반드시 올 것이오. 내가 아는 한 그는 무척 신의를 중요시 여기고 한 번 뱉은 약속은 반드시 지키는 사람이오. 내가 아는 한 웅방은 아직까지 단 한 번도 청부를 거절해 본 적이 없다고 들었소."

공야주 얼굴은 조금 굳어 있었다.

가슴속에서는 뜨거운 분노가 치밀어 올라 금방이라도 터질 것만 같았다. 그토록 믿었고 따랐던 악담사가 자신의 부친을 그렇게 만든 장본인이며 그 뒤에는 모친 종리화가 있다는 것을 알았다. 병풍 뒤에서 모든 것을 종리화가 조작하고 지시한 것이었다.

질근!

공야주는 입술을 깨물었다. 악담사는 이미 막종오에게 죽었다는 소문을 들었다. 남은 것은 종리화였다. 어쩌면 중원의 모든 평화는 그녀의 손에 의해 깨진 셈이었다.

척!

마덕갑이 왼손으로 연줄을 잡고 오른손으로 굳어 있는 공야주의 어깨를 감쌌다. 무척 다정해 보였다. 공야주의 마음을 위로하려는 행동이다. 그것은 또한 두 사람의 관계가 보통이 아니라는 것을 알 수 있었다.

"무엇을 원하시오?"

바로 그때 탁한 음성이 두 사람 사이를 파고들었다.

두 사람이 깜짝 놀라며 돌아섰다. 바로 등 뒤에 막종오가 미소를 띄며 우뚝 서 있었다.

"마… 막 형."

"막… 막 공자님."

막종오가 환히 웃었다.

"두 사람의 모습이 무척 보기 좋았소. 한 쌍의 다정한 원앙이 따로 없군요."

마덕갑이 히죽 웃었다. 그리고 가슴에 흰 천을 감고 서 있는 동사를 보며 누구냐는 듯 막종오를 쳐다보았다.

"인사하시오. 동사로 불리는 분이시지요."

"도… 동사!"

상인이지만 강호무림에 해박했다. 강호의 정세에 따라 흥망성쇠를 거듭하는 상인들 아니던가. 그래서 누구보다도 무림의 움직임에 촉각을 곤두세워야 했고, 그래서 동사란 인물을 잘 알고 있다.

"지… 진짜 이분께서 암제 어른신과 더불어 자객의 양대 산맥을 형성하고 있는 분이란 말이오?"

마덕갑은 도저히 믿어지지가 않는지 한동안 동사를 쳐다보더니 연줄을 놔버리고 두 손으로 포권을 했다.

"소생 마덕갑이 위대하신 자객왕을 뵈오."

"헛헛! 왕이란 말은 함부로 붙이는 게 아니라네. 나 같은 천한 자객이 어찌 감히 왕이라고 불릴 수 있단 말인가?"

부드럽게 웃더니 공야주를 보며 눈을 빛냈다.

한눈에 보통 집안의 여인이 아니라는 것을 알아본 것이다. 그래서 막종오는 간략히 설명해 주었다. 공야주가 만검의 여식이라는 말에 동사의 눈이 커졌다.

막종오가 마덕갑을 향해 말했다.

"잠시 기다리시오. 저쪽은 또 무슨 청부를 하려는지 알아보고 오겠소."

마덕갑이 이십여 장 좌측에서 연을 날리는 백의청년을 바라보았다.

"막 형, 아는 분이오?"

막종오는 고개를 가로저었다. 거리가 있긴 했지만 안력을 높여봐도 기억에 없는 얼굴이었기 때문이다.

문사건을 쏜 백의청년은 아담했다. 누가 봐도 글공부를 하는 서생임을 알 수 있었는데 가까이 다가가던 막종오가 멈칫했다. 막종오가 갑자기 코를 벌름거렸다. 냄새가 무척 익숙했다. 잠시 어디에서 만났을까 하고 생각해 봤지만 떠오르는 인물은 없었다.

다시 몇 걸음 나아가던 막종오가 깜짝 놀란 표정을 지었다. 냄새의 주인이 기억 난 것이다.

'한데?'

자기가 아는 냄새의 주인은 여인이다. 그런데 상대는 남자 아닌가. 하지만 막종오는 이내 피식 웃었다. 변장을 하고 있음이 분명했다.

"오래 기다리게 해서 미안하오이다."

막종오가 목소리를 깔아 말하자 백의청년이 잽싸게 돌아보았다.

순간 막종오가 피식 웃었다.

'확실하군!'

백의청년의 안색은 창백했는데 인피면구라는 뜻이었다.

화악!

그러나 막종오보다 백의청년이 더욱 놀라고 있었다.

"다… 당신."

막종오가 말했다.

"오랜만이군."

찌익!

백의청년은 거칠게 인피면구를 찢었고 머리를 풀었다. 그러자 삽시간에 백의청년은 요염한 백의여인으로 바뀌었다. 상대는 바로 능소란이었다.

검선의 후예, 막종오는 그녀의 얼굴에서 모친이 악씨세가 공격 때 죽임을 당했다는 것을 들었다.

슥!

능소란이 품에서 한 통의 서찰을 내밀었다.

그때 어느새 다가온 듯 공야주 또한 품에서 한 통의 서찰을 꺼내 막종오에게 내밀었다.

잠시 두 사람이 내미는 서찰을 보던 막종오가 펼쳐 들었다.

촤라라!

흠칫!

두 여인이 내민 서찰을 펼쳐 든 막종오가 깜짝 놀라는 표정을 지었다. 그러자 동사가 궁금했던 듯 뒤로 다가와 어깨 너머로 서찰을 들여다보더니 그 역시 놀랐다.

"허어! 묘한 일이군. 한 사람을 두 군데서 동시에 청부하다니."

서찰에는 한 여인이 그려져 있었다. 중년의 부인이지만 뛰어난 미색이었고 도도한 기품이 엿보였다. 그러나 자세히 보면 전신에서 차가운 한기가 흐르고 있음을 느낄 수 있었다. 그것은 여인의 가슴에 표독한 야망과 피로써만 이룰 수 있는 꿈이 흐르고 있다는 것이었는데 막종오는 나직이 중얼거렸다.

'종리화!'

두 여인이 내민 서찰 안에 그려진 초상화의 주인은 종리화였다.

막종오는 잠시 서찰을 쳐다본 후 조용히 품속에 집어넣었다. 그것은 청부를 받아들이겠다는 뜻이었다.

"돈은?"

능소란이 말문을 열었다.

막종오가 빛나는 눈빛으로 자신을 쳐다보는 능소란을 향해 말했다.

"은자 한 냥씩만 주시오."

은자 한 냥이라는 말에 모두가 놀란 표정을 지었다.

"마음 같아서는 받고 싶지 않지만 자객이 돈을 받지 않는다는 것은 자객이길 포기하는 것이오. 돈은 단순히 이익의 한 수단이기도 하지만 자객임을 선언하는 증표이기 때문이오."

동사가 고개를 끄덕였다. 자객에게 돈은 단순히 수고비가 아니다. 강호에서 위치와 실력을 재는 잣대이자 비밀을 엄수한다는 징표이다.

"고마워요."

"감사해요."

두 여인은 곧바로 품에서 은자 한 냥을 꺼내주었다. 은자를 받아 든 막종오가 다시 서찰 속의 종리화를 보았다. 그런데 가슴이 격렬하게 뛰고 있었다. 그것은 감동이자 설움의 복받침이었고 환희의 눈물이었다.

일류!

그 머나먼 꿈을 향해 수많은 선조들이 발버둥쳤다. 그러나 일류의 길은 너무 멀었고 정복할 수 없는 지고 무상한 경지였다. 비록 상구를 벗어나지 못한 삼류자객 집단으로 이어져 왔지만 선조들 가슴속에는 언젠가 응방이 일류로 거듭날 것을 믿어 의심치 않았다. 그리고 오늘 마침내 천하에서 가장 강하다는 한 여인을 청부받은 것이다. 도무지 꿈인지 생시인지 스스로도 구분이 되지 않는다.

저벅저벅!

갑자기 막종오가 한 곳으로 걸어가자 사람들 시선이 좇았고 모두가 뒤를 따랐다. 막종오는 비룡봉 서쪽을 향해 걸었다. 사자 바위를 지나고 붉은 노송을 지나가자 양지녘으로 한 개의 무덤이 세워져 있었다.

잠시 무덤 앞에 서 있던 막종오의 눈에서 눈물이 흐른다.

사람들이 놀란 표정이다. 절대 눈물이라고는 없을 것 같은 풍운의 사내가 눈물을 보이자 하나같이 눈들을 크게 떴다.

그것은 비였다. 사내가 비 오듯 눈물을 흘러내리자 모두들 숨을 죽였다. 그리고 까닭없이 슬퍼진다. 급기야 두 여인이 울었고 마덕갑이 울었고 마지막으로 동사가 투덜댔다.

"염병할! 지금 무슨 짓들인가?"

막종오가 서찰을 펴서 무덤을 향했다. 아버지가 볼 수 있도록 한 것이다.

'아버지 보고 있소? 이 여인이 얼마나 강한 줄 아시오? 모르긴 해도 강호에서 열 손가락 안에 꼽히는 고수이오. 그런데 말이오. 날더러 이 여인을 죽여달라고 청부가 들어왔소이다. 아버지 이 사실을 어떻게 생각하시오?'

막종오의 눈물 젖은 눈이 웃기 시작했다.

'이 여인이 누군지 아시오? 종리화라는 여인이오. 강호칠문 중 가장 강하다는 악문의 안주인이란 말이오. 아버지도 알 것이오. 오히려 악나룡의 야망과 자질을 능가하는 철혈의 여인이라는 것을. 그런데 이런 무서운 여인을 날더러 죽여달라 하오. 이게 무슨 뜻이오. 현 강호에 소자 아니면 누구도 이 여인을 죽일 역량이 없다는 뜻 아니겠소?

흐느끼던 막종오의 얼굴이 미소로 번졌다.

'이제 우리 웅방은 삼류가 아니오. 강호에서 가장 강한 자객 집단이 되었단 말이오. 이제 떼돈은 시간문제요. 왕창 벌어 화끈하게 살겠소이다. 더 이상 궁상맞게 염색 따위는 않을 것이란 말이오. 뽀대나게 집도 짓고 제대로 현판도 달고 할 것이오.'

한참 무덤을 보던 막종오가 돌연 고개를 쳐들고 하늘을 향해 앙천광소를 흘렸다.

"으핫핫핫핫!"

웃음은 메아리가 되어 비룡봉을 뒤흔들었다.

수백 년의 한과 음지의 설움을 폭발시키는 환희의 웃음이었다.

*   *   *

사내의 얼굴은 차라리 장중하다 해야 옳았다. 이목구비가 뚜렷했고 한눈에 봐도 호안이다. 금방이라도 천하를 호령할 것 같은 상이지만 아쉽게도 눈이 없었다.

부들부들!

붓을 든 종리화의 손이 떨렸다. 도무지 마음이 안정이 되지 않는 것이다. 눈은 초상화에 있어 가장 중요하다. 초상화 속 인물의 모든 성품과 인격이 눈에 담겨 있다. 오죽했으면 화룡점정이라고 했겠는가.

"으음……!"

무거운 신음을 흘리며 붓을 다시 놓았다.

종리화는 다시 그려지지 않은 남편의 눈을 쳐다보았다. 그녀의 이마에는 이미 땀방울로 범벅이 되어 있었다. 벌써 아침부터 세 시진이 넘도록 싸우고 있지만 도저히 그려야 할 눈의 모습이 떠오르지 않은 것이다.

잠시 호흡을 몇 번 들이마신 종리화가 다시 붓을 쥐었다.

콱!

붓을 움켜쥔 그녀의 손등에 힘줄이 솟았고 두 눈이 이글거렸다. 비장한 각오를 다짐을 알 수 있었다.

"……."

그녀는 매섭게 남편의 눈을 내려다보았다. 퀭하니 뚫려 있는 눈에 검은 눈동자를 박아 넣어야 한다.

스으으!

그녀의 붓이 눈을 향해 다가갔다. 하지만 어느 순간 더 이상 접근하지 못하고 멈췄고 붓은 거센 떨림을 보았다.

'안 돼, 오늘은 그려야 해. 반드시.'

주르륵!

그녀의 얼굴에서 엄청난 땀이 흘러내렸다.

'안생도(眼生刀)!'

지금 그녀가 그리려는 것은 단순한 그림이라기보다는 도법의 한 초식이다. 아직까지 그 누구도 터득하지 못하고 접근도할 수 없었다는 악씨가문의 최후 도법이다. 천지를 지배할 위력이나 인간의 몸으로는 도저히 연성할 수 없다는 안생도에도전하고 있는 것이다.

푹!

붓이 눈을 찍었다. 마치 천둥이 치듯 쿵! 소리를 내며 방 안이 흔들렸고 연거푸 왼쪽 눈에도 붓이 찍혔다.

퍼어어억!

마침내 그토록 염원하고 기다리던 눈을 찍은 것이다. 악나룡의 모습이 완전해졌다. 금방이라도 사자후를 터뜨리며 그림밖으로 달려나올 듯했다.

사실 악나룡은 평범한 무인으로 변장하고 만검에 도전장을던졌다. 그를 죽이지 않는 한 강호 제패는 요원하다는 것을 깨달은 행동이었다. 그렇지만 불행히도 악나룡은 실패했고 돌아온 남편의 시신을 보며 종리화는 이제 갓 다섯 살 먹은 악담사를 만검의 제자로 들여보냈다. 물론 철저히 신분을 속여 보낸것이다. 지피지기(知彼知己). 만검을 알면 언젠가 복수할 수 있다는 계획이었는데 그것은 대성공을 거두었다.

이제 안생도를 얻어 자신이 직접 천하를 경영하리라 마음먹은 것이다.

"허허헉!"

그런데 기쁨에 가득 차 있던 그녀가 다급성을 터뜨렸다.

악나룡이 울고 있었다. 먹물이 눈물처럼 볼을 타고 흘러내리고 있었다.

'마… 맙소사, 어찌 이런 일이!'

지켜보던 해우생까지 기겁했다.

악나룡이 울고 있었다. 그건 실로 믿을 수 없는 일이었다.

팟!

그때 종리화의 눈이 이글거렸다.

'설마 그 아이에게……!'

불길한 기운이 느껴졌다.

바로 그때 약속이나 한 듯 두 사람의 고개가 입구로 돌아갔다.

발자국 소리가 들려온 것이다.

두 사람의 시선이 다시 마주쳤다. 악씨세가는 과거에 살던 곳을 버리고 태산으로 이주했다. 그러면서 종리화의 거처를 천화당이라 지었는데 하늘의 꽃이란 이름이었다. 가솔들일지라도 미리 허락받지 않고서는 누구도 다가올 수 없고, 들어올 수는 더욱 없었다.

해우생의 인상을 찌푸렸다. 다가오는 발자국 소리는 느렸지만 천박했다. 신발이 바닥에 끌리는 소리가 들렸다.

악담사는 아니다. 그의 걸음은 조용하다. 그 대신 매서운 기세가 뿜어 나온다. 그런데 지금 오는 발걸음은 약간 경박한데다 지극히 보통 사람들이 걸을 때 나는 소음과 보폭이었다.

종리화가 쳐다본다. 누구냐는 질문이었는데 해우생은 자신도 모르겠다는 듯 눈을 깜박거렸다.

척!

문밖에서 멈추는 소리가 들렸다. 두 사람은 약속이나 한 듯 문을 쳐다보았다. 잠시 숨을 가다듬는 듯 조용하더니 문이 열렸다.

드르륵!

묘향목으로 만든 석 자 폭이 채 안 되는 문이 무척 오랫동안 열렸다. 해우생은 처음으로 문이라는 것이 무척 넓고 여는 시간이 오래 걸릴 수도 있다는 사실을 깨달았다.

멈칫!

한 사내가 서 있었다. 옆구리에 허름한 청강검 한 자루를 메고 죽립을 눌러썼는데 먼 길을 온 듯 죽립 챙에 흙먼지가 수북했다. 챙이 얼굴을 가려 알 수는 없었지만 검을 차고 있는 것을 보아 무림인인 것은 확실하다. 그런데 어떻게 어떤 적의나 느낌이 전해져 오지 않는다. 또한 이쪽을 보고 전혀 예를 취하지 않을 것을 보면 아군은 아니다.

"넌 누구냐?"

스윽!

막종오는 대답 대신 왼손 검지로 챙을 밀어 올렸다.

해우생의 눈살이 찌푸려졌다. 전혀 낯선 얼굴이었기 때문이다.

"아는 얼굴이 아니다."

종리화가 말했다.

막종오가 조용히 입을 열었다.

"당연히 소생을 모르실 것이옵니다. 악씨세가에 잠시 몸을 담긴 했지만 실력이 빼어나지 못해 두 분이 기억하실 리 없지요."

"어디서 근무했느냐?"

"따님께서 거처하시던 연우당 우폭대입니다."

흠칫!

종리화의 눈이 커졌다. 연우당 우폭대, 그중에서 오조는 머릿속에 분노로 남아 있다. 그들이 악화란을 납치하여 온 집안을 쑥대밭으로 만들었기 때문이다.

"오조입니다."

"오조."

종리화가 벌떡 일어났고 해우생이 눈을 이글거렸다.

"먼저 이것을."

막종오가 품을 뒤져 해우생을 향해 한 개의 패를 던졌다. 허공을 천천히 날아간 패를 해우생이 받아 쥐더니 기겁할 듯 놀랐다.

"이… 이건!"

"뭔가요?"

"두… 두우패입니다."

탁!

번개처럼 종리화가 해우생의 손에 있는 패를 빼앗아갔다. 붉은 황소 두상이 새겨진 옥패는 바로 악담사의 신분을 나타내는 신물이었다.

"혹시……."

"지금쯤 저승에 있을 것입니다. 제가 보내 드렸죠."

"이노옴!"

확!

해우생이 그대로 칼을 뽑았다.

뚝!

하지만 해우생의 칼은 반밖에 뽑히지 못했다. 그의 목에 어느새 막종오의 검이 꽂혀 있었다. 목에 검이 꽂혀 말을 못하는 대신 두 눈만 연신 부라렸다.

"커, 커럭!"

해우생이 불신과 경악의 표정을 지으며 가래 끓는 소리를 내었다.

막종오가 검을 뽑았다. 그러자 피유 하는 소리를 내며 구멍에서 피가 뿜어져 나와 막종오의 얼굴과 가슴을 뒤덮었다. 막종오는 결코 피를 피하지 않았다. 해우생은 뭐라고 말을 하려고 했지만 끝내 엎어지고 말았다.

쿠쿵!

종리화는 아무런 표정을 짓지 않았다. 한동안 죽은 해우생을 쳐다보더니 벽장 문을 열었다. 그리고 깨끗한 이불 한 채를 끌어내더니 죽은 해우생의 몸을 덮었다.

"해 노, 미안해요. 평생 고생만 시켰는데."

작별인사를 하듯 한참 동안 죽은 해우생을 보던 종리화가 천천히 돌아서더니 벽장으로 다시 걸어갔다.

그녀의 손에 한 자루 칼이 쥐어져 있었다.

"이름이 뭐냐?"

"막종오라 합니다."

"나이가?"

"스물둘이지요."

종리화가 고개를 끄덕였다.

"우리 사아보다는 아직 어리구나. 그래, 너처럼 뛰어난 아이가 강호에 있었다면 내가 알고 있었을 텐데 금시초문이다."

종리화 목소리는 무척 푸근했다.

적을 맞이하고 있는 여인의 음성이 아니었다. 그것은 꿈속에서라도 한번 만나기를 원했던 어머니의 목소리였다.

"태생이 변변치 못해."

"태생은 변변치 못해도 내 앞에 마주 섰다면 출세한 것 아니냐? 말이 길어봤자 서로에게 득은 없을 터."

파아아!

그녀의 칼이 날아왔다.

어디서나 흔히 볼 수 있는 칼이지만 막종오의 입술이 물렸다. 놀랍게도 종리화는 일 초에 모든 것을 걸고 있었다. 아무리 뛰어난 고수일지라도 첫 초에 자신의 모든 걸 내던지지는 않는다. 그런데 종리화는 그런 상식을 완전히 뒤엎었다.

막종오가 피식 웃었다. 다른 사람 같으면 당했을지도 모른다. 설마 종리화 같은 고수가 첫 초에 모든 것을 건 공격을 하리라고는 생각하지 못했을 것이기 때문이다.

하지만 자신은 다르다. 실력이 없어서 온갖 잔머리로 살아오다 보니 그 방면에는 천하제일이라고 자부할 수 있었다. 이미 예측을 했다고 말한다면 종리화는 기절할지도 모른다.

콰아아!

막종오 또한 검을 뻗어갔다. 막종오 검 또한 지극히 보통이었고 겉으로는 아무런 위력도 두드러지지 않았다. 그러나 종리화의 눈이 커졌다.

고수는 고수를 알아본다. 그녀는 막종오의 검에 자신의 도기가 무너지는 것을 보고 있었다. 이 갑자가 넘는 힘의 칼이 무기력하게 무너지고 있었다.

콰아악!

검이 종리화를 덮었다. 하지만 어느새 검기들은 씻은 듯 자취를 감추었고 방 안은 평온을 되찾았다. 전광석화와 같은 시간에 두 사람은 일 초를 주고받은 것이다.

"막종오라고 했더냐?"

"예!"

종리화가 고개를 끄덕였다.

"착하게 생겼다. 우리 사아도 착한 아이지."

그녀가 메마른 미소를 지었다.

갑자기 그녀의 몸에 거미줄 같은 검흔이 생겨나더니 피가 스며 나왔다. 삽시간에 핏덩이가 된 종리화의 몸이 천천히 뒤로 넘어졌다.

쿵!

막종오는 잠시 그녀를 쳐다보았다. 한참 동안 종리화의 얼굴에서 시선을 떼지 못했다. 초상화 한 장 남기지 못하고 죽은 어머니에 대한 상상은 끝이 없었다. 그런데 놀랍게도 종리화의 얼굴은 자신이 떠올렸던 어머니와 똑같았다.

막종오는 꿈쩍도 하지 않고 종리화의 얼굴에 시선을 고정했다.

태산 제일봉 장인봉에 두 사람이 마주 대치하고 있었다. 두 사람은 막종오와 동사였다. 동사의 몸은 이미 완쾌가 되었는데 지금 천하제일자객의 자리를 놓고 겨루려는 것이다. 암제는 반드시 동사와 천하제일을 놓고 겨룰 것을 부탁했었다.

"그래도 천하제일자객을 증명해 줄 증인 한 명은 데려다 놔야 하는 것 아닌가?"

동사가 물었다.

막종오가 고개를 가로저었다.

"증인이 필요있겠소. 우리 둘만 인정하면 그것으로 족하지 않겠소?"

동사가 고개를 끄덕였다.

"듣고 보니 그렇긴 하군. 사람들이 알아주는 것도 중요하지만 우리 두 사람이 인정하는 것이 더 중요하지. 그럼 시작하세."

두 사람은 서로를 향해 달려들었다.

그로부터 밤낮을 가리지 않고 장인봉에서는 천둥이 울렸다. 짙은 먹구름이 종일 장인봉을 덮었고, 그래서 약초꾼과 사냥꾼들 또한 태산의 신이 노했다면서 일체 출입을 자제했다. 천둥은 밤낮을 가리지 않았고 무려 칠 주야 동안 계속되었다. 팔일째 되던 날 장인봉을 덮은 먹구름이 걷히고 천둥이 멈췄다. 그리고 두 사람이 태산을 내려오고 있었다. 걸레 조각 같은 의복을 걸치고 내려오는 거지 꼴의 두 사람은 막종오와 동사였다. 두 사람의 행색을 보아서는 누가 이겼는지 가늠하기가 쉽지 않았다.

"형님."

"말하게, 아우."

"한 가지 묻고 싶은 게 있습니다. 도대체 형님께 북궁 낭자를 납치해 달라고 청부한 사람이 누굽니까?"

동사가 걸음을 세웠다. 그러자 막종오 또한 걸음을 따라 멈췄다.

"고객에 대한 신상 보호는 자객의 생명이라는 것을 모르는가?"

그것은 절대 가르쳐 줄 수 없다는 뜻이었다.

"한 가지 귀띔한다면 그는 얼마 전 자네 손에 죽었네. 그것만 알게."

막종오가 인상을 찌푸렸다. 자신의 손에 죽은 사람이 어디 한 둘인가?

"신랑 삼 배."

북궁장원 뒤뜰에서 조촐한 혼인식이 열리고 있었다. 하객이라고 해봤자 흑수묘고를 비롯한 동사와 식솔들이 전부였다.

막종오의 명령에 왕거만이 옥방울을 향해 세 번 절했다.

"신부 삼 배."

막종오가 입을 열었다.

하지만 옥방울은 부끄러운 듯 절을 하지 않았다.

"신부는 뭣 하는 것이오? 어서 신랑을 향해 삼 배를 올리지 않고?"

하지만 옥방울은 더욱 부끄럽다는 듯 고개를 숙였다.

"내가 강제로 절을 시키겠소 그럼?"

"사… 사제, 너무 그러지 마. 하면 될 것 아냐?"

아버지의 제자이니 막종오는 옥방울에게 사제가 된다. 옥방울이 절을 했고 왕거만의 입이 허벌쩍 벌어졌다. 절이 끝나고 막종오가 입을 열었다.

"신랑과 신부는 검은 머리가 파뿌리 될 때까지 서로 아끼며 존중하고 사랑할 것을 맹세하오?"

왕거만이 큰 소리로 대답했다.

"예!"

하지만 옥방울은 대답하지 않았고 막종오가 눈을 부라렸다.

"사저."

옥방울이 더듬거렸다.

"네네!"

그러자 구경하던 사람들이 배꼽을 잡고 웃었다. 그것은 오랜만에 찾아온 평화였고 행복이었다. 두 사람을 바라보는 막종오의 입가에도 웃음이 걸려 있었다.

『삼류자객』終

작가 후기

할 말이 없습니다. 즐겁게 해드리겠다고 약속을 했는데 번
번이 공수표만 남발하는 꼴이 되고 말았습니다. 글이라는 게
정말 어렵다는 것을 다시 한 번 절감합니다.

부족하고 모자람 많은 글을 끝까지 읽어주셔서 고맙습니다.

작가는 오로지 작품으로 말해야 한다는 것을 알고 있습니다.

하지만 굳이 변명 한마디 한다면 다른 분들이 너무 잘 씁니
다.

잘 쓰는 분들의 작품을 더욱 연구하고 독자님들께서 무엇을
원하는지 더욱 세밀히 조사하여 작품에 반영하도록 하겠습니
다.

졸작임에도 끝까지 메일을 통해 용기를 주신 분들께 진심으
로 감사드리며 언젠가는 반드시 재미있고 즐거운 내용으로 보
답하겠습니다. 격려와 칭찬을 아끼지 않은 여러분이 계시는
한 전 더욱 자신감을 갖고 노력할 것입니다.

참고로 다음 작품은 대법왕이라는 제목을 갖고 태어납니다.

간단히 내용을 소개한다면 소주의 개고기[犬肉]로 불리는 주인공이 어느 날 갑자기 포달랍궁 대법왕의 환생자가 되어버리는 얘깁니다. 본의 아니게 살아 있는 부처라고 하여 활불이라고도 부르며 영생불사의 존재인 대법왕이 되어버린 주인공의 얘기입니다. 절대 중놈으로 살 수 없다는 주인공 동천몽과 악착같이 대법왕으로 모시려는 포달랍궁 사이의 밀고 당기는 싸움이 피를 튀깁니다.

　중놈이 될 바에야 차라리 죽겠다면서 자살을 시도하는 동천몽.

　과연 그는 대법왕이 되어 군림할 것인지 아니면 소주의 개고기로 돌아올 것인지……..

　이번 작품은 문피아에 연재를 할 생각입니다.

　며칠 후 문피아에서 뵙겠습니다.

저작권 보호!!

장르문학의 성장에 힘이 되어주십시오.

저작물의 무단 전재와 복제, 불법 다운로드!
이것은 관심이 아니라 무관심입니다!

작가님들은 창의적 열정과 시간을 투자해 자신의 꿈과 생계를 유지합니다.
한 권의 책을 만들어 많은 사람들은 자신의 인생과 미래를 설계합니다.

저작물 속에는 여러 사람의 노력과 희망이
담겨 있습니다!

저작물의 무단 전재와 복제, 불법 다운로드는 여러 사람들의 꿈과 생계를
위협함으로써 장르문학을 심각한 상황에 빠뜨리고 있습니다.

이제는 무관심이 아니라 관심으로 장르문학의
성장에 힘이 되어주세요.

[도서출판 **청어람**은 항시적인 저작권 보호를 통해 장르문학과
여러분의 희망을 지키겠습니다.]

도서출판 **청어람**

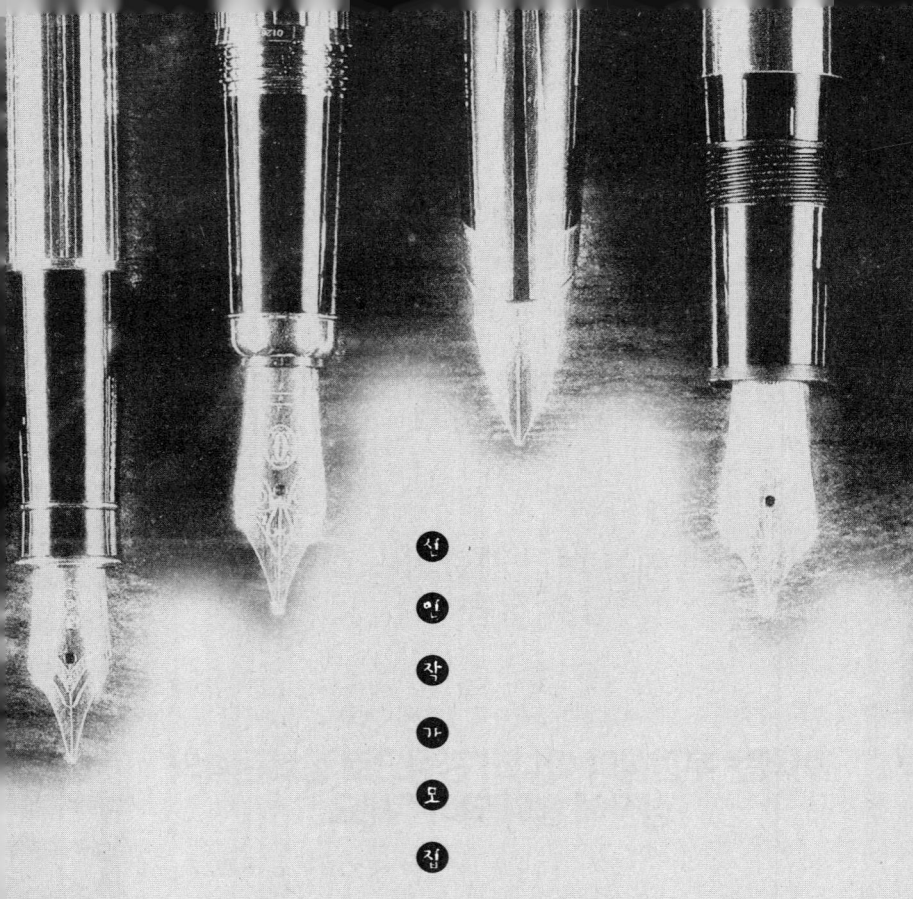

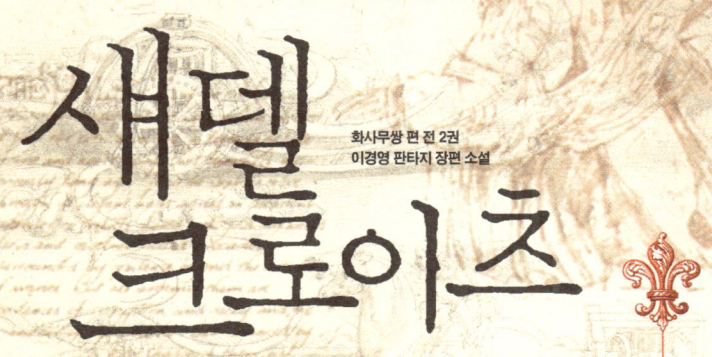

새델
크로이츠

화사무쌍 편 전 2권
이경영 판타지 장편 소설

『가즈나이트』의 명성과 신화를 넘어설
이경영의 판타지의 새로운 상상력!

자신만의 독특한 세계관을 창조한 작가
이경영의 새로운 도전과 신선한 충격.

바란투로스의 특수부대 새델 크로이츠의 리더 파렌 콘스탄.
야만족을 돕는 안개술사를 물리치기 위해 아시엔 대륙에서 온
불을 뿜는 요괴 소녀 카샤.
너무나 다른 두 사람이 운명의 길에서 만나다.
친구란 이름으로 시작된 모험, 그 앞에 놓인 난관과 운명의 끈은
어떻게 될 것인지……

"질투가 날 만도 하지.
요괴가 산신령을 엄마로 두는 건 흔한 일이 아니거든.
괜찮다, 파렌. 본좌가 아는 요괴들 전부 본좌를 질투하고 부러워하니까."
소녀는 손에 잔뜩 받은 빗물을 홀짝 마셨다.
파렌은 그 순수함에 웃음을 흘렸다.
그는 지금까지 자신이 봤던 그녀의 기이한 행동들을 어렴풋이나마 이해할 수 있을 것 같았다.
그렇게 친구가 된 둘은 그 길로 긴 여행을 떠나게 된다.

-본문 중에-

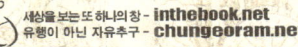

세상을 보는 또 하나의 창. inthebook.net
유행이 아닌 자유추구 - chungeoram.net

Book Publishing CHUNGEORAM

학교에서는 가르쳐주지 않는
10대들을 위한 **인생수업**

작가 : 이빙 | 역자 : 김락준

10대들을 위한 나침반 같은 인생 교과서!
사회 초입에 들어서게 될 청소년들에게 들려주는
100가지 인생 이야기

**내 인생의 방향잡기!
여행길에 오르기 전에 접해보자!**

100가지 이야기, 100가지 명언

사람은 태어나면서부터 각기 다른 모습으로, 각기 다른 사고로 "인생"이라는
여행길에 오르게 된다. 내가 지금 서 있는 이 위치에서 그리고 사회라는 공간에서
한 사람의 몫을 당당하게 해낼 수 있는 역량을 키워나가기 위해서는 어떠한 생각을
가지고 있어야 하는 걸까.

늦지 않게 준비하자! 스스로의 마음가짐이 자신의 미래를 결정한다!

설레는 마음으로 떠난 길일지라도 기존에 생각하고 있던 것과는 다르게 흘러가는
사회의 모습에 당혹스럽기도 할 것이다.

그러한 곳에 발을 들여놓기 위해 첫 발걸음을 막 뗀 청소년이라면 학교에서는
미처 배우지 못한 상황에 더욱이 큰 혼란스러움을 느낄 수밖에 없다.
시간이 흐를수록 사회가 한 인간에게 요구하는 것은 다양하고 세밀해지고 있다.
그러한 사회 속에서 자신만이 앞으로 나아가지 못해 제자리걸음을 하게 된다면 어떠할까.
미리 대비를 하지 않는다면 당신 역시 그러한 현상에 빠지는 또 한 명의 사람이 되고 말 것이다.

책장을 넘기는 순간, 책과 당신의 공감대가 형성된다!

적응을 위해 도움이 될 만한
인생의 지혜와 경험, 깨달음이 한가득 담겨있다.
그 속에 담긴 100가지 이야기 그리고 그와 관련된 100가지의 명언은
가슴 깊이 새겨 놓고 되뇌어 보기에 충분하다.

Book Publishing CHUNGEORAM

세상을 보는 또 하나의 창 - inthebook.net
유행이 아닌 자유추구 - chungeoram.net

공부하는 감각의 차이가 자녀의 미래를 결정한다.
이 시대가 필요로 하는 명품 인재 만들기!

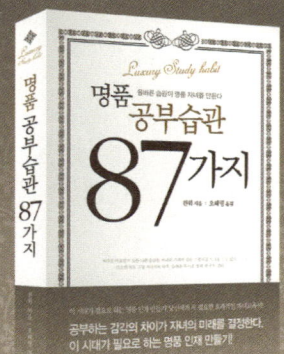

Luxury Study habit

올바른 습관이 명품 자녀를 만든다

명품 공부습관 87가지

저자 : 친위
역자 : 오혜령

 ## 똑소리 나는 부모의 똑소리 나는 자녀 교육법!

어린 시절의 습관은 평생을 결정한다.
제대로 바로잡지 못한 나쁜 습관은 자녀의 미래에 검은 그림자를 드리울 수도 있다.
대부분의 부모들은 아이의 잘못된 습관을 발견하면 언성을 높이는 경향이 있다.
하지만 그것이 문제 해결의 방법이 아님을 당신은 이미 알고 있을 것이다.
지금 당신은 적절한 대안을 찾지 못해 힘겨워 하고 있지는 않은가.
내 아이가 명품 인생으로 살아가길 희망하는 부모라면 이 책에 귀를 기울여 보자.

내 아이가 세상의 중심에 우뚝 설 수 있게 하는 방법!

이 책은 잘못된 공부습관과 대인관계 형성 등의 문제 등을
87가지 이야기를 통해 알아보고 그에 걸맞는 올바른 해결책을 제시해주고 있다.
이 한 권의 책을 통해 똑소리 나는 부모가 되어보자.
그리고 내 아이가 최고의 명품으로 거듭날 수 있도록 노력해보자.
이 책은 분명 당신에게 꼭 맞는 효과적인 자녀교육서가 될 것이다.

세상을 보는 또 하나의 창 · inthebook.net
유행이 아닌 자유추구 · chungeoram.net

Book Publishing CHUNGEORAM

Rhapsody Of Cardinal

카디날 랩소디

송현우 판타지 장편 소설

놀라운 경험(the enormous experience)!

He created a completely new world,
It is a place who have never known and where never been able to imagine,
This splendid world will introduce the enormous experience for the
person only who reads,

그 누구에게도 알려진 것이 없으며 상상조차 할 수 없었던 새로운 세계를
작가는 완벽하게 창조해내었다.
이 멋진 세계는 독자들만이 체험할 수 있는 놀라운 경험으로 인도할 것이다.

판타지는 허구다? 아니다. 판타지는 일상이다.
우리의 삶은 연속된 판타지의 연장선상에 놓여 있고,
상상은 우리의 일상을 더욱 살찌운다.
『카디날 랩소디(Rhapsody of Cardinal)』를 경험하는 독자들은
더욱 풍부한 일상 속에서 새로운 삶을 경험할 것이다.
멋진 만남! 흥미로운 경험! 이것이 『카디날 랩소디』가 가진 장점이며,
작가 송현우가 독자들에게 바라는 꿈이다.

세상을 보는 또 하나의 창 - inthebook.net
유행이 아닌 자유추구 - chungeoram.net
Book Publishing CHUNGEORAM